Peter von Steinitz

# Ronnie
## Der Sternenwanderer

Roman

᚛fe

Fe-Medien, Kisslegg

Umschlag
**Wladimir Naumez: Ronnie**
*Zeichnung 2017*

2. Auflage 2018
© fe-medienverlags GmbH
Hauptstr. 22, D-88353 Kißlegg
www.fe-medien.de

Gestaltung: Renate Geisler, Kißlegg
Druck: Sosset, Kißlegg

ISBN: 978-3-86357-198-6

Printed in EU

Peter von Steinitz

# Ronnie

## Der Sternenwanderer

Roman

*The Child is father of the Man*
**William Wordsworth**

# Die Personen

Ronnie (12)
Lisa (12)
Johannes (14)
Markus (8)
Eva und Maria, die Zwillinge (6)
Papa und Mama, Alfred und Gwendolyn Mühlhausen
Frau Kleinschulte, Deutschlehrerin
Herbert Brüsehaber, Biologielehrer
Udo Schlatmann (12), Schüler
Henning Kellermann, Genderlehrer und Gleichstellunsgbeauftragter
Friedhelm Moosbacher, Zoodirektor
Claudia Moosbacher, seine Frau
Arthur Dunbar, Inspector General of the Department of Defense
of the US
Donald Trenton, Präsident der Vereinigten Staaten
Madelyn, seine Frau
Ben (12), sein jüngster Sohn
Mr. Rockfelder, Präsidentenberater
Jane Yelly, Chair of the Federal Reserve
Nini Halen, US-Botschafterin bei der UNO
Thomas Rice, Secretary of Health and Human Services
David Lattly, Sovereign Grand Commander of the Scottish Rite
Ronald Smith, sein Sekretär
Moruga, ein Weiser
Brendo, ein Wissenschaftler
Sumitalek, Flugkapitän
Teosebia, Gesandte von Aldebaran
Zosimus, ihr Bruder
Mog 1, 2 und 3, Bioroboter
Sumitalek, Flugkapitän

Apra, seine Tochter (12)
Sumito, sein Schwager, Mitglied der „Heiligen Streitschar"
Malok, Gott
Oksumi (19), Student
Matosumi, ein Weiser
Arakosumi, ein Philosoph

*Die seltsame Begebenheit von Ronnie, dem Sternenwanderer,
beginnt mit Tagebucheintragungen des Mädchens Lisa.
Die Berichte von anderen kamen später hinzu.
Dem Autor wurde zu einem bestimmten Zeitpunkt aufgetragen,
die ganze Geschichte aus den Erinnerungen der verschiedenen
beteiligten Personen zusammenzutragen und nach Art von
Mosaiksteinchen zu einem Ganzen zusammenzufügen.
Einige Episoden hat Ronnie selbst an den Erzähler weitergegeben
und ihm gestattet, das eine oder andere Element, das nur mündlich
überliefert wurde, selber hinzuzufügen.*

# Inhaltsverzeichnis

# Lisas Tagebuch

Heute habe ich mit meinem Tagebuch begonnen, endlich! Seit Wochen sagt mir meine Oma, ich sollte ein Tagebuch führen. Aber ich hatte immer keine Lust dazu.

Der Grund, warum ich jetzt doch damit anfange, ist Ronnie.

Ronnie ist ungefähr genauso alt wie ich, elf oder zwölf Jahre. Er hat schwarze Haare und sieht unheimlich nett aus.

Er ist ein ganz normaler Junge, aber, wie ihr gleich sehen werdet, ist er etwas ganz Ungewöhnliches.

Er stammt nämlich nicht von dieser Erde.

Ich habe vergessen, mich selbst vorzustellen. Also, ich heiße Lisa, bin auch zwölf Jahre alt und besuche seit Ostern das Helmholtz-Gymnasium.

Mein Papa ist Ingenieur bei einer großen Zulieferfirma für Windräder, meine Mama hat auch Ingenieur studiert, ist aber, wie sie immer sagt, jetzt im Hauptberuf Mutter. Ich habe vier Geschwister, wir sind genau zwei Jungen und drei Mädchen. Das passt uns ganz gut, meine beiden Brüder sind vierzehn und acht und die Zwillinge sind sechs Jahre alt.

Und jetzt will ich erzählen, wie ich Ronnie kennengelernt habe.

Ich ging neulich auf dem Heimweg vom Tennistraining durch den Einstein-Park. Dort sah ich auf einer der Rasenflächen etwas Längliches, das aussah wie eine sehr große Kaffeemaschine. Zuerst dachte ich, das wäre vielleicht moderne Kunst, wie bei der Firma von meinem Vater vor dem Haupteingang. Aber dann sah ich, wie hinter dem Ding jemand hervorkam, es war ein Junge ungefähr in meinem Alter. Er trug eine Art Trainingsanzug aus blauem Stoff.

Der Park war ziemlich leer, und als der Junge mich sah, kam er auf mich zu. Er machte einen etwas unsicheren Eindruck. Er sprach mich an – aber ich verstand kein Wort.

„Bist du ein arabischer Flüchtling?", fragte ich ihn. Seine Sprache kam mir eigentlich nicht vor wie das, was unsere Nachbarn aus Syrien sprechen. Und Englisch war es auf keinen Fall. Dann passierte das Seltsame.

Als er merkte, dass ich ihn nicht verstand, sagte er in richtigem Deutsch: „Entschuldige mich bitte, ich hatte gedacht, ich wäre in Belgien gelandet."

„Gelandet?", fragte ich erstaunt, „bist du etwa in dieser Kaffeemühle geflogen?"

Ich hatte gehofft, ihn zum Lachen zu bringen, aber er lachte nicht.

Er wurde ganz ernst und sagte: „Das ist mein Raumschiff, es heißt ‚Argo'. Sage mir, wo bin ich hier und wer bist du?"

„Du bist hier im Einstein-Park, unsere Stadt heißt Kassel und ich heiße Lisa …"

„Wie weiter, ihr habt doch immer auch einen Familiennamen."

„Zuerst musst du mir sagen, wie du heißt und woher du kommst."

„Du kannst mich Ronnie nennen, ich komme vom Orion."

Er sagte das alles so ganz einfach, aber auch ein bisschen geheimnisvoll. Ich merkte, dass ich so schnell nicht richtig klug aus ihm wurde. Was war das mit dem Raumschiff? Vielleicht ein Jux, wie ihn die Ersties machen, wenn sie an der Universität anfangen? Aber für einen Studenten war er doch viel zu jung.

„Und was hast du vor? Was wolltest du in Belgien?"

„Ich muss dir gestehen, ich wollte weder nach Belgien noch nach Kassel. Ich hatte eine Notlandung."

„Und du bist vom Orion?" Ich wollte weiter fragen: vom Sternbild Orion, aber das kam mir doch zu abgedreht vor.

Ich fragte ihn: „Was nun? Wie kannst du denn dein Raumschiff wieder flott machen?"

Die ganze Sache kam mir immer seltsamer vor. Er stand da vor mir, und wenn ich ihn mir genau anschaute, konnte ich mir nicht vorstellen, dass er mich auf den Arm nahm.

Aber ich wusste auch nicht, wie es nun weitergehen sollte.

„Sollen wir uns das Raumschiff mal aus der Nähe anschauen?", schlug ich vor und er stimmte zu.

Was ich dann sah, ließ mich wirklich staunen. Ich hatte nie etwas Ähnliches gesehen. Man konnte es weder mit einem Auto noch mit einem Flugzeug vergleichen, allein schon weil es nicht aus Blech zu sein schien, überhaupt nicht metallisch. Als wir näher kamen, hatte ich fast den Eindruck, dass das Raumschiff etwas Lebendiges war. Es hatte vorne eine Art Tür, oder besser gesagt eine Öffnung, die sich, als Ronnie sich näherte, von selber auftat. Das ganze Schiff schien auch zu sprechen, es klang so wie die Worte, die Ronnie zuerst zu mir gesagt hatte.

„Argo kann sich in einiger Zeit selbst wiederherstellen", sagte Ronnie, was mich sehr beruhigte. Ich konnte mir nämlich nicht vorstellen, welche Werkstatt in unserer Nähe dieses Gerät wohl reparieren würde.

„Und wie lange würde das dauern?"

„Das weiß ich auch nicht. Es kann wohl ein paar Tage in Anspruch nehmen."

„Dann kann es aber nicht hier stehen bleiben. Es würde bestimmt gestohlen."

„Was meinst du mit ‚gestohlen'?"

„Na ja, bist du so naiv, dass du denkst, keiner würde sich dafür interessieren?"

„Wenn sich jemand dafür interessiert, kann ich es ihm gerne erklären. Oder willst du damit sagen, dass jemand es an sich nimmt, obwohl es ihm nicht gehört?"

Wieder war ich verblüfft. Ronnie machte mir einen sehr intelligenten Eindruck. Sollte er im Ernst meinen, dass hier alle Leute ehrlich sind?

Ich dachte, jetzt muss ich energisch werden. Das habe ich von meiner Mama gelernt. „Weißt du was? Wir gehen zu mir nach Hause. Mein Vater hat einen Transporter, mit dem wir dein Fahrzeug in Sicherheit bringen können. Bei uns im Garten."

Als wir bei uns ankamen, war auch mein Vater gerade angekommen. Es war vier Uhr nachmittags.

„Wen hast du denn da wieder mitgebracht?" Mein Vater war schlecht gelaunt – das kommt schon mal vor. Eigentlich hat er nichts dagegen, dass ich ab und zu Freunde mit nach Hause bringe.

„Das ist Ronnie. Er hat ein Problem. Sein Fahrzeug steht im Einstein-Park und wir wollen es zu uns in den Garten bringen, es hat irgendeinen Defekt. Es würde gut auf deinen Transporter passen. Bitte!"

„Kann er es nicht abschließen? Was ist das denn für ein besonderes Fahrzeug? Ein Scooter oder so ein überdachtes Liegefahrrad?"

Ich versuchte, darum herumzureden, weil ich dachte, dass Papa dann eher zustimmen würde. Leider merkt er das immer sofort. „Also was ist mit diesem Fahrzeug?"

„Es ist eine ganz neue Art von Flugzeug, sehr klein und sieht richtig knuffig aus."

Ich merkte, dass Papa jetzt neugierig wurde, aber irgendetwas hielt mich davon ab, ihm Näheres über Ronnie zu erzählen. Ich merkte, dass der Junge auf meinen Vater einen guten Eindruck machte. Und so fuhren wir tatsächlich zum Einstein-Park. Ich konnte meinen großen Bruder Johannes überreden, auch mitzukommen.

Zum Glück konnte man mit unserem Auto ziemlich nahe an das „Flugzeug" heranfahren. Ich war erschrocken, als ich sah, dass ein ganz kleiner Junge in das geöffnete Raumschiff hineingekrochen war. Mein Vater befahl ihm, sofort da herauszukommen und zu verschwinden.

Ohne sich jetzt näher mit dem Raumschiff zu beschäftigen, haben die Männer – ich meine, mein Papa, Johannnes und Ronnie – es auf den Transporter geladen. Ich sah meinem Vater an, dass er sehr erstaunt war.

Zuhause angekommen, brachten wir das Ding in den Garten und Ronnie sagte, wie man es aufstellen sollte, nämlich aufrecht, nicht lang gelegt.

Jetzt war der Moment gekommen, wo wir alle erwartungsvoll auf Ronnie schauten.

Ronnie lächelte verlegen.

Mama war inzwischen dazugekommen und betrachtete den ungewöhnlichen Gast neugierig. Sie hatte nicht mitbekommen, was bisher geschehen war, und dachte, es wäre einfach nur ein neuer Freund aus der Schule oder vom Sportverein.

„Warst du auch im Tennistraining?", fragte sie. Er schüttelte den Kopf.

Ich sagte: „Ronnie hat mit seinem Fahrzeug einen Unfall gehabt, eine Notlandung …"

Mein Papa fragte: „Bist du also der Fahrzeughalter oder hat jemand anders das Gerät gesteuert?"

„Nein, ich bin allein."

Eigentlich war es unhöflich von ihm, dass er nicht sprach, aber man konnte ihm nicht böse sein.

Inzwischen waren mein jüngerer Bruder und die Zwillinge dazugekommen. Markus überlegte, ob der „Neue" vielleicht neue Computerspiele kannte. Die Zwillinge Eva und Maria guckten ihn nur an und verliebten sich in ihn.

Wieder lächelte er verlegen.

Ich sagte: „Also, Ronnie ist in seinem kleinen Raumschiff vom Orion gekommen. Wie er das gemacht hat, muss er allerdings selbst erklären. Aber er hat wahrscheinlich hier keine Angehörigen. Wir müssen ihm daher Unterkunft gewähren."

Jetzt verlor Papa die Geduld. „Also entweder du redest jetzt oder du musst gehen."

Die Zwillinge protestierten.

Ronnie war echt erschrocken. Ich nahm seine Hand und sagte leise: „Sag doch alles, was du mir gesagt hast. Mein Vater ist nicht böse, er meint es nicht so."

Mutter legte den Arm um seine Schulter und lächelte ihn an, dann sagte sie, wir sollten uns erst einmal hinsetzen.

Ronnie erzählte nun ausführlich und es kam, wie ich mir schon dachte: Mein Vater glaubte kein Wort.

„Vom Sternbild Orion? Aber das ist unmöglich. Orion ist so weit von uns entfernt, dass man fast dreihundert Jahre für eine Reise brauchte, wenn man mit Lichtgeschwindigkeit reisen würde. Was wiederum gar nicht geht, denn dann würde die Masse des Fahrzeugs ins Unendliche wachsen." Mein Vater lachte etwas.

Es war spät geworden. Wir waren alle zu müde, um die Frage zu klären, was denn nun die Wahrheit um Ronnie war.

Wir waren müde, aber auch sehr aufgewühlt. Was mein großer Bruder meinte, konnte ich mir denken. Die Kleineren schienen alles, was Ronnie erzählt hatte, für wahr zu halten. Ich selber war verunsichert. Wenn Vater recht hatte, war unser neuer Freund ein Betrüger. Ich brauchte aber nur in seine Augen zu schauen, um zu wissen, dass das nicht sein konnte.

Oder war er vielleicht nicht richtig im Kopf?

Mama sagte: „Heute Nacht bist du erst mal unser Gast. Du bekommst das Gästezimmer und Johannes hat noch einen Schlafanzug, der dir passen wird."

# In der Schule

Heute bin ich mit gemischten Gefühlen in die Schule gegangen. Ich hatte vorgeschlagen, dass Ronnie mit in den Unterricht gehen könnte, was Vater aber rundweg ablehnte.

Vieles an Ronnie setzte mich in Erstaunen. Er war so ruhig. Ich an seiner Stelle wäre absolut aufgeregt gewesen. Auch dass mein Vater richtig gegen ihn zu sein schien, schien ihm nicht viel auszumachen. Vor dem Schlafengehen ging er nochmal in den Garten und sprach eine Weile mit Argo, seinem Raumschiff.

Beim Frühstück beobachtete ich ihn. Er aß und trank alles, was man ihm vorsetzte, sogar das Müsli mit Joghurt. Dann bat er um ein Glas Wasser und trank es, als wäre es ein besonders köstliches Getränk.

„Ihr habt wohl ein besonderes Wasser", sagte er, worauf Mama meinte: „Na ja, es ist eigentlich normales Leitungswasser."

Ronnie ist anscheinend von Natur nicht sehr gesprächig, aber auf meine Frage nach seiner Familie sagte er, er habe Eltern wie wir, auch vier Geschwister, und sein Vater sei Offizier. Ich muss gestehen, das hörte sich nicht an wie ein Leben in unendlich weit entfernten Gegenden des Weltalls. Da kamen mir schon einige Zweifel.

Beim Mittagessen waren wir alle gespannt, was Ronnie erlebt hatte. Er war nämlich an dem Vormittag mit Mama in der Stadt gewesen. Er wollte mit seinem Vater, dem Offizier, Kontakt aufnehmen, was anscheinend nicht mehr möglich war nach der Art, wie er es in seinem Raumschiff gewohnt war. Ich weiß nicht, ob es da zu seinem Vater eine Art Funkverbindung gab. Wie ich später erfuhr, war sein Vater der Kommandant eines großen Raumschiffs, in dem Ronnie und sein Argo stationiert waren und von dem aus er den Abstecher auf unsere Erde gemacht hatte.

Meine Mutter nahm ihn mit in ein Internetcafé, da wir zuhause keinen Zugang zum Internet haben. Ob er auf diesem Wege etwas erreicht hatte, war nicht ganz klar.

Als wir zusammen am Tisch saßen, sah ich sofort, dass er keinen Erfolg gehabt hatte. Er machte einen echt traurigen Eindruck. Mama versuchte ihm irgendwie Mut zu machen. Aber sie wusste ja nichts Näheres über seine Familie.

„Wo ist denn deine Mama, auch auf dem Raumschiff?", fragte sie.

„Nein, sie ist zuhause."

Unsere Mutter machte sich keine Gedanken darüber, ob das, was Ronnie erzählte, Wirklichkeit war oder ob er vielleicht in einer Fantasiewelt lebte. Sie sah nur, dass es ihm nicht gut ging.

„Ronnie, erzähl uns von deinem Zuhause!"

„Ja, sagte ich, wie sieht es da aus? Wohnt ihr auch in Häusern? Wie ist überhaupt euer Planet? Habt ihr eine Sonne?"

„Und müsst ihr auch in die Schule gehen?", wollten die Zwillinge wissen.

„Unser Planet kreist um eine Sonne, die sehr groß ist, aber fast ausgebrannt."

„Seid ihr deswegen zur Erde gekommen, weil es bei euch zu Ende geht?"

„Nein, das kann noch ein paar Jahrhunderte dauern. Unser Planet ist etwas kleiner als eure Erde. Er ist sehr schön, aber ich kann euch sagen, dass eure Erde noch viel schöner ist. Ich habe sie ja von außen gesehen."

Dann erzählte uns Ronnie, dass die Menschen dort auch in Häusern wohnen.

„Und die Kinder haben alle einen Papa und eine Mama?", fragten die Zwillinge.

„Natürlich."

„Na ja, so natürlich ist das bei uns nicht", meinte mein großer Bruder. Er dachte wohl dabei an seinen Freund Mario, der abwechselnd bei seinem Vater und seiner Mutter wohnte.

Wieder bekam ich das Gefühl, dass es doch eigentlich nicht sein kann, dass auf einem Himmelskörper, der so unglaublich weit entfernt ist, das Leben der Menschen nicht viel anders ist als hier. Ja, auch dass die Menschen irgendwie so ähnlich sein mussten wie wir.

Ronnie schien meine Gedanken zu erraten.

„Unser Leben ist aber trotzdem ganz anders als eures." Und jetzt sah ich in seinen Augen etwas, wo ich wirklich dachte: „Er ist etwas Besonderes."

„Und was ist das?"

„Dort gibt es nichts Böses."

Meine Mutter hatte anscheinend den Eindruck, dass Ronnie sich von seiner Niedergeschlagenheit etwas erholt hatte. Sie sagte, wir sollten an diesem Nachmittag eine kleine Fahrradtour machen. Mein großer Bruder schlug vor, zum Planetarium zu fahren. Ich sah an seinem Gesicht, dass er jetzt auf einmal auch mehr Interesse an Ronnie hatte als am Anfang, wo er ihn nicht so ernst genommen hatte, weil er wesentlich jünger war.

Die Idee gefiel allen.

Allerdings musste erst noch geklärt werden, ob Ronnie überhaupt wusste, was ein Fahrrad ist, und ob er sich zutraute, damit zu fahren. Das war aber doch kein Problem, er sagte, er habe ja viele Leute schon mit diesem Gerät fahren sehen und werde das sicher schnell lernen.

Bis auf die Zwillinge machten wir uns alle gemeinsam auf den Weg. Ronnie bekam das Fahrrad, das meine Cousine Emma neulich bei uns hatte stehen lassen. Und tatsächlich, nach einigen kleinen Anfangsschwierigkeiten fuhr er echt gut.

Als wir abends müde beim Abendessen saßen, stellte ich fest, dass Ronnies Traurigkeit nicht ganz weg war. Das tat mir sehr leid. Wenn man in sein trauriges Gesicht schaute, wurde man automatisch auch traurig.

Ich musste daran denken, dass er gesagt hatte, dass es in seiner Welt nichts Böses gibt. Wie meinte er das wohl?

Dann gingen wir alle bald ins Bett. Ich schlief sofort ein.

Mitten in der Nacht aber wurde ich wach, weil ich seltsame Geräusche hörte. Das Gästezimmer, in dem Ronnie schlief, war direkt neben meinem Zimmer. Bis auf die Zwillinge haben wir Kinder alle Einzelzimmer. Als mein Papa das Haus baute, hat er das durchgesetzt, obwohl der Architekt anderer Meinung war.

Jedenfalls in dieser Nacht hörte ich, wie aus dem Nebenzimmer Laute kamen, als wenn Ronnie mit jemandem spräche. Ich dachte, dass er vielleicht besonders lebhaft träumt. Dann tat ich etwas, was man eigentlich nicht tun soll, ich lauschte an seiner Tür.

Was ich hörte, kam mir sehr eigenartig vor. Ronnie sprach tatsächlich im Traum, aber dieser Traum schien irgendwie etwas ganz Wirkliches zu sein.

Zuerst war da ein leises Weinen, wo ich beinahe mit geweint hätte.

Er sprach natürlich in seiner Sprache, die ich jetzt eigentlich zum ersten Mal hörte, denn mit uns spricht er ein ausgezeichnetes Deutsch. Die Worte klangen schön, Mama würde sagen melodiös.

Er sagte etwas, das wie eine Klage klang, was man ja gut verstehen kann. Aber man merkte gleichzeitig, dass er mit einer anderen Person sprach, die ihn offensichtlich gut verstand und die ihn nach einigen Sätzen zu beruhigen schien.

Jetzt konnte ich meine Neugier nicht zurückhalten und öffnete die Tür einen Spalt. Ich konnte sehen, dass Ronnie tatsächlich schlief und im Schlaf redete. So etwas Ähnliches habe ich einmal bei meiner Tante Rosie erlebt, aber da war das doch noch etwas anders.

Dann wurde es still, er sagte nichts mehr, aber ich konnte bemerken, dass auf seinem Gesicht ein Lächeln lag, das ganz schön aussah. Ja, er wirkte ganz zufrieden. Als er nach kurzer Zeit wieder in einen tiefen Schlaf fiel, schloss ich vorsichtig die Tür und ging in mein Bett.

Nun war ich auch ganz beruhigt.

# Eine Fantasiewelt?

„Mit wem hast du denn heute Nacht gesprochen, Ronnie?" Das Zimmer meines großen Bruders befand sich auf der anderen Seite des Gästezimmers.

Johannes hat manchmal so eine Art zu provozieren, nicht böse gemeint, aber manch einer ärgert sich dann darüber.

„Ich weiß nicht, ich kann mich nicht erinnern."

Das wunderte mich, aber vielleicht war er tatsächlich in einem Tiefschlaf gewesen.

Papa und Mama unterhielten sich nach dem Mittagessen über Ronnie. „Es sieht ja ganz so aus, als ob er noch einige Tage bei uns bleiben wird", sagte Mama.

Mein Vater, der ja irgendwie an Ronnie nicht glaubte, sagte: „Das mit der angeblichen Funkverbindung zu seinem Vater, das sogenannte Raumschiff mit dem klassischen antiken Namen ‚Argo', ich denke doch, dass der Junge in einer Fantasiewelt lebt. Wie wäre es, wenn du mal in den nächsten Tagen mit ihm zum Psychiater gehst?"

Das Wort Psychiater hatte bei Mama eine ganz negative Wirkung. Ich wusste, dass es vor ein paar Jahren zu einem großen Krach zwischen ihr und Papa gekommen war, weil Vater meinte, unser kleiner Bruder Markus sei eventuell psychisch krank. Der Grund war der, dass Markus auch mit fünf Jahren noch nicht redete. Das änderte sich aber kurz danach, noch bevor der Psychiater überhaupt etwas gemacht hatte. Markus ist wirklich ein ganz normaler Junge.

Meine Mutter sagte damals: „Du kennst das Wort von Karl Kraus: Psychiatrie ist die Krankheit, deren Heilung sie zu sein vorgibt. Gerade bei Kindern und Jugendlichen, wo die Persönlichkeit noch nicht ganz fertig ist, kann es sehr negative Wirkung haben, wenn man ihre psychische Gesundheit in Zweifel zieht."

Das alles habe ich damals nicht verstanden, aber jetzt dachte ich, was Ronnie betraf, dass Mama wohl recht haben konnte.

Mama ist eine kluge Frau. „Angenommen, er lebt in einer Fantasiewelt, das beste Heilmittel wäre dann, dass er mit möglichst vielen Gleichaltrigen zusammenkommt. Deshalb wäre ich doch dafür, dass er mit Lisa in die Schule gehen sollte."

Mein Vater war schließlich damit einverstanden. zumal ich selber ihn ja auch schon gelöchert hatte, die Erlaubnis dazu zu geben.

„Aber geh du beim ersten Mal mit und erkläre dem Lehrer oder der Lehrerin den ganzen Zusammenhang."

Was meine Mutter dann versprach.


Ronnies erster Schultag.

Frau Kleinschulte, unsere Deutschlehrerin, war sofort einverstanden, als Mama sie fragte, ob Ronnie am Unterricht teilnehmen dürfe.

„Es ist wahrscheinlich nur für ein paar Tage, bis sich seine Situation geklärt hat", sagte sie, ohne die „Situation" näher zu erläutern.

Ich flüsterte ihm noch zu: „Du brauchst ja nicht allen zu sagen, dass du vom Orion kommst."

„Aber ich kann doch nicht lügen!"

Prompt kam die Frage der Lehrerin: „Und du, Ronnie, woher kommst du?"

„Ich komme von außerhalb Deutschlands."

„Aha, bist du einer der Flüchtlinge aus Syrien?"

„Nein, noch etwas weiter. Ich habe den Kontakt zu meinem Vater verloren. Ich hoffe, dass er mich bald findet."

Frau Kleinschulte war ehrlich betrübt. „Da solltet ihr aber die Behörde einschalten. Wir sind doch alle für Familienzusammenführung."

Im Unterricht ging es um Gedichte, und zwar von Joseph von Eichendorff.

„Amelie, du hast eine gute Stimme, trag uns mal das Gedicht vor, das wir zuletzt besprochen haben."

Amelie ist meine beste Freundin. Sie liebt Gedichte und hat viele auswendig gelernt, obwohl unsere Lehrerin das nicht von uns verlangt.

*„Es war, als hätt' der Himmel*

*die Erde still geküsst,*
*dass sie im Blütenschimmer*
*von ihm nur träumen müsst ... "*

Ich schaute auf Ronnie und kurz darauf schauten alle auf Ronnie. Er war irgendwie ganz verändert, er strahlte und ein wunderbares Lächeln lag auf seinen Lippen. Er hielt die Augen geschlossen.

„*Und meine Seele spannte*
*weit ihre Flügel aus,*
*flog durch die stillen Lande,*
*als flöge sie nach Haus.* "

Eine kleine Weile war es ganz still. Man konnte nicht genau erkennen, was uns mehr beeindruckte, der sehr schöne Gedichtvortrag von Amelie oder Ronnies Ergriffenheit.

Dann hatte er sich aber wieder in der Gewalt und sagte, gewissermaßen als Erklärung:

„Bei uns ist Poesie sehr wichtig."

„Bravo", sagte Frau Kleinschulte, „und wo hast du so gut deutsch gelernt?"

„Alles, was ich weiß, hat mir mein Vater beigebracht."

Dann gingen wir in die Pause.

Einige Jungen aus meiner Klasse redeten auf Ronnie ein. Ich hatte den Eindruck, sie wollten unbedingt dahinter kommen, was für ein Geheimnis um ihn war. Aber er ging nicht wirklich darauf ein.

„Wo hast du so gut deutsch gelernt? Nur bei deinem Vater?"

„Oder hast du schon ein paar Wochen in Deutschland woanders gewohnt?"

„Hast du eigentlich Geschwister?"

„Habt ihr von der Flüchtlinghilfe viel Geld bekommen? Du hast ja keine schlechte Kleidung an."

Ronnie trug abgelegte Sachen von meinem großen Bruder, die nicht besonders luxuriös waren.

Ich merkte, dass ihm die Aufdringlichkeit der Jungen unangenehm war. Später sagte er mir: „Ich gab ihnen keine richtige Antwort, weil sie nicht mit einer sauberen Absicht gefragt haben."

Dann kam der Biologieunterricht und das war voll der Hammer!

Herr Brüsehaber hatte ebenfalls nichts gegen den „Gasthörer". Aber er interessierte sich auch nicht besonders für Ronnie.

„Fred, du kannst uns eine kurze Zusammenfassung der Gedanken von Charles Darwin geben. Wann hat er gelebt und was sind seine für uns heute so wegweisenden Ideen?"

Fred, ein Junge mit vielen Sommersprossen und roten Haaren, war eigentlich ein Jahr jünger als die anderen. Er hatte bei der Schule, wo er vorher war, eine Klasse übersprungen, was bei uns gar nicht geht. Aber er blieb bei uns, weil er in fast allen Fächern, zumindest in den naturwissenschaftlichen, ganz gut war.

Er hatte an dem Palaver auf dem Schulhof nicht teilgenommen und zeigte Ronnie gegenüber sowieso kein besonderes Interesse.

Es war irgendwie komisch: An Ronnie schieden sich die Geister, einige mochten ihn auf Anhieb gut leiden und andere zeigten, ohne ihn zu kennen, gleich so etwas wie Abneigung ihm gegenüber.

„Also, Charles Darwin lebte in der Mitte des 19. Jahrhunderts in England und war ein großer Naturforscher."

Fred holte ziemlich weit aus, erzählte von den Expeditionen Darwins mit der Beagle und kam erst langsam zur Sache.

Die „Sache" war die Entstehung und Entwicklung der Lebewesen. Herr Brüsehaber ist nämlich, wie er selbst sagt, Atheist. Er sagt immer: „Das große Verdienst Darwins ist, dass er gezeigt hat, dass wir keinen Schöpfer brauchen."

Er unterbrach Fred: „Gut und schön, aber sag uns, wie nach Charles Darwin das Leben auf der Erde entstanden ist!"

Ich merkte, wie Ronnie plötzlich sehr aufmerksam wurde.

„Über die Entstehung des Lebens hat Darwin eigentlich nichts Genaues gesagt. Es war halt irgendwie schon da. Aber dann erklärt er uns, wie sich die verschiedenen Arten entwickelt haben. Das nennt man Evo-

lution. Durch Mutation und Selektion haben sich aus ganz kleinen An-
fängen die Lebewesen entwickelt, vom kleinen Grashüpfer bis zum Primaten und damit zum Menschen."

Herr Brüsehaber war entzückt. „Und wie kann man sich vorstellen,
dass aus einem Affen oder einem affenähnlichen Lebewesen schließlich
der Mensch entsteht?"

„Das geht natürlich nicht von heute auf morgen, sagte Fred, in Millionen von Jahren entwickelt sich der Homo sapiens."

Der Biologielehrer wollte soeben wieder einmal auf den Neandertaler
zu sprechen kommen, den er besonders zu lieben scheint. Aber dazu kam
es nicht. Ronnie stand auf und sagte, ohne dass er seine Erregung ganz
unterdrücken konnte:

„Wenn Sie erlauben, Herr Brüsehaber, möchte ich dazu eine Anmerkung
machen. Dieser Naturforscher irrt sich. Der Mensch ist nicht von selbst
entstanden. Überhaupt das Leben auf dieser Erde ist nicht von selbst entstanden. So etwas Kompliziertes und gleichzeitig Sinnvolles kann nicht von
selbst entstehen. Unsere weisen Männer sagen: Wenn man die Elemente der
Natur sich selbst überlässt, kommt dabei nichts Vernünftiges heraus …"

Ronnie hätte noch weiter geredet, aber er wurde vom Lehrer scharf unterbrochen: „Wie kannst du dich unterstehen, die Autorität von Charles
Darwin und so vieler anderer Wissenschaftler in Zweifel zu ziehen?" Brüsehaber war echt wütend. Es entstand ein kleiner Tumult, einige der Mitschüler waren ebenfalls über Ronnie verärgert. Andere grinsten. Wieder
andere schienen sich zu freuen.

„Ich weiß, dass mir das nicht zusteht", sagte Ronnie verbindlich, aber
ohne jedes Lächeln. „Ich habe gehört, dass die Forscher sagen, dass es
zweifellos eine Evolution innerhalb einer Art oder einer Artenfamilie gibt.
Ein Tier, das ständig im Schnee lebt, bekommt mit der Zeit ein weißes
Fell. Aber dass sich eine Tierart aus einer anderen entwickelt hat, ist bis
heute nicht bewiesen."

Der Biologielehrer wurde jetzt unangenehm. „Du setzt dich jetzt auf
deinen Platz und hörst auf, den Unterricht zu stören. Also, Fred, fahre
fort, wo du unterbrochen worden bist."

Aber Fred kam nicht mehr richtig in Gang. Er stotterte etwas von Primaten und Hominiden, aber es ergab gar keinen Sinn.

Als schließlich Herr Brüsehaber drauf und dran war, den Unterricht abzubrechen, ereignete sich etwas ganz und gar Unvorhergesehenes.

Etwas ganz und gar Schreckliches.

# Schock im Gymnasium

*Ich, die Mutter von Lisa, übernehme jetzt kurzfristig das Tagebuch.*

Das, was da im Helmholtz-Gymnasium passiert ist, war für die Kinder schockierend, wenngleich nachher sich alles zum Guten wendete.

Der Biologielehrer, Herr Brüsehaber, war über das Verhalten unseres Gastes, des Ronnie, sehr ungehalten, ob zu Recht oder zu Unrecht, sei hier nicht weiter erörtert. Die Ereignisse, die folgten, ließen aber die ganze Angelegenheit mit dem Wert oder Unwert des Darwinismus in den Hintergrund treten.

Ich gebe jetzt die Sache so wieder, wie Lisa sie mir am Abend, als alle sich wieder beruhigt hatten, erzählt hat.

Soeben wollte der verärgerte Herr Brüsehaber die Schulstunde vor der Zeit beenden, da hörte man vor der Tür des Klassenzimmers einen Tumult, Schreie und dazwischen die laute Stimme des Hausmeisters. Dann flog die Tür mit einem so heftigen Schwung auf, dass das Scharnier buchstäblich ausrastete und die Tür plötzlich schräg im Raum stand. Die Kinder fuhren zusammen. Der Urheber des Dramas war ein junger Mann, dessen Gesichtszüge man nicht erkennen konnte, weil er eine schwarze Kapuze mit Sehschlitzen trug. Er war offensichtlich äußerst erregt und schrie immer wieder „Allahu akbar! Allahu akbar!"

Auf der schwarzen Kapuze war, wie ein Schüler mir versicherte, das Zeichen des IS angebracht.

Der Mann hatte in der rechten Hand ein riesiges Messer, beinahe ein Schwert, mit dem er herumfuchtelte. Später sagte mir ein anderer Schüler, dass der Mann, der noch ganz jung zu sein schien, sehr unsicher wirkte, was natürlich erklärt, warum er ständig herumschrie. Jemand sagte, dass er auch arabisch klingende Wortfetzen von sich gab.

Nun fingen einige Kinder auch an zu schreien, aber kaum einer bewegte sich von seinem Platz. Wie angewurzelt saßen sie da.

Mit dem Messer in der Hand ging der Mann – ziemlich langsam übrigens – auf den Lehrer zu und nun schrie er auch deutsche Worte in den

Raum, ungefähr so: „Verfluchter gottloser Wissenschaftsscheißer!" und andere Worte, die man nicht verstehen konnte.

In diesem Augenblick erhob sich ganz rasch und sicher unser Ronnie, der wohl einen Kopf kleiner war als der Attentäter. Er ging auf ihn zu, rief, kurz bevor das Messer auf den Nacken von Herrn Brüsehaber niedersauste: „Haltet den Mörder!" und versuchte, ihm das Messer aus der Hand zu winden. Das gelang ihm zwar nicht ganz, aber sein Eingreifen bewirkte, dass alle aus ihrer Erstarrung erwachten, und vor allem, dass der Hausmeister, der sich von draußen einen Weg durch die aufgeregte Menge gebahnt hatte, sich dem Mann nähern und ihn von hinten überwältigen konnte. Er konnte ihm schließlich auch das Messer aus der Hand winden, konnte aber nicht verhindern, dass die Waffe mit aller Gewalt auf Ronnies Arm schlug. Die Kinder schrien auf.

Der Attentäter, der wohl ein verwirrter älterer Schüler war, wurde noch mehr dadurch verunsichert, dass Ronnie ihm mit einer solchen Entschlossenheit entgegengetreten war. Später bei dem Verhör durch die Polizei sagte er, dass Ronnie ihn offenbar so scharf und durchdringend angeschaut hatte, dass ihn der ganze ohnehin durch Drogen gestützte Mut plötzlich verließ.

Der Lehrer, der erst nach und nach begriff, welchem Unheil er mit knapper Not entgangen war, zitterte am ganzen Leibe. Erst später sollte er sich klarmachen, dass Ronnie ihm praktisch das Leben gerettet hatte.

Was aber war mit Ronnie selbst und seiner klaffenden Wunde? Noch bevor eine der herbeigeeilten Lehrerinnen mit Verbandszeug und Medikamenten bei ihm war, konnten die in der Nähe Stehenden zu ihrer großen Verwunderung beobachten, wie die Wunde, die zunächst stark geblutet hatte, sich langsam schloss.

Einige Kinder sollten später die ganze Geschichte noch etwas aufbauschen, aber es war klar, dass es da nicht mit rechten Dingen zugegangen war, oder sollte man besser sagen, dass da ein Wunder geschehen war?

Darauf angesprochen, sollte Ronnie später sagen: „Ein Wunder war das nicht. Bei uns gibt es keine Krankheiten und Verletzungen."

Damit war für ihn der Fall zunächst einmal erledigt.

Der Attentäter war tatsächlich ein älterer Schüler der Helmholtz-Schule. Er wurde von der Polizei festgenommen und es wird ordnungsgemäß gegen ihn ermittelt. Er ist erst siebzehn Jahre alt und es wird höchstens Jugendgefängnis geben. Alle Schüler, besonders die der oberen Klassen, sind sehr aufgeregt. Seine Klassenkameraden schildern ihn als Einzelgänger. Über seine vermuteten Kontakte zu Islamisten kann man noch nichts sagen. Die Mitschüler wussten lediglich, dass er sich ab und zu mit zwei jungen Männern aus einem Flüchtlingsheim traf.

Eine Nachrichtenagentur meldete noch am selben Tag, dass der IS den Anschlag für sich reklamierte. Aber zwei Stunden später wurde diese Meldung vom IS selber dementiert, wahrscheinlich weil der Anschlag erfolglos war.

Das Fernsehen kam am Nachmittag und wollte natürlich auch Ronnie interviewen. Der Junge gab sich aber sehr einsilbig. „Ich hatte Glück, dass ich den Attentäter rechtzeitig am Arm zu packen bekam", war alles, was er dazu sagte. Das mit der Wunde an seinem eigenen Arm erwähnte er nicht, zumal auch der Reporter von dem plötzlichen Heilungsprozess nichts erfahren hatte.

Als Herr Brüsehaber, der Biologielehrer, die Situation erfasste – er brauchte etwas länger dazu, da er als Einziger echt unter Schock stand – ging er auf Ronnie zu, um sich bei ihm zu bedanken. Aber der Junge strahlte ihn mit einem so unbefangenen Lachen an, dass ihm die passenden Worte nicht einfielen. Was bei einem gestandenen Lehrer ungewöhnlich ist.

Ronnie wird uns immer mehr zum Rätsel. Was ist das für eine Welt, in der es keine Krankheiten gibt? Noch wissen die Kinder und die Lehrer nichts von seiner, sagen wir einmal, besonderen Herkunft.

Es gab nun einige ruhige Tage, aber gestern geschah wieder etwas Erstaunliches. Ich gebe die Berichterstattung an meine Tochter Lisa zurück, denn es ist ja ihr Tagebuch.

# Ein Besuch im Zoo

*Hier bin ich wieder – Lisa.*

Ich muss euch von einem neuen Erlebnis mit Ronnie erzählen, das sich heute abgespielt hat.

Unser Biologielehrer, Herr Brüsehaber, hatte sich von seinem Schock erholt und überraschte uns mit dem Vorschlag, mit uns in den Zoo zu gehen. Das hat er noch nie gemacht und wir haben uns darüber gefreut. Manchmal hat Herr Brüsehaber echt gute Ideen.

Mein großer Bruder meinte, dass er vielleicht Ronnie aus Dankbarkeit eine Freude machen wollte. Mein Vater aber sagte, dass er vielleicht das Verhältnis Ronnies zu den Tieren prüfen wollte. Was er damit sagen wollte, weiß ich auch nicht.

Ich denke, dass es hier aber nicht um Ronnie ging, wir alle gingen ja gerne in den Zoo und so eine Abwechslung war nach der Aufregung mit dem Möchtegern-Terroristen – so nannte ihn mein Vater – für uns alle gut.

Unser Zoobesuch wurde in letzter Minute durch einen Beschluss des Direktors zu einem ganztägigen Ausflug und das hat uns allen natürlich besonders viel Spaß gemacht.

Die Schulleitung hatte einen Bus gemietet. Die Entfernung zum Zoo war nicht besonders groß, aber zu Fuß konnte man dorthin nicht kommen und mit der Straßenbahn ist das bei so vielen Kindern – wir waren insgesamt achtzehn – auch immer etwas kompliziert. Sagte jedenfalls die Schulsekretärin, die auch mitfuhr.

Zwei Kinder kamen etwas zu spät, aber trotzdem war die Stimmung im Bus gut, als wir endlich losfuhren.

Während der Fahrt hatten einige Kinder, besonders Mädchen, die sich gerne in seine Nähe setzten, viele Fragen an Ronnie.

„Aus welchem Land kommst du eigentlich genau?"

„Wahrscheinlich aus Thailand, da kennt sich jedermann mit Kampfsport aus."

„Aber von der Evolution hat man bei euch wahrscheinlich noch nichts gehört?"

„Hast du ältere Geschwister? Wie kam das, dass du keinen Kontakt mehr mit deinem Vater hast?"

Alle Fragen ließ Ronnie an sich abtropfen, aber bei der letzten wurde er nervös. „Lasst bitte meinen Vater aus dem Spiel!"

Er konnte so reden, weil er seit dem Erlebnis mit der Messerattacke ein riesiges Ansehen bei den Mitschülern hat. Was auch weiterhin so blieb, obwohl er genauso bescheiden auftrat wie vorher.

Die Kinder respektierten ihn und sein Geheimnis, ohne zu ahnen, was für ein Geheimis das war.

Der Besuch im Zoo ließ sich ganz normal an und war sehr lustig. Herr Brüsehaber legte Wert darauf, dass wir zusammenblieben, da der Zoo sehr weitläufig war und außerdem voller Besucher. Da Herr Brüsehaber den Zoodirektor kannte, ergab es sich, dass dieser zum Eingang kam und uns begrüßte. Bevor er wieder in sein Büro ging, sagte er, dass wir ihn ruhig stören könnten, wenn wir irgendwelche Fragen hätten. Da haben sich natürlich einige Kinder überlegt, was für eine Frage sie stellen könnten.

Mit großem Hallo wurde die Affeninsel aufgesucht. Immer wieder gab es Anlass, über die Verrücktheiten der Schimpansen zu lachen. Sie spielten Nachlaufen und rannten wie irre über die ziemlich große Insel. Man amüsierte sich darüber, wie sie sich gegenseitig die Läuse aus dem Pelz suchten. Und wenn sie ihr schrilles Lachen erschallen ließen, mussten wir alle mitlachen. Keinem fiel auf, dass Ronnie nicht besonders begeistert war.

Als wir weitergingen, sagte er leise zu mir: „Bei uns gibt es viele Tiere, die sind wie eure hier, aber wir haben auch ganz andere, die ihr nicht kennt. Affen gibt es bei uns gar nicht."

Nach und nach bemerkte ich, dass er zu einigen Tieren eine Beziehung zu haben schien, die mir sehr vertraulich vorkam. Ja, ich sah sogar, wie er mit einigen Tieren redete. Zuerst fand ich das lustig, aber dann merkte ich, dass er so etwas wie eine Antwort bekam. Oder besser gesagt, dass sie ihm zuzuhören schienen.

Besonders deutlich war das bei den Rehen und Hirschen. Da war eine größere Wiese mit Sträuchern und Bäumen, wo mehrere Hirsche und Rehe friedlich grasten. Ronnie ging an den Zaun und rief ihnen etwas zu. Und zu meiner Verwunderung kamen zwei Hirsche und fünf ausgewachsene Rehe zu ihm, als wollten sie ihn begrüßen. Soweit ich weiß, sind diese Tiere eher scheu, aber hier waren sie ganz zutraulich. Ich dachte, vielleicht haben sie irgendeine Art von Zähmung oder Training bekommen. Jedenfalls schienen sie in Ronnie so etwas wie einen alten Bekannten zu sehen.

Er redete sie an – ich weiß nicht, was er ihnen sagte – und sie schienen sogar zu nicken. Sie blieben eine Weile bei ihm, obwohl er ihnen gar nichts Essbares anbot. Ich kam etwas näher und die Tiere schienen einen Schritt zurückzutreten. Da sagte Ronnie – ich habe es genau gehört – leise zu ihnen: „Keine Sorge, sie ist in Ordnung!" und da schienen sie auch mir zuzunicken. Wie ich dies niederschreibe, ist mir klar, dass der Leser sagen wird, dass ich spinne. Aber es war so.

Und das war noch nichts gegenüber dem, was noch kam.

Die Löwen waren der ganze Stolz des Zoodirektors. Von seinem Büro aus konnte er praktisch den ganzen Zoo überschauen, und als wir da vor den Löwen standen, kam er wieder aus seinem Büro und erzählte uns alles Mögliche über seine Lieblinge.

„Bei allem Respekt vor eurem Biologielehrer", er zwinkerte Herrn Brüsehaber zu, der schon zu ahnen schien, was er sagen würde, „glaube ich nicht daran, dass die Lebewesen durch Evolution ins Dasein getreten sind, also sozusagen von selbst. Jedes einzelne Tier, und erst recht natürlich der Mensch, sind so etwas Sinnreiches und vor allem auch Schönes, dass jemand dahinterstecken muss, der diese erdacht und realisiert hat."

Ronnie wurde jetzt sehr aufmerksam, sagte aber nichts.

„Ist euch noch nie aufgefallen, dass jedes Tier einen ganz bestimmten Charakter hat? Die Ente ist lustig, das Eichhörnchen ist nervös und ängstlich, der Hahn und die Henne wirken komisch, das Pferd elegant, die Schlange listig, der Pfau eitel und schließlich der Löwe majestätisch –

ist es ein Zufall, dass wir da lauter Eigenschaften haben, die wir bei den Menschen auch finden? Außer uns Menschen ist aber niemand da, der diese Eigenschaften bemerken könnte. Können wir nun daraus schließen, dass der Mensch die Tiere gemacht hat? Nein, natürlich nicht. Sie waren vor ihm da. Und das sowohl nach den Theorien der Naturwissenschaft als auch nach der Bibel."

Der Direktor machte eine kleine Pause, und jeder überlegte, worauf er eigentlich hinauswollte. Uns fiel auf, dass der Biologielehrer ein saures Gesicht machte, aber wahrscheinlich wollte er seinem Freund nicht widersprechen. Der Zoodirektor – er hieß übrigens Friedhelm Moosbacher – fuhr fort: „Das Problem ist ja nicht neu. Nicht erst seit gestern betreibt man Naturwissenschaft ohne Gott, man spricht von der Schöpfung und klammert den Schöpfer aus."

Einige Schüler schauten jetzt Herrn Brüsehaber an, der zunehmend nervös wurde. Einige, die nicht in seiner Nähe standen, grinsten. Und einer, Udo Schlatmann, der eine besonders große Klappe hatte, brachte es auf den Punkt: „Herr Brüsehaber, was sollen wir denn nun glauben, hat Gott die Welt geschaffen oder ist sie von selbst entstanden?"

Udo war erst kürzlich in unsere Stadt gezogen und Herr Brüsehaber hatte ihn noch nicht in seiner oft etwas unverschämten Art erlebt. Er schnappte nach Luft und überlegte eine Antwort. Ronnie, der weiter hinten stand, sagte leise zu mir: „Der Direktor hat recht."

Ich muss dazu sagen, wir hatten bisher mit Ronnie noch nicht über Religion gesprochen. Ich dachte mir, dass es in seiner Welt weder Katholiken noch Protestanten oder Muslime geben würde.

Der Direktor Moosbacher konnte seinerseits natürlich nicht wissen, dass wir in der Klasse erst vor Kurzem das Thema Evolution behandelt hatten und dass unser Lehrer sich ziemlich deutlich aus dem Fenster gelehnt hatte.

Ich sah, wie Ronnie auf den verunsicherten Biologielehrer schaute, und hatte den Eindruck, dass er ihm beistehen wollte, obwohl er ja anderer Meinung war. Ronnie ist einfach super. Er merkte, dass die Autorität des Lehrers auf dem Spiel stand und sagte laut Folgendes:

„Hier gibt es zwei gegensätzliche Meinungen. Aus dem, was uns der Herr Direktor Moosbacher gesagt hat, kann man, glaube ich, schließen, dass, wenn jemand die Lebewesen gemacht hat, dieser Jemand – Gott oder eine unbekannte Macht – die Lebewesen sehr lieben muss. Und er muss außerdem sehr viel Humor haben. Und dann sagten Sie", der Zoodirektor ging ein paar Schritte auf Ronnie zu und zeigte ihm ein wohlwollendes Lachen, „dass wir Menschen uns die Tiere mal daraufhin anschauen sollten. Ja wirklich, jedes Tier hat uns etwas zu sagen. Vielleicht wollte der Schöpfer oder die Evolutionsenergie uns Menschen einen Spiegel vorhalten."

Wir standen immer noch vor den Löwen und wollten uns jetzt den Tigern, Panthern und Pumas zuwenden, die jeweils ein eigenes ziemlich geräumiges Haus bewohnten.

„Welche menschliche Eigenschaft hat eigentlich der Panther?", fragte Udo, der mit dem frechen Mundwerk.

Der Direktor hatte sich mit Ronnie etwas abgesondert. Ich hörte noch gerade, wie er zu ihm sagte: „Mein Junge, woher hast du diese Auffassung? In den Schulen wird ja durchweg die Evolutionstheorie zum Besten gegeben."

Aber bevor Ronnie etwas dazu sagen konnte, geschah etwas so Seltsames, dass diejenigen, die es sahen, mit offenem Mund dastanden. Wobei aber die meisten Schüler es gar nicht mitbekamen.

Die meisten von unserer Gruppe waren langsam weitergegangen, wohl weil die Panther und Pumas sie nicht besonders interessierten. Udo hatte sich bei den Panthern aufgehalten, weil in diesem Moment der Wärter kam, um sie zu füttern. Udo sprach den Wärter an, das heißt er stellte irgendeine dumme Frage, auf die der Wärter keine Antwort wusste. Als Udo weiter fragte, wurde der Wärter ungeduldig und sagte ihm, er solle mit seinen Bemerkungen aufhören. Danach entschied er sich, ihn zu ignorieren, aber man sah ihm an, dass er innerlich kochte. Als Udo immer noch keine Ruhe gab und sagte: „Sie sind doch hier der Tierpfleger, Sie müssten das doch wissen!", platzte ihm der Kragen und er ging auf den

Jungen zu. Udo lachte, weil er sein Ziel erreicht hatte. Der Wärter versuchte ihn zu fassen, vergeblich. Er verlor die Kontrolle stolperte und bemerkte nicht, dass sich der Riegel des Käfigs gelöst hatte.

Und es passierte, was nicht passieren darf: Die Tür des Käfigs stand offen, zwar nur ein wenig, aber einer der Panther, ein ziemlich großer schwarzer Panther, nutzte die Gelegenheit, die Gittertür aufzudrücken, und plötzlich stand er draußen.

Einige Frauen in der Nähe schrien auf, andere Besucher starrten auf das Tier, ohne zu begreifen, was hier geschah. Udo hatte begriffen und lief, so schnell er konnte, weg.

Der Zoodirektor, der mit Ronnie in der Nähe stand, bekam einen Riesenschrecken, wusste aber offensichtlich nicht, was da zu tun war.

Und nun wieder Ronnie.

Er übersah die Situation sofort und man sah, dass er Angst bekam und im ersten Augenblick fliehen wollte. Aber dann besann er sich und ging langsam auf das wilde Tier zu. Mir stockte der Atem. Der Panther schnaubte, noch hatte er selbst nicht begriffen, was für eine ungewohnte Freiheit er plötzlich hatte.

Das, was jetzt geschah, war so unglaublich, dass einige der Unstehenden es überhaupt nicht begriffen. Ronnie ging auf den Panther zu und sagte zu ihm: „Freund, was hast du vor?" Ich war wie gelähmt. Der Direktor stand fassungslos daneben. Ich habe noch nie einen Erwachsenen so hilflos gesehen.

Aber das Unglaubliche geschah: Der Panther wandte seinen Kopf Ronnie zu, als wollte er hören, was der ihm weiterhin zu sagen hatte.

Und jetzt fasste er ihn sogar am Kopf mit einer angedeuteten Liebkosung. Ich mochte kaum glauben, dass Wirklichkeit war, was ich da sah. Ich weiß schon, was ein Panther ist. Er ist kein Hund wie ein Retriever, den man streichelt. Und doch war es Wirklichkeit.

Ronnie sagte zu ihm: „Komm mit mir, ich bringe dich wieder zu deinen Gefährten."

Der Panther schien sofort verstanden zu haben, wandte sich um und ging in den Käfig zurück. Der Wärter, genau wie die anderen umstehenden Erwachsenen vor Schreck erstarrt, beeilte sich, die Tür zu schließen. Worauf der Panther sich zu ihm umdrehte und ihn heftig anfauchte.

Ronnie, dem man die Anspannung ansah, sagte noch zu dem Panther: „Danke, mein Freund!" Dann wurde er ohnmächtig.

# Ronnies Herkunft

*Lisa berichtet weiter.*

Heute hat uns der Zoodirektor besucht. Er hatte sich bei unserem eigenartigen Zoobesuch, als Ronnie ohnmächtig wurde, darum gekümmert, dass der Junge so gut versorgt wurde, dass die Schulklasse mit Herrn Brüsehaber ihren Besuch forsetzen konnte. Zusammen mit unserer Schulsekretärin hatte er den Jungen in sein Büro gebracht und auf einem Sofa gebettet, wo Ronnie nach einer Viertelstunde aufwachte.

Die Sekretärin hatte, wie die meisten Teilnehmer an unserem Ausflug, das besondere Verhalten unseres Freundes nicht richtig mitbekommen. Sie und die Kinder sahen zwar, dass der Panther sich eine kurze Weile außerhalb des Käfigs befand, meinten aber, da sie nicht genau hingeschaut hatten, dass der Wärter mit dem Tier irgendetwas gemacht hatte, was sich im Rahmen seiner Pflegetätigkeit befand. Im Übrigen bewegten sich überall viele Leute, die für eine große Unruhe sorgten.

Als sie den Eindruck hatte, dass Ronnie versorgt war, schloss sie sich wieder unserer Gruppe an. Und als Ronnie dann wieder zu sich kam, wollte er ebenfalls so bald wie möglich wieder zu uns stoßen, obwohl er merkte, dass Herr Moosbacher ihm eine Menge Fragen stellen wollte. Dieser verzichtete auf seine Fragen, kündigte aber an, dass er Ronnie und seine Gastfamilie in den nächsten Tagen aufsuchen wolle.

Meine Mama sah dem Besuch mit gemischten Gefühlen entgegen, denn es war klar, dass man heute über die „Herkunft" unseres Gastes sprechen würde. Als aber der Zoodirektor bei uns im Wohnzimmer saß, war sie offensichtlich ganz beruhigt, denn dieser Mann strahlte eine große Herzlichkeit aus und man konnte ihm zutrauen, dass er die schwierigen Dinge um Ronnie richtig verstehen würde.

Ich half dabei, den Kaffeetisch zu decken. Mama hatte eine Sachertorte gebacken, auf der sie oben einige Tiere aus Zuckerguss, die man im Supermarkt kaufen kann, angebracht hatte. Herr Moosbacher lachte herzlich und zeigte mit besonderem Vergnügen auf die lustige Ente, um die sich die anderen Tiere bewegten.

Während der ersten Kuchenrunde erzählte Herr Moosbacher kurz etwas von den Neuerwerbungen in seinem Zoo, kam aber bald auf das zu sprechen, was ihn so sehr interessierte.

„Mein lieber Junge, wenn es dir nichts ausmachst, kannst du mir oder besser gesagt uns (er deutete auf meine Mama, meinen älteren Bruder Johannes und mich) etwas über dein, sagen wir besonderes Verhältnis zu Tieren erzählen? Ich musste neulich unwillkürlich an den Bericht der Bibel über das Paradies denken."

„Eure Bibel habe ich, so wie sie im Internet steht, gelesen. Und da sie das coolste Buch ist, das es im ganzen Universum gibt, habe ich es, auf Anraten meines Vaters, größtenteils auswendig gelernt. Ich weiß daher, was darin über die Erschaffung der Erde und der Lebewesen steht, wenn Sie das meinen."

Jetzt zeigte sich, dass mein Bruder Johannes, der im Allgemeinen sehr wenig spricht, auf einmal ziemlich aufgeregt zu sein schien. Obwohl er von unserem Erlebnis im Zoo gar nicht genau Bescheid wusste, sagte er: „Ich denke auch, dass Ronnie jetzt mal echt genau erzählen soll, wo er eigentlich herkommt und was eigentlich bei allem dahintersteckt."

Johannes meinte das sicher nicht kritisch, vielmehr hatte sich in seinem Denken so viel an Fragen und Rätseln angesammelt, dass er dringend mehr Information brauchte.

Ronnie selbst war ganz ruhig. Es lag ja nicht an ihm, wenn er sein Geheimnis bisher für sich behalten hatte.

Meine Mutter sagte nichts.

„Ich habe es ja schon meinen Freunden hier erzählt", er deutete auf uns, „ich stamme nicht von dieser Erde."

Herr Moosbacher machte große Augen und sagte nur: „Ach!"

Aber er schien es zu glauben.

„Meine Heimat ist der Planet Aja in einem Sonnensystem, das nach eurer Benennung zum Sternbild Orion gehört. Wir sagen natürlich nicht Orion, aber wir wissen, dass ihr es so nennt. Ja, wir wissen über euch ziemlich viel, da unsere Leute schon seit Jahren diesen euren Planeten explorieren.“

Mein Bruder Johannes schaute verwundert, vielleicht in erster Linie wegen des Wortes „explorieren“.

„Und wie macht ihr das mit dem ‚Explorieren‘? Habt ihr in eurer Heimat so große Teleskope?“

„Nein, wir sind immer in eurer Nähe.“

Herr Moosbacher schaltete sich ein: „Also Raumschiffe, Ufos – gibt es sie also doch?“

Unser junger Freund lachte, und wenn Ronnie lacht, sieht man wirklich einen ganz normalen Jungen vor sich, dem es Spaß macht, seine schönen Zähne zu zeigen und seine dunklen Augen strahlen zu lassen.

Dann wurde er wieder ernst. „Ja, das sind unsere Fahrzeuge. Wir haben eine andere Technologie als ihr …“

„Du bist sehr bescheiden“, sagte der Direktor, „eigentlich solltest du sagen: Wir haben eine euch weit überlegene Technologie.“

„Aber trotzdem“, Johannes war immer noch unruhig. „Unser Papa hat gesagt, dass man die riesige Entfernung von euch bis zu uns einfach nicht bewältigen kann, selbst wenn man eine perfektere Technik hätte und mit Lichtgeschwindigkeit fliegen könnte. Dann würde einfach die Masse des Raumschiffs unendlich groß.“

„Sagt Einstein. Mein Junge, lassen wir im Moment das mit der Beförderungstechnik. Mich interessiert Ronnies Umgang mit Tieren. Wieso konntest du ein wildes Tier wie den Panther dazu überreden, wieder in den Stall zu gehen? Sprichst du die Sprache der Tiere?“

„Ja, bei uns tut das jeder. Auf unserem Planeten gibt es viele Tiere, teilweise die gleichen wie hier, aber auch ganz andere. Bei euch haben die Tiere Scheu oder sogar Angst vor den Menschen oder aber sie sind, wie die Raubtiere, gewalttätig. Das war bei euch auch nicht immer so, im Anfang waren alle Tiere zutraulich und freundlich. Warum das bei euch anders geworden ist und bei uns nicht, das kann ich euch im Moment auch nicht erklären.“

„Ich kann es dir aber erklären.“ Herr Moosbacher war sehr ernst geworden. „Die Sünde hat alles vermasselt.“

„Welche Sünde?" Johannes verstand nichts. In seinem Religionsunterricht hatte man sich, genau wie in meiner Klasse, weniger mit der Bibel, dafür aber mehr mit anderen Religionen, vor allem mit dem Buddhismus, beschäftigt. Außerdem schien das Wort Sünde in der Schule so etwas wie ein Tabu zu sein.

„Im ersten Buch der Bibel wird die Erschaffung der Welt und der Lebewesen geschildert. Weißt du wenigstens, wie die ersten Menschen hießen?", fragte Herr Moosbacher.

„Na klar, Adam und Eva." Aber ich fürchte, das war auch schon alles, was Johannes vom Anfang der Welt wusste.

„Bei uns hießen sie Ari und Wela", sagte Ronnie mit aller Einfachheit. Immerzu sagte er die unglaublichsten Dinge in einem Ton, als wären es die Lokalnachrichten der Zeitung.

Herr Moosbacher schluckte. „Dann stammt auf eurem Planeten also auch die ganze Menschheit von einem Menschenpaar ab?"

„Ja, aber das waren besondere Menschen. Sie mussten nämlich, genau wie Adam und Eva eine Probe bestehen. Sie mussten beweisen, dass sie ihrem Schöpfer gehorchen wollten."

„Und? Haben sie gehorcht?"

„Ja."

„O glückliche Welt!", sagte Herr Moosbacher. „Jetzt brauchen wir nur noch das Leben auf eurem Planeten zu studieren, um zu wissen, wie es auf der Erde hätte sein können, wenn Adam und Eva nicht gesündigt hätten."

Während unser Gast von dem Gehörten noch ganz ergriffen war und darüber nachdenken musste, ging ich zum Bücherschrank, holte unsere Familienbibel und legte sie auf den Tisch.

„Da schauen wir doch gleich mal nach!"

„Im Anfang schuf Gott Himmel und Erde" …

„So ähnlich sagen es unsere heiligen Bücher auch", sagte Ronnie.

„Aber war das denn bei euch derselbe Gott?", fragte Johannes.

„Dumme Frage", sagte der Direktor, „es gibt nur einen Gott. Allerdings müssen wir unseren Blick ein bisschen weiten und sehen, dass Gott nicht nur unsere Erde, sondern das ganze gewaltige Universum geschaffen hat, mit seinen Milliarden und Abermilliarden von Galaxien."

Johannes war beeindruckt und machte eine sehr naive Bemerkung: „Wenn das so ist, dann ist Gott ja viel größer, als ich bisher dachte."

Ronnie sagte trocken: „Das ist ja euer Problem, ihr habt euren Schöpfer total vernachlässigt. Wie könnt ihr nur so leben, als wäre Gott eine Randfigur oder als ob er womöglich gar nicht existierte?"

Ich merkte, dass ich auch immer mehr Fragen hatte, je mehr Ronnie uns erzählte.

„War euren Stammeltern auch verboten worden, von einem bestimmten Baum zu essen? Gab es da auch eine Schlange, die sie verführen wollte?"

„Es war so ähnlich. Der Widersacher war zugegen. Ari und Wela lebten in vollkommener Harmonie mit ihrem Schöpfer, mit der Schöpfung und mit sich selbst. Und sie waren glücklich. Das vollkommene Glück war das allerdings noch nicht, denn sie sahen Gott nicht. Das ist erst im Himmel.

Sie hatten sehr viel Freude an der Musik und waren in kurzer Zeit in alle Geheimnisse der Harmonie und auch des Baus der Musikinstrumente eingedrungen. Sie hatten die verschiedensten Instrumente gebaut, wobei ihnen andere Wesen geholfen hatten, die bei euch Engel heißen. Sie lernten, genau wie später ihr hier auf der Erde, verschiedene Ausdrucksarten kennen, zum Beispiel das, was ihr Dur und Moll nennt. Dann aber auch noch eine dritte Art, die ihr nicht kennt. Sie ist etwas, das die Seelen direkt ins Verderben führt. Noch bevor sie aber diese dritte Art verwenden konnten, hat der Ewige Vater ihnen verboten, sie zu benutzen. Er sagte ihnen deutlich, dass sie, wenn sie auf diese Weise Musik machten, alles verlieren würden und schließlich sterben würden."

Herr Moosbacher war tief beeindruckt.

„Und sie haben sich daran gehalten?"

„Ja. Der Widersacher hat mit allen Tricks gearbeitet, um sie dazu zu bringen, doch auf diese Weise zu musizieren. Er hat sogar einen Weg gefunden, ihnen diese Musik, wenigstens ansatzweise, vorzuführen. Aber sie haben sich die Ohren zugehalten. Und nach einigen Versuchen hat er aufgegeben."

„Und dann ist alles das, was uns das Leben so schwermacht, euch Glücklichen erspart geblieben. Keine Krankheit, kein Leid und kein Tod. Und vor allem, die Menschen bei euch sind frei von der Bosheit, die die Herzen der Menschen vergiftet. Durch Hass und Eifersucht, durch Streit und Habgier. Und vor allem die ewigen Kriege, die das Leben auf unserem Planeten so bitter machen."

Ronnie nahm die Bibel in die Hand und blätterte darin. „Ich muss euch gestehen, das ist für uns die größte Schwierigkeit im Umgang mit euch, dass in eurem Leben Gutes und Schlechtes so vermischt sind. Dass die Menschen hier oft unheimlich nett sind, dass dann aber auch Unangenehmes vorkommt wie Neid, Streit, üble Nachrede, Habgier und so weiter."

„Genau das sind die Folgen der ersten Sünde, wir nennen das auch Erbsünde", sagte Herr Moosbacher. Er wies auf die Bibel, „dort findest du das alles, schon im Alten Testament. Und wie sehr so etwas Schreckliches wie der Krieg den Menschen zur Gewohnheit geworden war, siehst du zum Beispiel an dieser Wendung im Buch der Könige: ‚Im Herbst, wenn die Könige in den Krieg zu ziehen pflegten … Also, wenn die Ernte eingebracht war, dann zog man in den Krieg, sogar dann, wenn es gar keinen Sinn hatte. Und dabei wurden jedes Mal Hunderte von Menschen, meistens junge Menschen, geopfert."

Ronnie schaute uns nun sehr ernst an, und wenn er ernst ist, dann kann man manchmal denken, dass er viel älter ist als zwölf Jahre. Er sagte: „Es sieht so aus, als wenn eure Menschheit überhaupt nicht dazulernt. Entschuldigt, dass ich das so sage! Dass die Kriege sinnlos sind, sollte man inzwischen doch wirklich gemerkt haben. Im vergangenen Jahrhundert habt ihr zwei fürchterliche Weltkriege hinter euch gebracht, die alles bis dahin Dagewesene in den Schatten gestellt haben. Aber lässt man jetzt endlich davon ab? Keineswegs. Mit den Atomwaffen habt ihr ein Vernichtungspotenzial in der Hand, das euren ganzen Planeten zerstören kann."

Ronnie schien plötzlich ein anderer zu sein. Er sprach ungefähr so, wie ich mir einen Propheten vorstelle. Wir kamen uns alle sehr klein vor, obwohl er doch eigentlich außer mir der Kleinste in der Runde war.

Herr Moosbacher machte den Eindruck, als ob er sich unter diesen Worten ducken musste. Aber statt etwas zur Entlastung der Menschen zu sagen, fügte er noch hinzu: „Nach der gottgeschenkten Wende von 1989 ist es sogar noch schlimmer geworden als vorher im Kalten Krieg. Eine Reihe von Leuten verfügt über diese fürchterlichen Waffen, bei denen man kein Verantwortungsgefühl vermuten kann."

Es entstand nun eine Pause. Meine Mutter, die das alles auch sehr mitnahm, versuchte, sich irgendwie abzulenken. Sie schenkte dem Gast Kaffee ein, obwohl die Tasse noch gar nicht leer war. Sie sagte zu meinem Bruder Johannes, er solle nach den Zwillingen sehen, die aber gar nicht im Haus waren. Ich glaube, meine Mutter hat bisher in Ronnie so etwas wie einen Träumer gesehen. Gleichzeitig dachte sie bestimmt daran, was Vater sagen würde, wenn er diese etwas vollständigere Version von Ronnies Geschichte erfuhr.

Jetzt machte Herr Moosbacher einen Vorschlag, der allen gefiel und der sicher mehrere Probleme auf einmal lösen konnte.

„Ich bin der Meinung, dass es das Beste wäre, wenn die Sache nicht allgemein bekannt würde. Ich glaube, noch wissen es nur ganz wenige, und die es wissen, sind sich nicht ganz sicher, ob sie sich nicht getäuscht haben. Denn wenn die Medien sich erst einmal in die Geschichte hereinhängen, dann kann es für Ronnie sehr schwierig, wenn nicht sogar gefährlich werden. Ich kann mir schon die entsprechenden Schlagzeilen vorstellen:
– Ein Außerirdischer besucht unsere Stadt
Auch Kinder können Aliens sein
Ronnie, der Mensch, der mit den Tieren spricht
Wahrheit oder Täuschung, ein Alien in der Schule
Was sind die wahren Absichten der Außerirdischen?
usw. usw."
Ronnie lächelte geheimnisvoll. Dann sagte er: „Das ist ja genau die

Strategie unserer Leute. Auch unsere Raumschiffe verhalten sich so, dass die Erdbewohner sie nicht mehr zur Kenntnis nehmen. Manche Länder wie Frankreich oder die Vereinigten Staaten von Amerika untersuchen die Phänomene, weil sie ja nicht ganz zu leugnen sind. Ihr in Deutschland seid alle fest davon überzeugt, dass es Ufos gar nicht gibt. Und genau das wollen wir erreichen."

Ronnie machte ein Pause, er sah, dass seine Worte Verwunderung hervorriefen.

„Dazu helfen uns zwei Umstände. Erstens, unsere Technologie erlaubt es unseren Schiffen, sich so zu bewegen, aufzutauchen und zu verschwinden, dass ihr mit euren Kategorien zu dem Schluss kommt, man wäre einer Sinnestäuschung zum Opfer gefallen.

Und der andere Punkt ist der, dass ihr unsere geistige Haltung nicht versteht. Ihr geht immer davon aus, dass Menschen aus anderen Gegenden des Universums genau so denken wie ihr. Dass sie nur darauf aus sind, die Erde zu erobern und sich anzueignen. So würdet ihr es jedenfalls wohl machen. Unsere Absicht ist das keineswegs. Und wenn wir uns dann diskret verhalten, schließt ihr daraus, dass wir gar nicht oder nicht mehr da sind."

Unsere Mutter fand den Vorschlag gut. „Johannes, wirst du das durchhalten können?"

„Keine Ahnung. Ich denke schon. Es muss halt alles so weitergehen wie bisher. In der Schule kommen ab und zu Fragen. Neulich fragte jemand: ‚Ronnie, bist du ein Mutant oder haben sie deine Gene vertauscht?' Aber Ronnie wird damit jedesmal gut fertig."

„Ohne dass ich lügen muss. Ja, ich möchte schon gerne weiterhin mit euch in die Schule gehen, wenigstens bis ich den Kontakt mit meinem Vater wiedergefunden habe. Denn ich habe inzwischen erkannt, dass ich hier eine Aufgabe habe."

„Und du, Lisa?"

„Kein Problem", sagte ich. Ja ich fand die Lösung ausgesprochen spannend.

Keiner sprach davon, aber jeder von uns fragte sich, wie unser Vater reagieren würde. Dass ihm da auf Dauer etwas vorgespielt würde, konnte nicht die Lösung sein. Aber solange sich Ronnie „normal" verhielt, würde er nichts dagegen haben, dass er bei uns blieb, da er in ihm doch eine Bereicherung unseres Familienlebens sah.

Wir sprachen mit Herrn Moosbacher noch eine Weile darüber, welche Auswirkungen das Fehlen der Erbsünde auf das Leben der Menschen in Ronnies Welt haben mochte.

„Ich muss gestehen", sagte meine Mutter, „dass ich mich frage, was für ein Gesprächsthema wir hier eigentlich haben. Da kommt ein Mensch von einem ganz anderen Planeten zu uns und sagt uns, dass es in seiner Welt keine Erbsünde gibt. Wenn schon das erste vielen als völlig unglaubhaft vorkommt, so ist das zweite für die meisten Zeitgenossen wahrscheinlich nur eine skurrile Idee. Johannes", sagte sie nun zu meinem großen Bruder, „du weißt besser als wir, was junge Leute über Außerirdische so reden, egal, ob man an ihre Existenz glaubt oder nicht. Hast du jemals erlebt, dass das Wort Sünde oder gar Erbsünde in diesen Geschichten vorkam?"

Johannes lachte und sagte: „Nein. Aber Krieg kommt dauernd darin vor. Ihr müsst euch nur mal alle Folgen des Films ‚Star Wars' angucken. Ich habe eine Menge SciFi-Filme gesehen, aber in keinem einzigen war von Gott die Rede."

„Schon komisch", sagte Herr Moosbacher. Er war von uns der am meisten von Ronnies Geschichte Beeindruckte. Immer wieder schaute er auf den Jungen und sagte: „Warum bist du äußerlich nicht ganz anders als wir?"

„Weil ihr und wir denselben Ursprung haben – Gott."

„Lieber Ronnie, ich möchte dich einladen, morgen mit mir in eine Kirche zu gehen."

„Gerne."

# Ronnie geht in eine Kirche

*Herr Moosbacher fährt in unserem Bericht fort.*

Ich bedanke mich ausdrücklich bei Lisa Mühlhausen, dass sie mir erlaubt, diese Aufzeichnungen fortzusetzen, da sie bei unserem Besuch in der Kirche nicht Augenzeuge war.

Als wir uns am folgenden Tag vor der Kirche trafen, wusste ich noch nicht, dass Ronnie bis dahin noch keine Kirche betreten hatte. Die Familie Mühlhausen ist katholisch, aber man ist nicht gewohnt, in die Kirche zu gehen. Ein heute sehr weit verbreitetes Phänomen. Natürlich könnte man sich fragen, warum Ronnie, wenn er so viel von Gott weiß, nicht schon von selbst, die Kirche aufgesucht hatte. Dazu sagte er mir später: „Ich wusste viel von eurem Leben, als ich hier gelandet bin, aber eben nicht alles. Unsere Kundschafter haben im Laufe der Jahre euren ganzen Planeten kartografiert, und bei den detaillierten Ansichten der Städte von oben hätte man die Kirchen schon als etwas Besonderes ausmachen können. Aber man sah in ihnen einfach nur größere öffentliche Gebäude."

Dass Ronnie zum ersten Mal in einer katholischen Kirche war, erklärt sein Verhalten, als wir die Kirche St. Bartolomäus betraten.

Es war später Vormittag. Die Kirche, ein in der Kunstgeschichte berühmter romanischer Bau, war fast leer. Vier oder fünf Touristen wandelten durch die Seitenschiffe, wo eine aktuelle Ausstellung von bedeutenden Gemälden von Grünewald und Altdorfer gezeigt wurde. Ronnie war vor mir durch die schwere Bronzetür eingetreten. Und kaum hatte er sich einen Überblick über den ihm ungewohnten Raum verschafft, ging mit ihm eine Verwandlung vor sich. Überrascht schaute er auf den mit einem roten Licht versehenen Tabernakel. Aber sofort verwandelte sich seine Überraschung in den Ausdruck großer Freude. Dann sank er auf die Knie. Ein Lächeln verklärte sein Antlitz.

Er blieb eine Weile knien, dann stand er auf und sagte: „Was ist das für ein Kasten und was ist darin?"

„Sag du mir zuerst, warum du auf die Knie gegangen bist?"

„Gott ist da."

„Dann hast du ja schon die Antwort."

„Ich spüre das, aber ich begreife es nicht."

„Wir nennen das die Eucharistie."

„O.k., das ist aber nur ein Name. Wieso ist mir im Herzen bewusst, dass Gott dort zugegen ist?"

„Gott in Gestalt von Brot. Das ist ein Geheimnis, das Jesus Christus bei seinem letzten Abendmahl auf dieser Erde gestiftet hat. Aber sag du mir, wie du erkennen kannst, dass dort Gott ist. Wir erkennen das nur im Glauben, normalerweise spüren wir seine Gegenwart nicht."

„Das sehe ich, sonst würden diese Leute im seitlichen Bereich der Kirche sich anders verhalten."

„Gibt es also die Eucharistie bei euch nicht?"

„Nein. Gott ist ja auf unserem Planeten nicht Mensch geworden. Aber wir kennen Gott sehr gut. Er spricht mit uns im Traum."

Wir gingen eine Weile in der Kirche umher. Ich wollte Ronnie die Bilder von Grünewald und seinen Zeitgenossen oder, genauer gesagt, die sehr guten Kopien davon zeigen, die in den Seitenschiffen aufgestellt waren. Aber er schaute nur flüchtig dorthin. Immer wieder gingen seine Blicke zum Tabernakel. Erst als wir vor einer Wiedergabe des Gekreuzigten vom Isenheimer Altar standen, wurde er auf die Bilder aufmerksam. Er schaute auf den leidenden Herrn und da sah ich, wie einige Tränen aus seinen Augen flossen.

„Ach, so undankbar! So undankbar!"

Wieder musste ich denken, wie ist es möglich, dass ein Zwölfjähriger in seinem Geist solche Tiefen hat.

Wir sprachen nichts mehr. Ronnie setzte sich eine Weile in die erste Bank und schaute unverwandt auf den Tabernakel.

Als wir später die Kirche verließen, blieb er immer noch stumm.

Beim Abschied sagte er nur ganz leise: „Danke, dass Sie mich hierher geführt haben!"

Einige Tage später ging ich zum Haus der Familie Mühlhausen. Sie hatten mich zum Abendessen eingeladen.

Ronnie war da und kam mir so vor wie immer. Nur dass er weniger sprach als sonst.

„Ronnie hat uns erzählt, dass Sie mit ihm in unserer Kirche waren. Sie hat ihm gut gefallen, nicht wahr, Ronnie?"

Herr Mühlhausen sprach das Wort „Kirche" aus, als würde er „Museum" sagen.

Ronnie blickte auf und nickte zerstreut. Dann aber blitzte es in seinen Augen. Er richtete sich etwas auf, was bei den niedrigen Esszimmerstühlen nahelag, und sagte: „Ja, die Kirche ist sehr schön, aber noch viel schöner das, was darin ist."

„Du hast recht", sagte Frau Mühlhausen, „es gibt zur Zeit in der Kirche eine wunderbare Grünewald-Ausstellung mit technisch hervorragenden Kopien der Alten Meister. Selbst Fachleute sagen, dass man die Kopien nicht mehr von den Originalen unterscheiden kann."

„Gewiss", sagte nun Ronnie, „aber ich meinte etwas anderes."

Ich versuchte ihm zu Hilfe zu eilen, da ihm offensichtlich die notwendigen Ausdrücke fehlten: „Ronnie meint den Tabernakel."

„Ach so, der ist mir bisher gar nicht als besonders aufgefallen. Ist er denn von einem namhaften Künstler gestaltet?"

Ronnie wurde nervös und sagte: „Ihr seid seltsame Christen! Im Tabernakel ist das Wichtigste, was ihr habt – Gott!"

„Ja gut, so gesehen ja", versuchte Herr Mühlhausen sich herauszureden, „für diejenigen, die das so sehen, klar."

„Irrtum!" Ronnie wurde heftiger, gleichzeitig war es geradezu eindrucksvoll zu sehen, wie der Eifer sein Gesicht verklärte. „Das hängt nicht davon ab, wie die Menschen das sehen oder ob sie daran glauben. Gott ist da, auch wenn keiner das weiß oder daran glaubt."

Jetzt wurde aber auch Herr Mühlhausen heftig. „Mein lieber Junge, du bist erst seit ein paar Tagen hier, siehst zum ersten Mal in deinem Leben eine Kirche und willst uns belehren!"

Ronnie wurde blass und sagte leise: „Das wollte ich nicht. Das steht mir auch gar nicht zu. Bitte entschuldigt!"

Dann sagte er in einem ruhigen Ton: „Gott tat mir so leid. Er tut alles für euch Menschen, ja, er lässt sich in ein Gefängnis einsperren und dann wartet er vergeblich, dass jemand ihn besucht."

Ich musste daran denken, dass Herr Mühlhausen ja nicht zu unserer „Koalition des Schweigens" gehört. Was auch besser ist, da er sich die wahre Herkunft Ronnies überhaupt nicht vorstellen kann. Jetzt aber ging es darum, dass Ronnie sich nicht doch noch verplauderte. Ich sagte daher: „Ich habe eine Bitte an Ronnie: Kannst du mir oder uns mal dein Raumschiff zeigen?"

„Das können wir gleich machen", sagte Ronnie. Und da es mitten im Juni war, war es draußen auch noch immer hell.

Mutter Mühlhausen, der ältere Sohn Johannes und Lisa waren mit von der Partie. Herr Mühlhausen entschuldigte sich mit dem Stichworten „Finanzamt" und „Abrechnungen".

Das Raumschiff stand noch genauso im Garten der Familie, wie man es nach Ronnies Landung hergebracht hatte.

Und es war genauso, wie Lisa es mir geschildert hatte. Aus einem völlig unbekannten Material mit einer Öffnung vorne, die von selbst aufging, als Ronnie sich näherte. Er sprach einige Worte zu Argo – so nennt er sein Fahrzeug – und erhielt eine Antwort, allerdings in seiner ganz und gar fremden Sprache. Was er da hörte, schien ihn zu beunruhigen.

„Ich gehe mal hinein und höre, was mein Vater mir mitteilt."

Offensichtlich gab es doch wieder einen Kontakt mit seinem Vater, aber, wie sich dann herausstellte, nur eine Mitteilung von ihm.

# Ronnies Aufgabe

Das Raumfahrzeug war sozusagen maßgeschneidert. Außer dem nicht sehr großen Ronnie passte keine zweite Person hinein. Wir konnten alle nur hineinschauen und wunderten uns, dass es so wenig zu sehen gab. Was es auf Aja an Raumfahrt-Technologie gab, war sicher hier auf dem letzten Stand, aber zu erkennen war außer einer Art Steuerrad so gut wie nichts. Der „Pilot" saß auf einem bequemen Sitz in der Mitte und hatte einen Rundblick nach allen vier Seiten.

Ronnie bewegte einen verborgenen Hebel, um noch einmal die Botschaft seines Vaters abzuhören. Dann sagte er uns mit ernstem Gesicht: „Es ist so, wie ich es geträumt habe: Ich habe hier eine Aufgabe zu erfüllen. Bei Menschen meines Alters, das heißt also bei dir und deinen Schulkameraden", sagte er zu Lisa gewandt.

„Und was für eine Aufgabe ist das?", fragte sie.

„Ich soll allen sagen, dass sie Gott und den Mitmenschen sehr lieben müssen und dass sie versuchen müssen, das Böse zu überwinden."

„Aber das ist nicht gerade etwas Neues!", rief Lisa enttäuscht.

„Schon, aber ihr tut es ja nicht."

Ich fragte Ronnie, ob er uns gut verständlich erklären könnte, wie die Raumfahrzeuge aus seiner Heimat sich hierher bewegt haben.

„Wie jeder weiß, bestehen zwischen euch und dem Sternbild Orion Entfernungen, die man sich kaum vorstellen kann. Übrigens ist auch der Orion nicht ein einheitliches Gebilde, so sieht es nur aus eurer Perspektive aus. Einige Sterne des Orion sind vierhundert Lichtjahre von euch entfernt, andere ‚nur' zweihundert. Aus anderen Ecken des Universums sieht man überhaupt kein Sternbild Orion. Ihr seid es auf eurer Erde gewohnt, alles am Himmel auf euch zu beziehen. Aber nun, da ihr merkt, dass es im Universum noch andere bewohnte Welten gibt – viele, sehr viele – müsst ihr die Sterne so sehen, wie sie sind."

„Ronnie, du kommst vom Thema ab", Lisa konnte frech sein, was aber ihrer Liebenswürdigkeit keinen Abbruch tat.

Jetzt meldete sich Johannes, der, wie ich erfuhr, immer schon sich sehr für Astronomie interessiert hat. „Also, hier bei uns ist man gewohnt, dass man, wenn man eine Strecke von A nach B zurücklegen muss, jeden Meter auf dieser Strecke berühren und hinter sich bringen muss …"

„Hier können wir mal ansetzen", sagte Ronnie. „Als ihr das Fliegen erfunden habt, konntet ihr plötzlich von A nach B gelangen, ohne die ganze Strecke AB abzuarbeiten. Man steigt in A ein, erhebt sich in die Luft und steigt in B wieder aus. Wenn man im Flugzeug nicht aus dem Fenster guckt, ist alles, was dazwischen liegt, so gut wie nicht vorhanden."

„Schön und gut, aber das Flugzeug muss doch die ganze Strecke AB hinter sich bringen, jeden Meter davon." Man merkte, wie Johannes, der sonst ein wenig teilnahmslos sein kann, sehr lebhaft wurde.

„O.k., das war ja auch nur ein Ansatz. Wenn du wissen willst, wie wir eine Strecke von A nach B überwinden, musst du dir vorstellen, dass wir in A einsteigen und in B wieder aussteigen, ohne die Strecke überhaupt berührt oder gesehen zu haben."

„Das klingt cool", sagte Lisa, „aber wie, wie macht ihr das?"

„Vor Jahrhunderten schon haben unsere Wissenschaftler herausgefunden, dass man dazu nicht materielle Fortbewegungsmittel einsetzen kann. Genau da steht ihr jetzt. Ihr seht, dass ihr mit der überkommenen Technik zum Mond und auch noch zum Mars fliegen könnt, aber sobald ihr euer kleines Sonnensystem verlassen wollt, könnt ihr noch so viel Treibstoff aufbringen, die Besatzung in künstlichen Tiefschlaf versetzen oder sonst welche Maßnahmen ergreifen – es hilft alles nichts. Selbst wenn man in die Nähe der Lichtgeschwindigkeit kommt, und weiter geht es sowieso nicht, sind es immer noch so viele Jahre, Jahrzehnte und Jahrhunderte, dass man schon mehrere Generationen auf die Reise schicken müsste."

Wir waren wieder ins Haus gegangen, aber alle fanden das Thema so spannend, dass sie es fortsetzen wollten. Allerdings kam Herr Mühlhausen wieder dazu, der inzwischen die Arbeit an seiner Steuererklärung beendet hatte.

Ich muss gestehen, dass mir inzwischen meine eigene Rolle bei dieser ganzen Geschichte etwas zweifelhaft wurde. Jetzt würde sich auch Herr

Mühlhausen an der Diskussion beteiligen, aber das Kuriose an dieser Situation war, dass wir beide Erwachsenen zu dem Thema des Gesprächs gar nichts beitragen konnten als nur Zweifel und Skepsis, während da ein zwölfjähriger Junge war, der zu diesem schwierigen Thema Fachkundiges sagen konnte.

„Vor etwa fünfhundert Jahren", sagte Ronnie, „hat Gott, der Schöpfer, unserer Menschheit eine Gabe geschenkt, die sie nicht von Anfang hatte und die ihr ebenfalls nicht habt. Mit seiner Hilfe hatten die Menschen bei uns eine starke spirituelle Aufwärtsentwicklung erfahren, und so gab er den Menschen dort die Macht, Materie und Energie mental zu beherrschen. Wenn ihr euch ebenfalls spirituell weiterentwickelt, könnt ihr vielleicht auch damit rechnen."

Das war ein schlichter Satz, aber jeder überlegte, was dahintersteckte: eine ganz tiefe Erkenntnis oder einfach nur ein interessantes Wort?

„Materie und Energie mental beherrschen – das erinnert mich irgendwie an Uri Geller, der mit seiner Gedankenkraft Löffel verbiegen kann". Herr Mühlhausen versuchte, seinen Worten möglichst nicht einen allzu ironischen Ton zu geben. Dennoch schaute Lisa ihn entrüstet an.

„Du weißt doch gar nicht, worüber wir gesprochen haben. Ronnie hat soeben das Problem erklärt, das du neulich hattest, als es um die Überbrückung der riesigen Entfernungen im Universum ging."

„Aha! Ich verstehe. Was sagen Sie denn dazu, lieber Herr Direktor Moosbacher? Auf jeden Fall ein ungewöhnlicher Junge, nicht wahr?"

„Gewiss", sagte ich, „aber im Moment geht es um die Frage: Ist es denkbar, dass ein Mensch durch bloße Gedankenkraft die Materie beeinflussen könnte? Ich muss Ihnen ehrlich sagen, nach meiner bescheidenen Erfahrung zeichnen wir Deutschen uns dadurch aus, dass wir solche Phänomene wie Ufos und eben auch Uri Geller in Bausch und Bogen ablehnen, ohne die Möglichkeit, dass sie wahr sind, überhaupt in Erwägung zu ziehen."

„Na, hören Sie mal, über Ufos brauchen wir uns doch wirklich nicht zu unterhalten."

„Eben, aber seien Sie ehrlich, haben Sie sich mal damit beschäftigt?"

„Unsinn!"

„Na ja", meinte Johannes, „Uri Geller beeinflusst mit seiner Gedankenkraft eine ziemlich kleine Materie, einen Löffel, aber er bewirkt tatsächlich etwas. Dass man aber mit seinen Gedanken ein ganzes Raumschiff dirigieren kann, das ist ja doch noch etwas anderes."

Darauf sagte Ronnie mit einem feinen Lächeln: „Es war ja auch nur ein Ansatz."

Alle außer Herrn Mühlhausen lachten.

Der junge Johannes hat offensichtlich einen guten Verstand und bemüht sich, die Dinge weiterzudenken: „Wenn das wirklich so ist, kann man verstehen, dass sich diese unidentifizierbaren Flugopjekte so eigenartig verhalten. Mal fliegen sie normal und werden von Radarschirmen registriert. Dann wieder machen sie ganz unmögliche Zickzack-Wendungen oder fliegen unverhältnismäßig schnell davon. Oder auch, dass sie sich sogar unsichtbar machen."

„Letzteres klingt wie im Märchen", sagte ich, „und deswegen fällt an dieser Stelle die Klappe und man nimmt das Ganze nicht mehr ernst."

*Lisa nimmt das Tagebuch wieder in die Hand.*

Ich merke, dass Papa nicht in allem mit Ronnie einverstanden ist. Aber man sieht doch, dass er ihn mag. Er hat sogar nichts dagegen, dass er mit uns in Ferien fährt. „Aber ihr dürft ihn in seinen Spinnereien nicht unterstützen", war die Bedingung.

Inzwischen hat Ronnie in der Schule die anderen Kinder ziemlich aufgemischt. Wenn jemand etwas Dummes macht, fragt er: „Warum tust du das?" oder „Warum streitest du?" Sodass einige Jungen schon richtig sauer auf ihn sind.

Aber er kann auch anders. Neulich sah er, wie ein Mädchen, das etwas behindert ist, sich mit einem anderen Mädchen über etwas stritt. Ich weiß nicht mehr, worum es ging. Aber das behinderte Mädchen war richtig kiebig und hat das andere Mädchen beleidigt: „Alte Zicke!" oder so ähnlich.

Dann aber fiel sie im Eifer des Streits, und weil sie in den Beinen stark behindert ist, der Länge nach auf den Steinboden im Flur. Die andere, die „alte Zicke", die sich beleidigt abgewendet hatte, sprang ihr sofort zu Hilfe und richtete sie liebevoll auf. Das Mädchen weinte und sie tröstete sie und streichelte ihr die Wange. Als sie sich umwandte, sah sie in das Gesicht von Ronnie, der sie mit einem richtig süßen Lächeln ansah.

# Gender

Dann kam der Gender-Unterricht.

Dieses Fach ist neu. Es nennt sich Gender-Mainstream oder auch Geschlechtergerechtigkeit. Der Lehrer heißt Henning Kellermann, er möchte aber, dass wir ihn mit dem Vornamen anreden. Er ist etwa so alt wie mein Vater, aber sonst würde ich die beiden nicht miteinander vergleichen. Er ist immer sehr trendy gekleidet. Die Jeans haben sogar vorne an den Knien leicht angedeutete Löcher.

Herr Kellermann ist übrigens auch der Gleichstellungsbeauftragte für unseren Kreis.

Heute hatten wir diesen Unterricht zum zweiten Mal. Ehrlich gesagt, ich war schon gespannt, wie Ronnie sich verhalten würde. Ich habe den Eindruck, dass er in den letzten Wochen gewissermaßen reifer geworden ist. Er hat zwar immer gesagt, dass er zwölf Jahre alt ist, aber wer weiß, was das in seiner Welt bedeutet. Auf jeden Fall merke ich, dass er unheimlich schnell lernt und dass er die Besonderheiten unserer Welt erstaunlich schnell kapiert hat. Er kann sehr rasch auf Leute reagieren und manchmal hat er eine richtig ironische Redeweise. Er sagte mir mal, ironisch sein ist hart an der Grenze zum Bösesein, aber wenn man es mit Liebe macht, macht es doch Sinn. Tatsächlich hat er noch keine einzige wirklich böse Bemerkung gemacht, obwohl manche Mitschüler ihn dazu geradezu herausfordern.

Als jetzt Herr Kellermann, ich meine Henning, den Klassenraum betrat, sah ich auf Ronnies Gesicht so etwas wie einen Schatten.

„Liebe Mädchen und Jungen, ich freue mich, dass wir wieder zusammen über das große Thema Gerechtigkeit sprechen können. Insbesondere die Geschlechtergerechtigkeit ist etwas, das sich im Bewusstsein der heutigen Menschen Gott sei Dank immer mehr verbreitet. Welches war der eingängige Slogan, den wir das letzte Mal ermittelt haben?"

Amelie, meine beste Freundin, die komischerweise auf Herrn Kellermann abfährt, sagte: „Gleiches Recht für alle!"

„Also, die Tatsache, ob jemand Mann ist oder Frau bzw. Mädchen oder Junge, spielt heute keine Rolle mehr, denn alle haben das gleiche Recht."

Er machte eine kleine Pause und schaute in die Runde.

„Ja, aber könnte man nicht sagen, dass viele Menschen von vornherein festgelegt sind und deshalb doch nicht wirklich frei sind?"

Dann fragte er ausgerechnet mich: „Wie war noch dein Name? Ach ja Lisa, hast du jemals darüber nachgedacht, warum du ein Mädchen bist?"

Ich antwortete wahrheitsgemäß mit Nein, fand aber die Frage total blöd. Ob man Mädchen oder Junge ist – so kommt man doch auf die Welt.

Herr Kellermann lächelte ein bisschen und sagte dann: „Ich kann euch nur sagen, ihr sollt grundsätzlich alles hinterfragen, nichts soll man als selbstverständlich ansehen. Also, ein sehr gutes Beispiel wurde uns vor einigen Wochen geboten durch die Abstimmung im Bundestag über die sogenannte Ehe für alle. Kann mir jemand sagen, was damit gemeint ist?"

Jetzt kam Udo dran, der mit der großen Klappe.

„Ehe für alle heißt, jeder kann jeden heiraten."

„Und? War das denn bisher anders?"

„Na klar, bisher konnte nur ein Mann eine Frau heiraten …" Udo machte plötzlich ein etwas hinterlistiges Gesicht.

„Mach weiter, und jetzt?", sagte der Lehrer.

„Na ja, jetzt kann ein Mann einen Mann heiraten …"

„Und was noch?"

„Keine Ahnung, vielleicht einen Affen?"

Damit hatte Udo die Lacher auf seiner Seite.

„Was soll der Unsinn?" Henning war entrüstet.

„Also, ihr habt über diese Dinge ja sicher schon im Sexualkundeunterricht gesprochen. Ich denke, das ist eine der größten Errungenschaften unserer Zeit, dass die Öffentlichkeit endlich die ganze Vielfalt menschlicher Sexualität zur Kenntnis nimmt. Besondere Verdienste hat sich dabei die internationale LGBT-Community erworben."

„Herr Henning, was ist LGBT-Community?"

„Diese vier Buchstaben stehen für lesbisch, gay, bisexuell und transsexuell. Aber man muss dazu sagen, dass es noch weitere, bis zu fünfundzwanzig Varianten gibt. Ihr seht also: eine großartige Vielfalt. Aber wenn der Mensch auf die Welt kommt, dann wird er nach den bisherigen Vorstellungen in eine Rolle hineingepresst, die er vielleicht gar nicht wollte.

„Udo, hast du dir ausgesucht, ein Junge zu sein? Nein, du wurdest einfach so erzogen. Die neue Bewegung Gender-Mainstreaming will allen Menschen die Gelegenheit geben, sich selbst zu definieren."

Udo machte ein undefinierbares Gesicht, dann meinte er, da ihm gerade nichts Boshaftes einfiel: „Mein Vater sagt, keine Ahnung, Gender-Mainstreaming bedeutet die Gleichberechtigung von Mann und Frau und dass die Frauen nicht weniger verdienen dürfen als die Männer."

„Also, so steht es auf der Homepage des Bundesfamilienministeriums, das ist für die Leute." Herr Kellermann machte den Eindruck, dass er etwas gesagt hatte, was er nicht sagen wollte, und räusperte sich umständlich.

„Alles gut! Also, passt auf. Ende der Neunzigerjahre hat die EU sich und damit die Mitgliedstaaten auf Gender-mainstreaming festgelegt. Das ist also für uns bindend. Aber man muss nicht erschrecken, es ist ja eine wahre Befreiung. Die Gender-Theorie spricht von der ‚Zwangsheterosexualisierung‘, die dadurch überwunden werden muss, dass jeder seine sexuelle Orientierung selber wählt. Also, es gibt keine vorgegebene Natur des Menschen. Der Mensch soll sein eigener Schöpfer sein und sich selbst beliebig modellieren können …"

In diesem Augenblick sah ich, wie bei Ronnie der Arm hoch ging und er etwas sagen wollte. Ich machte mich auf einiges gefasst.

„Herr Kellermann, Entschuldigung: Henning, ich möchte zunächst einmal sagen, dass ich es nicht in Ordnung fand, dass Udo diese unpassende Bemerkung gemacht hat."

Henning freute sich und sagte: „Alles gut, kein Problem!"

„Aber dann wollte ich sagen, dass es meiner Meinung nach gar nicht in Ordnung ist, dass der Mensch sein eigener Schöpfer sein soll. Er ist doch Geschöpf und der Schöpfer ist ein anderer, nämlich Gott, der alle Menschen geschaffen hat. Auch unsere Eltern haben uns nicht erschaffen, sie haben uns nur gezeugt."

„Sehr gut, mein Junge. Wie heißt du?"

„Ich heiße Ronnie."

Henning schaute ihn an und ich hatte den Eindruck, dass der Junge ihn beeindruckte.

„Also, Ronnie, ich sehe, du bist nicht nur ein ansehnlicher, sondern auch ein intelligenter Junge, aber du kennst bisher, vielleicht von deinen Eltern her, nur das traditionelle Weltbild. Das ist nach den Erkenntnissen einer Judith Butler oder einer Elisabeth Tuider und vieler anderer inzwischen überholt. Gott sei Dank leben wir in einer Zeit großer Freiheit des Menschen. Wir sind nicht mehr den Zwängen einer Gesellschaft oder einer zeitbedingten Kultur unterworfen. Sag doch selbst, ist das nicht ein wirklicher Fortschritt, wenn du selber ganz über dich und dein Leben bestimmen kannst?"

„Ich glaube, das funktioniert nicht wirklich. Kein Mensch ist total frei. Außerdem, wenn ich als Junge geboren wurde, wie soll ich denn ein Mädchen werden?"

„Also, das ist ja nicht nur eine körperliche Sache. Wenn du dich wirklich als Mädchen fühlst …" Ronnie wurde langsam das, was er so gut wie nie war: ärgerlich.

„… dann kann man das mit den Mitteln der heutigen Medizin problemlos hinkriegen."

Die Schüler blickten etwas ratlos drein, aber Henning versuchte zum Glück nicht, hier ins Detail zu gehen.

Ich schaute wieder auf Ronnie und sah, wie er große Anstrengungen unternahm, um seinen Ärger herunterzuschlucken. Dann sagte er und seine Augen leuchteten plötzlich: „Henning, glauben Sie eigentlich an Gott?"

Henning war verunsichert. Der Junge schien ihm das ganze Konzept aus der Hand zu nehmen, das hatte er wohl noch nie erlebt.

„Eh, also ich bin Agnostiker. Die Frage nach Gott muss jeder für sich allein klären."

„Genau da ist das Problem. Ihr habt Gott vergessen. Ihr beschäftigt euch in eurer Wissenschaft mit allen möglichen Dingen, nur nicht mit demjenigen, von dem alles kommt. Wenn Gott nämlich der Schöpfer ist, hat er das Recht, gewissermaßen die Rahmenbedingungen festzulegen."

Man konnte Herrn Kellermann ansehen, wie sehr er sich darüber wunderte, dass ein Schüler der siebten Klasse so mit ihm, dem Lehrer, redete. Ehrlich gesagt, wir alle wunderten uns. Dann aber gewann Henning seine Fassung zurück und sagte: „Liebe Schülerinnen und Schüler, unabhängig davon, ob man gläubig ist oder nicht, so wird doch jeder zu der Einsicht kommen, dass der Mensch glücklich sein will und soll. Wenn es Gott gibt, wird er das auch wollen …"

„Ja", sagte Ronnie leise, „aber wie wird der Mensch glücklich?"

„Indem er das nutzt, was er vorfindet, die Sexualität. Hier haben frühere Generationen schwere Fehler gemacht, indem die Älteren den Jüngeren dieses Glück verdorben haben. Durch Verbote, überhaupt durch Konventionen, die unsinnig waren. Vielleicht versteht ihr jetzt, warum der Sexualkundeunterricht in den Schulen heute so intensiv gestaltet wird. Der junge Mensch muss ja konkret wissen, was ihn glücklich macht. Hier werden durch die Gender-Philosophie verschlossene Türen geöffnet, Tabus werden abgeschafft. Die Freude der Liebe in ihrer ganzen Vielfalt wird buchstäblich von alten Fesseln befreit und allen zugänglich gemacht."

„Das klingt voll cool", sagte Marlon, „aber ist denn dann noch Platz für die Ehe. Die braucht man doch dann gar nicht mehr."

Herr Kellermann ging darauf aber nicht ein, sondern sagte: „Wie ich gehört habe, gibt es bei der EU Überlegungen, wie man als nächsten Schritt, nachdem die ‚Ehe für alle' praktisch durch ist, nun das fördern kann, was man ‚Liebe für alle' nennen könnte."

„Das wäre dann das Ende", rief Ronnie ganz aufgeregt, „Ehe, Familie, all das ist dann weg."

Auch Henning erregte sich und rief ganz euphorisch: „Das ist das Endziel, das Glück aller Menschen, dann gibt es keine Institutionen mehr, keine Formalitäten, jawohl auch keine Familien, nur noch Menschen, freie und erfüllte Menschen!"

Alle waren irgendwie aufgewühlt, die meisten wussten aber nicht recht, warum, wahrscheinlich hatten sie nicht alles verstanden. Henning hatte eine regelrechte Show abgezogen, ich hatte aber den Eindruck, dass er viel mehr gesagt hatte, als er sagen wollte.

Als er und die Klasse sich etwas beruhigt hatten, stand Ronnie auf und sagte sehr ruhig: „Gott erschuf den Menschen, als Mann und Frau schuf er sie. Viele Jahrhunderte haben sich die Menschen daran gehalten, dass eine Ehe der Bund zwischen einem Mann und einer Frau ist und sie gemeinsam Kinder zeugen und erziehen. Ob sie das wollten oder nicht, sie haben damit nach dem Willen des Schöpfers gehandelt."

Henning erregte sich noch einmal und rief, wirklich lauter als nötig: „Der ist jetzt nicht mehr gefragt. Jetzt wird nur noch nach dem Willen des Menschen gehandelt!"

Als wir am Abend zuhause unseren Eltern davon erzählten, wurde mir bewusst, wie sehr das Erlebnis Ronnie mitgenommen hatte. Er war blass und ziemlich wortkarg.

Herr Moosbacher, der Zoodirektor, war zufällig auch da. Meine Eltern hatten sich in letzter Zeit mit ihm angefreundet. Vor allem meine Mutter sprach gerne mit ihm, weil sie doch ein sehr feines Geheimnis mit ihm, aber natürlich auch mit mir und meinem Bruder hatte. Wer Ronnie wirklich war, hatten wir immer noch verborgen halten können. Es war ja auch nicht auszudenken, was geschehen würde, wenn es an die große Glocke gehängt würde.

Ich berichtete nach dem Abendessen den Erwachsenen von der seltsamen Gender-Unterrichtsstunde.

Mein Vater, der nur den Anfang dieses Gesprächs mitbekam und danach weggerufen wurde, sagte spontan: „Dieser Mann hat doch nicht alle Tassen im Schrank!!", als ich erzählte, dass ich gefragt wurde, warum ich ein Mädchen sei.

Herr Moosbacher meinte aber: „Das ist nicht nur einfach dumm, das kommt aus der Tiefe." Ronnie, der bis dahin nichts gesagt hatte, nickte eifrig.

Dann fiel mir ein, Henning hatte zum Schluss sogar noch eins draufgesetzt. Als jemand sagte: „Was ist aber, wenn einer diese ‚Liebe für alle‘ gar nicht will?", da war die Antwort von Henning Kellermann: „Dann muss man eventuell etwas nachhelfen. Brüssel hat da seine Erfahrungen. Manche Menschen muss man zu ihrem Glück zwingen."

In diesem Augenblick hatte ich den Eindruck, dass Ronnie ganz in sich zusammensackte. Kurz darauf aber stand er auf. „Ja, das ist aus der Tiefe. Der Böse weiß nicht, was Liebe wirklich ist, aber er hat bemerkt, dass das Wort bei den Menschen immer gut ankommt. Gender sagt zwar Liebe, meint aber Lust, Spaß haben, Egoismus."

Meine Mutter sagte: „Diese Leute können überhaupt sehr gut mit den Worten umgehen. Das alles klingt doch wunderbar: Vielfalt, Gerechtigkeit, Freiheit, Liebe – und dann auch noch für alle."

„‚Liebe ist nur ein Wort‘ – ein Schlager aus alter Zeit", sagte Herr Moosbacher.

Wir alle waren noch wie benommen, als wir die seltsame Unterrichtsstunde Revue passieren ließen. Dann aber fuhr Moosbacher fort: „Da hat auch jemand nicht verstanden, was Liebe wirklich ist."

Meine Mama, die neulich bei einer kirchlichen Hochzeit eingeladen war, sagte: „Es ist uns nun klar, was Liebe nicht ist, aber was sie wirklich ist, das hat meines Erachtens am überzeugendsten der Apostel Paulus ausgedrückt. Ich war neulich bei einer Trauung eingeladen und die Brautleute hatten den Text der Lesung im Liedheft abdrucken lassen. Ich lese es mal vor:

*„Wenn ich in Menschen- und in Engelszungen redete,*
*hätte aber die Liebe nicht,*
*wäre ich ein dröhnendes Erz und eine klingende Schelle.*
*Und wenn ich prophetisch reden könnte und alle Geheimnisse*
*wüsste und allen*
*Glauben hätte, um Berge zu versetzen,*
*hätte aber die Liebe nicht,*
*wäre ich nichts.*

*Und wenn ich all meine Habe den Armen schenkte und meinen*
*Leib hingäbe, dass ich verbrannt werde,*
*hätte aber die Liebe nicht,*
*nützte mir's nichts.*
*Die Liebe ist langmütig,*
*gütig ist die Liebe.*
*Sie ereifert sich nicht,*
*sie prahlt nicht,*
*sie bläht sich nicht auf,*
*sie ist nicht schamlos,*
*sie sucht nicht das Ihre,*
*sie lässt sich nicht reizen,*
*sie rechnet das Böse nicht auf.*
*Sie freut sich nicht über das Unrecht,*
*sie freut sich mit an der Wahrheit.*
*Alles erträgt sie,*
*alles glaubt sie,*
*alles hofft sie,*
*allem hält sie stand.*
*Die Liebe hört niemals auf."*

Herr Moosbacher war davon begeistert, wie Mama den Text vorlas: „Wunderbarer Text und wunderbar vorgetragen. Ronnie, sagen das eure Weisen auch so?"

„Ja, natürlich! Allerdings unser ‚Weiser' ist der Christus, der vor vielen Jahrhunderten auf Aja gewesen ist und uns das alles gelehrt hat."

„Was du nicht sagst! Du meintest doch neulich, dass Christus nur auf dieser Erde Mensch geworden ist …"

„So ist es, Mensch geworden ist er nur hier, weil ihr die Erlösung braucht. Bei uns dagegen, wo es vererbte Sünde nie gab, hat der Christus – wie übrigens auf sehr vielen ähnlichen Planeten – sich den Menschen gezeigt, ohne dort Mensch geworden zu sein, und hat alles gesagt, was man braucht, um das ewige Leben zu erlangen."

Jetzt stellte ich eine Frage, die ich schon lange stellen wollte, die mir aber immer zu komisch vorgekommen war: „Sind dann also die Menschen bei euch katholisch?"

Nicht nur Ronnie, sondern auch die Erwachsenen reagierten darauf ganz klar negativ und ich bedauerte, das gefragt zu haben.

Ronnie sagte lächelnd: „Viele Dinge, die bei euch notwendig sind, brauchen wir nicht. Es gibt weder Kirche noch Sakramente. Du musst dir vorstellen, die Menschen dort sind so, wie Adam und Eva vor dem Sündenfall waren. Die waren auch nicht katholisch." Jetzt hatte ich verstanden und lachte mit den anderen.

Es blieben aber noch viele Fragen. Meine Mutter fragte nun zum Beispiel: „Wie kommt es, dass du so viel über uns weißt. Du kennst sogar die Bibel."

„Ich weiß nicht, ob ich euch schon sagte, dass wir seit vielen Jahren eure Welt studieren. Wir kennen euch besser, als ihr denkt. Seitdem es das Internet gibt, lesen wir eure Bücher, denn vorher konnten wir sie uns nicht unauffällig beschaffen."

„Weißt du, Ronnie, das eine kann ich nicht verstehen, dass ihr euch derart zurückhaltet. Nicht nur dass ihr unseren Planeten nicht erobern wollt, sondern dass ihr euch so verhaltet, dass alle glauben, ihr existiert gar nicht."

Es entstand eine kleine Pause. Ronnie schien sich die Antwort zu überlegen. Dann sagte er und das klang ein bisschen feierlich: „Viele von euch beten ein Gebet zum Ewigen Vater, das ihr von dem Christus gelernt habt. Die entscheidende Stelle darin lautet: ‚Dein Wille geschehe!' Was wir hier bei euch und für euch tun, geschieht alles nach dem Willen des Einen. Er hat es uns bisher verwehrt, mit euch in Kontakt zu treten. Es kann aber sein, so sagte mir mein Vater einmal, dass sich das in absehbarer Zeit ändert. Wir wissen auch nicht die Zukunft, aber dass sich in Kürze auf eurer Erde schwere Dinge ereignen werden, scheint klar zu sein. Warum sollten wir sonst hier sein?"

Wir waren alle betroffen. Was mochte damit gemeint sein ‚schwere Dinge'?

In diesem Augenblick betrat mein Vater den Raum und das Gespräch beschäftigte sich übergangslos mit anderen Dingen. Das, was mein Vater nun ankündigte, ließ Ronnie plötzlich sehr aufmerksam werden.

„Meine Firma schickt mich auf ein paar Tage an die Nordsee. Eine Begleitperson kann ich mitnehmen …"

„Ja, Papa", rief ich, „ich bin gerne dazu bereit."

„Liebe Lisa, ich fürchte, das geht nicht, es ist mitten in der Woche und du hast ja Schule. Mama kann auch nicht mitfahren. Ich dachte an Ronnie."

„Aber der geht doch auch in die Schule", sagte ich. Ich merkte, wie Ronnies Augen leuchteten.

„Ja, aber er ist ja nicht verpflichtet, er ist ja bei euch nur zu Gast."

Papa schaute Ronnie an und dieser sagte erwartungsgemäß Ja, hatte aber gleichzeitig eine Frage im Gesicht stehen.

„Was wir dort machen? Meine Firma ist an einem der neuen Offshore-Windparks beteiligt. Ich werde eine neue Technik der Rotorendynamik untersuchen."

Da Ronnie sich offensichtlich auf diese Reise freute und ich sowieso nicht mitkonnte, freute ich mich mit ihm.

Ich musste daran denken, dass er schon öfters hatte durchblicken lassen, dass er ein besonderes Verhältnis zum Wasser hat.

„Unser Planet hat viel weniger Wasser als die Erde und es ist irgendwie etwas anders als hier. Ich habe noch nicht genau herausbekommen, was es damit auf sich hat. Unsere Wissenschaftler sind immer sehr darauf bedacht, dass die Wasserflächen auf Aja nicht zu kalt werden."

Was das bedeutete, habe ich nicht verstanden und so war ich gespannt, was ihm die Reise ans große Wasser bringen würde.

# An der Nordsee

*Herr Mühlhausen setzt die Erzählung fort.*

Meine Tochter Lisa bat mich, über die Reise an die Nordsee zu berichten, die ich neulich mit Ronnie zusammen unternommen habe.

Die Firma hatte alles vorbereitet. Wir fuhren mit dem Wagen bis Emden und von dort mit der Fähre zur Insel Borkum. Der Offshore-Windpark heißt Riffgrund. Die Firma hatte einen Helikopter organisiert, mit dem wir am nächsten Morgen die 78 Windräder sozusagen umfliegen und aus der Nähe betrachten konnten.

In den letzten Jahren ist erstaunlich viel geschehen. Seitdem man den Entschluss gefasst hatte, die unbeliebten Windräder nicht mehr auf dem Land, sondern mitten in der Nordsee zu installieren, hatten verschiedene Firmen in relativ kurzer Zeit Großartiges geleistet. Der Standort Nordsee war aus drei Gründen so gut wie ideal. 1. Die Installation befindet sich weit entfernt von Wohngebieten und es wird auch keine Landschaft verschandelt. 2. Auf See ist fast immer mit Wind zu rechnen. Gegebenenfalls muss man sie abschalten, wenn der Wind zu stark wird und 3. Die Gründung im Meeresboden ist günstig, da die Nordsee hier kilometerweit nur eine Tiefe von dreizehn Metern hat.

Die am meisten verwendete Bauform für Windräder ist die dreiblättrige Anlage mit horizontaler Achse und Rotor auf der Luvseite, deren Maschinenhaus auf einem Turm montiert ist und der Windrichtung aktiv nachgeführt wird. Meine Aufgabe war es nun zu prüfen, ob die Konstruktion des Rotors und des Maschinenhauses in allen Details für den Betrieb auf hoher See als optimal anzusehen ist.

Ich bemerkte von Anfang an, dass der Anblick des Meeres auf Ronnie eine ganz besondere Wirkung hatte.

„Wie anders ist dieses Wasser", sagte er eins ums andere Mal. „Es hat ja eine richtige Haut!"

Wir blickten auf die leicht gekräuselte Oberfläche der Nordsee, die sich heute von der besten Seite zeigte. Ronnie war begeistert. Ich muss gestehen, dass mir das übertrieben vorkam. Mag sein, dass der Junge noch nie das Meer gesehen hat, aber so etwas Ungewöhnliches ist es denn doch auch nicht.

Doch nach und nach kam ich dahinter, dass es tatsächlich für ihn etwas Besonderes war. Wieder sprach er von seiner angeblichen Heimat auf einem fernen Stern und diesmal beschloss ich, so zu tun, als nähme ich seine story ernst.

Während unseres Fluges zu den Windrädern und anschließend um sie herum bat ich Ronnie, sich still zu verhalten und mir keine Fragen zu stellen. Zum Glück war das Wetter ganz ruhig, wenngleich ein ständiger Wind wehte und die Rotoren so in Bewegung hielt, dass ich sie gut studieren konnte. Ich bat den Piloten, so nahe wie möglich an die Anlagen heranzufliegen und anschließend einen gewissen Abstand einzunehmen, damit man auch das Gesamtbild gut beurteilen konnte. Ich stellte zu meiner Zufriedenheit fest, dass die Funktion der Rotoren in einigen Details noch nicht optimal war. Später im Hotel angekommen, habe ich das, was verbessert werden konnte, auf meinem Laptop festgehalten. Man würde in Laborversuchen daran arbeiten müssen. Wahrscheinlich würde man durch minimale Varianten des Achsenwinkels einiges erreichen können.

Als wir am Abend beim Essen zusammensaßen und ich Ronnie die Funktion der Windräder und die Besonderheiten der Offshore-Anlagen erklärte, meinte er wohl, dass ich von ihm Worte der Bewunderung für diese neue Technik erwartete.

„Darin steckt", sagte er, „eine Menge Arbeit, die bewundernswert ist. Auch wie hier mit den Elementen Wasser und Wind umgegangen wird, ist ganz großartig."

Dann aber druckste er eine Weile herum. „Sag nur, was wolltest du sonst noch sagen?"

„Seien Sie mir nicht böse, Herr Mühlhausen, der riesige Aufwand dient ja dazu, Energie zu gewinnen. Aber gibt es nicht noch andere Möglichkeiten, die nicht solche großen Vorarbeiten verlangen?"

„Lieber Ronnie, du hast insofern recht, als diese sehr kostenaufwendige Offshore-Geschichte sich erst nach zwanzig Jahren bezahlt macht. Aber bei dem hohen Energieverbrauch der westlichen Staaten, und da wir uns von den Atomkraftwerken und der Braunkohle abgewandt haben, bleibt uns nichts anderes übrig, als die sogenannten erneuerbaren Energien auszubauen."

Um ihm eine Freude zu machen, stellte ich ihm eine Frage bezüglich seiner eingebildeten Welt im Sternbild Orion: „Wie habt ihr denn bei euch das Energieproblem gelöst?"

Ronnie ist ein kluges Kerlchen und merkte sofort, dass meine Frage nicht ernst gemeint war. Er reagierte auf diese leicht distanzierte Art, die er gut beherrscht, aber dann auch sehr fachmännisch.

„Wir holen unseren Energiebedarf direkt aus unserer Sonne. Man nennt das Kernfusion. Die damit zusammenhängenden Probleme hat man schon vor Jahrhunderten gelöst."

„Bei uns nennt man das auch Kernfusion, aber man hat hier die damit zusammenhängenden Probleme noch nicht gelöst. Das Plasma, das bei der Fusion von zwei Wasserstoffkernen entsteht, erreicht so hohe Temperaturen, dass es nicht mehr in materiellen Wänden, sondern nur in einem Magnetfeldkäfig gehalten werden kann."

Ronnie nickte. Dann sagte er etwas, über das ich mich geärgert hätte, wenn ich ihn nicht gekannt hätte: „Eure Technologie steckt wohl noch in den Kinderschuhen."

Am folgenden Morgen hatte ich ein Treffen mit dem technischen Leiter des Offshore-Windparks, der sich nicht ständig, aber sehr oft auf der Insel Borkum aufhält. Während dieses Gesprächs, das knapp zwei Stunden dauerte, überließ ich Ronnie seinem Wunsch, das Meer aus der Nähe zu betrachten. Wir verabredeten, dass ich ihn, nach der Besprechung, am Nordbad auf der Promenade am Musikpavillon abholen würde. Bedenken, ihn allein zu lassen, kamen mir nicht. Ich sagte mir, er hat zwei Dinge, die ihn vollauf beschäftigen können, das Meer und die Musik.

Als ich kurz vor elf Uhr am Musikpavillon ankam, saß Ronnie mit angezogenen Knien auf einer Bank, die einen prachtvollen Blick auf das im Sonnenglanz leuchtende Meer bot. Eine leichte Brise bewegte das Wasser, mehrere Reihen von Wellen mit ihren Schaumkronen liefen auf das Ufer zu. Wenige Badende, hauptsächlich Mütter mit Kindern, belebten den Strand. Die Szene hatte durchaus ihren Charme, aber für Ronnie muss es noch mehr gewesen sein. Er schaute mit aufgerissenen Augen auf das Meer und sagte, als er mich sah, mit großer Begeisterung und Freude: „Danke, dass Sie mich hierher gebracht haben! Was für eine herrliche Natur! Wie schön ist dieses Wasser, es ruft Wellen und Schaum hervor. Und es hat eine wunderschöne blaue Farbe. Aber was mich am meisten wundert und begeistert: Es gibt Menschen, die in diesem Wasser schwimmen."

„Du hast recht, das ist bei diesem Wetter sehr schön anzusehen. Aber dass Leute im Wasser schwimmen, ist ja nun wirklich nichts Besonderes!"

„Doch! Für mich doch. Unser Wasser ist ganz anders. Es ist bei uns viel zu weich, als dass man darin schwimmen könnte. Ihr seid mit diesem Planeten wirklich ganz besonders privilegiert."

Die Art und Weise, wie er seine Rolle als angeblicher Außerirdischer weiterspielte, fand ich schon genial. Ich schlug vor, die Zeit bis zur Abfahrt der Fähre nach Emden zu nutzen.

„Wir gehen zusammen ins Wasser. Kannst du schwimmen?" Er verneinte.

„Muss auch nicht sein. Wir haben beide keine Badehose dabei, aber wir können sie an der Strandpromenade in einem Sportgeschäft kaufen. Komm mit!"

Ich bemerkte, dass unser Vorhaben ihn anscheinend etwas verunsicherte. Offensichtlich hat er ein ganz besonderes Verhältnis zum Wasser. Vielleicht war er einfach wasserscheu oder er hatte mal etwas Unangenehmes erlebt. Zum Glück ist er bei all seiner Feinheit ein ganz kerniger Bursche, der sich vor einer Begegnung mit etwas Unbekanntem nicht fürchtet.

Die Schwimmhosen waren schnell gefunden, wir mieteten einen Strandkorb und schon ging es ins Wasser.

Ronnie war, wie sich herausstellte, nicht wasserscheu und hatte auch keine Angst vor dem Wasser oder den Wellen. Er ging an das Phänomen Wasser heran fast wie ein Wissenschaftler, der hier eine Gelegenheit hat, etwas bisher Unbekanntes von Grund auf kennenzulernen. Schon das Spiel des Wassers auf dem Sand fand er bemerkenswert. Er schaute sich die Fußspuren im feuchten Sand genau an und nahm etwas davon in die Hand.

Als er bis zur Hüfte im Wasser stand und die Wellen ihn umspülten, sagte er ganz beglückt: „Wie angenehm es sich anfühlt!"

Er ist schon ein eigenartiger Junge. Wie kann ein intelligenter Mensch, auch wenn er noch sehr jung ist, sich so in einen Gedanken hineinsteigern? Das versteh ich einfach nicht. Vielleicht ist er als Kind vertauscht worden. Möglicherweise hat er auch als Kind ein traumatisches Erlebnis mit Wasser gehabt.

Nun ging er weiter ins Wasser hinein und jetzt kam tatsächlich ein traumatisches Erlebnis mit Wasser. Sein Geist war auf Jubel und Freude gestimmt. Er hatte anderen Menschen zugesehen, wie sie schwammen, und hatte das sofort gelernt. Nach einem etwas untauglichen Versuch gelang es ihm gut, nicht nur über Wasser zu bleiben – das allein war ja schon etwas ganz Neues –, sondern auch zügig zu schwimmen.

Dabei bemerkte er nicht, dass er ein bisschen zu weit ins Freie geschwommen war.

Plötzlich begann er, der gerade noch gelacht hatte, herzzerreißend zu schreien. Diesen Schrei werde ich nicht vergessen, er war so anders, als wenn meine Kinder schreien. Gott sei Dank war ich in der Nähe.

Ronnie war von vier Quallen regelrecht überfallen worden. Wie alles andere war das offensichtlich für ihn ebenfalls etwas völlig Unbekanntes. Ronnie ist mutig und stark, aber an diesem Tag hatte er schon zu viel Ungewohntes verkraften müssen. Bei den Quallen kam hinzu, dass er sie nicht sah und dass sie die bisher so freundliche Sphäre des Wassers mit einem Schlag in einen Ort der Qual verwandelten.

Bei seinem Schrei bemühte ich mich, so schnell wie möglich in seine Nähe zu kommen, um ihn an Land zu bringen. Aber urplötzlich erschien eine ziemlich hohe Welle, wie sie so weit vom Land eigentlich nicht mehr vorkam. Mich da hindurchzukämpfen, war kein Problem, aber es hielt mich auf und vor allem die Welle brachte Ronnie zu Fall.

Entsetzt sah ich, wie sein Kopf im Wasser verschwand. Ziemlich rasch war ich bei ihm, aber er hatte wohl schon eine Menge Wasser geschluckt. Ich konnte nur den fast leblosen Körper über die Wasseroberfläche halten und versuchen, so schnell wie möglich mit ihm an Land zu gelangen.

Ich legte Ronnie behutsam auf den Sand und bat einen jungen Mann, schnell jemanden von der DLRG Strandwache zu rufen. Wir waren hier in der Nähe des Musikpavillons, wo etliche Leute sich noch aufhielten, obwohl das Konzert längst vorbei war. Ich brauchte einige Minuten, um einen Herrn zu finden, der mit seinem Handy einen Notarzt rufen konnte. Die Strandwache ließ nämlich auf sich warten und in mir kroch langsam eine erhebliche Panik hoch.

Ronnie lag da wie tot.

Ich erinnerte mich an einen vor langer Zeit mitgemachten Erste-Hilfe-Kurs und versuchte, seine Brust zu *massieren*. Dabei stellte ich fest, dass das Medaillon, das er an einem Kettchen um den Hals trug, Christus darstellte.

Jetzt ein leichter Erfolg: Er spuckte eine Menge Wasser aus. Danach aber sah ich zu meinem Entsetzen, dass sein Gesicht blau wurde. Er schien auch nicht mehr zu atmen.

Überall am Körper, vor allem an den Beinen und am Bauch, sah man die Spuren des giftigen Sekrets, mit dem die Quallen ihn reichlich bedacht hatten.

Inzwischen kamen einige neugierige Kurgäste, die zwar ihr Mitgefühl zum Ausdruck brachten, aber ansonsten nur störten.

„Ach, so ein hübscher Junge", sagte eine ältere Dame, „wird er sich wieder erholen?"

Ich war verzweifelt, weil keine Hilfe kam. Ich versuchte, ihn irgendwie zu beleben, und gab ihm Ohrfeigen. Was mir sofort wieder leid tat, obwohl ich wusste, dass es ihm vielleicht helfen könnte.

Ich bat Gott um Hilfe und sagte laut: „Muttergottes, hilf, rette diesen Jungen, der mir doch anvertraut ist!"

Ich wunderte mich über mich selbst, denn ich bin seit Jahren nicht gewohnt zu beten.

Erst jetzt merkte ich, wie sehr mir der Junge inzwischen ans Herz gewachsen war.

Eine ältere Frau brachte ein großes Badetuch und vorsichtig legten wir ihn darauf. Jetzt hatte ich den Eindruck, dass er gar nicht mehr atmete.

In diesem Augenblick kamen der Notarzt und der Mann von der DLRG Strandwache gleichzeitig an. Der Arzt schaute sich den Jungen an und machte ein bedenkliches Gesicht. Er bereitete eine Spritze vor, aber noch bevor er sie gesetzt hatte, geschah etwas ganz und gar Unerwartetes.

Ronnie belebte sich. Aber nicht so nach und nach, sondern plötzlich. Seine Gesichtsfarbe wurde normal, er öffnete die Augen und schaute uns erstaunt an. Er atmete ein paar Mal tief durch und richtete sich etwas auf. Die von den Quallen verursachten schlimmen Rötungen überall auf dem Körper waren spurlos verschwunden.

Wie erleichtert war ich, aber auch wie erstaunt, dass seine Besserung so schnell und offenbar nachhaltig vor sich ging.

Der Notarzt, ein etwas knorriger Typ, ließ es sich nicht anmerken, dass er für dieses Phänomen keine Erklärung hatte. Er sagte lediglich: „Na, das ist ja denn noch mal gut gegangen. Ich würde aber empfehlen, den Jungen noch im Krankenhaus durchzuchecken."

Inzwischen war es kühl geworden. Wir zogen uns im Strandkorb wieder an und setzten uns zu einem Kaffee bzw. einer heißen Schokolade in ein Strandcafé.

Ronnie war wieder fit und sagte auf meine Fragen nur: „Das ist bei uns anders, wir werden nicht krank. Sterben müssen wir allerdings doch, aber normalerweise erst nach vielen Jahren."

„Aber du wärest ja um ein Haar gestorben."

„Das stimmt, es war ein schwerer Unfall und ich hätte daran sterben können. Und ich muss Ihnen sagen, dass ich die Schwelle zur Ewigkeit schon überschritten hatte."

„Dann hattest du das, was man ein Nahtoderlebnis nennt?"

„Ja. Bei uns ist das eigentlich sehr selten. Gott wollte, dass ich weiterlebe und dass ich meine Mission fortsetze."

Ich muss gestehen, die Erlebnisse mit Ronnie haben mir zu denken gegeben. Was wäre, wenn er wirklich aus einem ganz anderen Kulturkreis stammt. Es muss ja nicht gleich das Sternbild Orion sein. Vielleicht ein verborgenes Königreich im Inneren Indiens. Oder aber er stammt irgendwie von den Bewohnern der geheimnisvollen Osterinsel ab.

Seine Mission? Was ist das? Tatsache ist, dass er auf seine Mitschüler einen guten Einfluss ausübt. Was für eine Selbstdisziplin muss er in jungen Jahren gelernt haben, dass er nichts Böses tut oder sagt.

*Lisa setzt den Bericht fort.*

Was uns Papa von der Reise an die Nordsee erzählte, hat uns alle sehr beeindruckt, besonders dass Ronnie seine Begeisterung für das Wasser entdeckt hatte. So etwas Gewöhnliches wie das Wasser – darüber habe ich mir noch nie Gedanken gemacht. Es gibt ja auch unheimlich viel davon!

Mama sagte: „Seltsam, fünfhundert Jahre vor Christus hat ein weiser griechischer Dichter, Pindar, gesagt: ‚Das Beste ist das Wasser.' Ob er schon das geahnt hat, was neulich Herr Moosbacher erzählt hat?"

Ronnie selber war nicht sehr gesprächig. Später sagte er mir, als wir auf dem Weg zur Schule waren: „Ich habe einen Blick in die andere Welt tun dürfen. Am liebsten wäre ich dort geblieben. Aber ich soll hier noch etwas erfüllen."

Ich muss sagen, dass ich gar nichts verstand, aber es fiel mir auf, dass Ronnie ernster geworden war, ich würde fast sagen, etwas durchscheinender.

Mein Vater hatte ihn gleich nach ihrer Rückkehr zum Hausarzt mitgenommen. Der hatte ihn ganz auf den Kopf gestellt, aber nur gefunden, dass Ronnie „ausnehmend gesund" sei.

Nach der Schule gingen wir kurz in die Kirche. Ich sah, wie Ronnie ganz hingerissen auf den Tabernakel schaute und leise einige Worte sagte, die ich nicht verstand.

Nachher fragte ich ihn: „Sag mir, du gehst öfters hier zum Tabernakel, aber zur Messe am Sonntag gehst du gar nicht."

„Weißt du, die Messe steht für die Erlösung des Menschengeschlechts, aber ich gehöre nicht zu dieser Menschheit. Wir brauchen die Erlösung nicht. Das hat, wie du weißt, nichts mit Stolz zu tun, wenn ich das sage. Im Tabernakel erkenne ich ganz deutlich den Christus, wie er dort seit Jahrhunderten ist und seine Liebe den Menschen anbietet. Nur dass kaum einer darauf eingeht.

Aber es gibt noch einen anderen Grund. Euer Pfarrer vollzieht das heilige Geschehen der Messe nicht mit der notwendigen Würde. Er meint es gut, aber so kann man das Opfer des Gottessohnes nicht darstellen, mit flotter Musik und coolen Bemerkungen."

Da meine Familie äußerst selten zur Messe geht, konnte ich dazu nichts sagen. Aber die Art und Weise, wie Ronnie davon sprach, ließ mich darüber nachdenken, ob ich selber das „heilige Geschehen" nicht doch öfters aufsuchen sollte.

Überhaupt hat mich Ronnie immer wieder damit beeindruckt, dass er, wenn er Gott erwähnte, dies mit großer Ehrfurcht tat. In der Familie und in der Schule war ich das absolut nicht gewohnt. Wahrscheinlich ist es so in den allermeisten Familien und Schulen, dass man nicht mit Ehrfurcht von Gott spricht, was meist daran liegt, dass man überhaupt nicht von Gott spricht.

In der Schule erwähnte er Gott gelegentlich, ohne damit allerdings lästig zu fallen. Ja, er sprach nur mit einzelnen Mitschülern darüber, niemals vor mehreren gleichzeitig. „Ich bin doch kein Prediger", sagte er und es gelang ihm tatsächlich, manch einen nachdenklich zu machen.

Als wir wieder zuhause waren, holte Mama Bilder von meiner Erstkommunion. Ronnie fand sie sehr schön. Dann tat er etwas, worauf wir schon lange gewartet haben, er erzählte von seiner frühen Kindheit auf Aja.

„Ronnie, wir haben so viele Fragen, aber am besten du erzählst der Reihe nach, wie es dir richtig erscheint. Schade, dass du keine Bilder hast. Macht ihr überhaupt auch Fotos?"

„Ich würde euch gerne Bilder zeigen, aber bei meiner Bruchlandung neulich ist mein Bildgerät verloren gegangen. Damit kann man Hologramm-Bilder zeigen, ist ähnlich wie euer Handy." Ronnie überlegte eine kleine Weile. Ich meinte ihm anzusehen, dass er in Gedanken in unendliche Weiten ging.

„Das Leben auf Aja ist ganz beherrscht von unserem Zentralgestirn, das völlig anders ist als eure Sonne. Nach der Ausdrucksweise eurer Forscher ist es ein Roter Riese. Er ist etwa zwanzigtausendmal so groß wie eure Sonne, aber hat nur zwanzigmal deren Masse. Ihr könnt es euch am besten so vorstellen: Wenn man Beteigeuze – so heißt unser Stern übrigens nach eurer Ausdrucksweise, wir nennen ihn Gomogo – an die Stelle eurer Sonne setzte, dann würde er bis zur Umlaufbahn des Mars reichen."

„Krass", meinte mein Bruder Johannes, der inzwischen sein Herz für die Astronomie entdeckt hat, „dann muss für die Bewohner eures Planeten der Himmel fast ganz ausgefüllt sein mit Sonne."

„Einer roten, nicht sehr stark leuchtenden Sonne. In der habitablen Zone, wo unser Planet Aja sich befindet, ist das das Normale ..."

„Ich stelle mir das cool vor", sagte ich, kam mir dabei aber etwas dümmlich vor. Die Vorstellung einer solchen Sonne beeindruckte mich sehr, aber ich wusste nicht, wie ich das in Worten ausdrücken sollte.

„Es kommt aber noch fantastischer", sagte Ronnie, „die Sonne pulsiert, das heißt, du hast den Eindruck, dass Gomogo atmet."

„Wow", sagte Johannes. Auch er schien darunter zu leiden, dass er seine Empfindungen nicht ausdrücken konnte. Aber wir alle bemühten uns mit Begeisterung, uns diese so andere Welt vorzustellen.

„Aber ist das nicht bedrückend?"

„Nein, keineswegs, die ‚atmende Sonne' vermittelt ein Gefühl der Geborgenheit."

„Und was ist mit dem Wetter?", fragte meine Mama, „wie sind die Temperaturen, gibt es viel Regen? Überhaupt die Atmosphäre ..."

„Die Zusammensetzung der Atmosphäre ist fast so wie die eure, aber im Spektrum der ‚Regenbogenfarben' ist bei uns das rote Licht nur schwach gestreut im Vergleich zum blauen. Aber da kaum blaues Licht sichtbar ist, ergibt sich für das Aussehen des Himmels eine hellgrüne Farbe."

In diesem Augenblick kam Papa ins Zimmer und konnte es sich nicht verkneifen zu sagen: „Na, Ronnie, lässt du mal wieder deiner Fantasie freien Lauf?"

Ronnie lächelte, als wollte er sagen: Eines Tages wirst du mir schon auch noch Glauben schenken.

Aber die Beschreibung von Ronnies Welt war zuerst einmal beendet.

# Die große Friedensmission

Wenige Tage später überraschte Ronnie uns damit, dass er Nachrichten von seinem Vater hatte.

Herr Moosbacher, der Zoodirektor, war bei uns. Er kommt jetzt des Öfteren nachmittags, manchmal auch zum Abendessen. Meine Mutter lädt bekanntlich gerne jeden zum Essen ein, der mehr oder weniger zufällig vorbeikommt.

Herr Moosbacher spricht oft mit Ronnie, ich glaube, dass er Aufzeichnungen von diesen Gesprächen macht. Das kann wohl ein sehr interessantes Buch werden.

Ronnie sprach also über seine neuesten Nachrichten.

Wie immer, wenn er von seinem Vater sprach, gab es in Ronnies Stimme so einen besonderen Klang. Offensichtlich hat er vor ihm einen Riesenrespekt.

Bisher hatten wir nur verstanden, dass sein Vater Kommandant eines größeren Raumschiffs ist, das die Erde beobachtet. Ob nur gelegentlich oder ständig, das war nicht klar. Klar war lediglich, dass die Erdbewohner offensichtlich nichts darüber wussten. Wahrscheinlich beherrschten die Fremden eine Technik, die das Raumschiff enorm beweglich und weitgehend unsichtbar machte.

Nach und nach waren wir durch Bemerkungen von Ronnie dahintergekommen, dass sie über uns unglaublich viel wissen mussten.

Mehrmals hatte er gesagt: „Unsere Aufgabe ist es, zu verhindern, dass die Erdbewohner sich selbst in die Luft sprengen. Daher die vielen Sichtungen von Ufos über Atomanlagen."

Heute kam uns Ronnie besonders aufgeregt vor.

Dabei wunderte es uns nicht mehr, dass er jetzt Kontakt mit seinem Vater hatte, obwohl er den in den ersten Tagen seines Hierseins vergeblich gesucht hatte.

„Mein Vater hat einen Weg gefunden, sich auf telepathische Weise mitzuteilen. Darüber bin ich sehr glücklich. Auf Aja ist diese Art der Kommunikation sehr häufig, ja fast die Regel, aber hier gab es irgendwelche Störungen im Luftraum der Erde, die aber jetzt überwunden sind."

„Erzähl, was dein Vater dir mitgeteilt hat!". Mein Bruder Johannes war in der letzten Zeit von einem etwas gemütlichen Burschen zu einem ganz aufmerksamen, ich würde sagen, agilen jungen Mann geworden.

Immer mehr war Ronnie für ihn, obwohl er ja einige Jahre jünger war, so etwas wie das große Vorbild geworden. Wenn Ronnie etwas sagte, war das für ihn richtiggehend verbindlich. Ja, ich würde sagen, er war ihm geradezu ergeben, wovon Ronnie allerdings keinen weiteren Gebrauch machte.

„Mein Vater hat gesagt, dass die Lage der Menschheit sich immer mehr zuspitzt. Nach Beendigung des Kalten Krieges ist die Bedrohung durch Atomwaffen immer gefährlicher geworden, da viel zu viele Nationen – darunter auch ganz unseriöse – diese Waffen besitzen. Und jetzt sieht es so aus, als wenn ein Verrückter mit dem Feuer spielt. Der Erste Weltkrieg war fürchterlich, der Zweite war noch weit schlimmer und ein Dritter Weltkrieg würde durch den Einsatz solcher Waffen dazu führen, dass ganze Nationen ausgelöscht werden könnten."

„Aber wie könnt ihr das verhindern?"

„Dass wir direkt eingreifen, das wäre nur in einer ganz extremen Situation denkbar. Wir wollen erreichen, dass ihr selber durch Verhandlungen das Problem löst."

„Verhandeln tun die Politiker doch schon seit Jahrzehnten. Da ist bisher nichts herausgekommen. Ihr müsstet den Menschen eure überlegene Macht zeigen, dann würden sie sicher zur Besinnung kommen."

„Das haben wir ja auch schon versucht, aber die Menschen reagieren dann nur mit Furcht und Aggressivität, nicht mit vernünftigen Handlungen."

Herr Moosbacher meinte: „Man müsste einen irgendwie gearteten Kontakt zwischen euch und den Mächtigen dieser Erde zustande bringen. Der Hauptansprechpartner wäre der Präsident der Vereinigten Staaten. Präsident Trenton ist ein völlig unkonventioneller Mann, der wäre dazu fähig."

„Aber wer sollte mit ihm sprechen?", sagte mein Vater.

An dieser Stelle muss ich mitteilen, dass mein Vater seine Meinung über Ronnie ganz geändert hat. Bisher hatte er sie halb geändert. Er glaubte, Ronnie sei schon ein besonderer Junge mit besonderen Eigenschaften, aber über seine Herkunft hatte er ganz unklare Vorstellungen. Nachdem aber Herr Moosbacher ihm seine Aufzeichnungen zu lesen gegeben hatte und lange mit ihm über die Sache gesprochen hatte, war mein Vater doch von der Wahrheit über Ronnie überzeugt.

Auf seine Frage: „Aber warum ist der Junge überhaupt in unsere Welt gekommen?" hatten wir „Eingeweihten", also Herr Moosbacher, meine Mama, mein Bruder Johannes und ich, fast gleichzeitig gesagt: „Er hat ja doch diese Friedensmission!"

Mein Papa ist manchmal sehr spontan. Jetzt sagte er und schaute Ronnie dabei an: „Ja, so muss es laufen: Ronnie muss mit dem Präsidenten sprechen."

Unser Freund zuckte zusammen, aber mein Vater fuhr fort: „Wir müssen irgendeinen Weg finden, mit Ronnie zum Präsidenten zu gehen."

Meine Mutter ließ ein kurzes trockenes Lachen hören, aber dann warf sie Ronnie einen liebevollen Blick zu und legte ihren Arm um seine Schulter.

Herr Moosbacher wurde ebenfalls lebendig: „Nun gut, aber was könnte die Entourage von Präsident Trenton veranlassen, zwei unbekannte Herren aus Deutschland, in deren Begleitung sich ein zwölfjähriger, ebenso unbekannter Junge befindet, dem Präsidenten vorzustellen?"

Dass Ronnie unheimlich mutig ist, wusste ich schon, aber jetzt begeisterte es mich zu sehen, dass er keinerlei Einwände gegen dieses Unternehmen hatte, was sein Person betraf.

Eine kleine Gesprächspause trat ein. Man merkte, dass alle Beteiligten sehr heftig nachdachten.

Dann sagte Ronnie mit einer unglaublich ruhigen Stimme: „Ich werde zum Präsidenten gehen und ich weiß auch, was ich ihm vorschlagen werde."

In den nächsten Tagen entfaltete mein Vater eine lebhafte Behördenaktivität. Moosbacher hatte zu bedenken gegeben, dass Ronnie eine persönliche Dokumentation brauchte. Bisher war er ein Niemand. Er war immer mit mir in die Schule gegangen, aber dort und für die Freunde war er nur ein vorübergehender Besuch.

Vater sprach mit unserer Mutter und sie beschlossen, Ronnie zu adoptieren. Den kleinen Geschwistern wurde das im Moment noch nicht gesagt, „erst wenn es unter Dach und Fach ist", sagte Mama, aber dass deren Freude groß sein würde, war uns allen klar.

Papa musste alle seine guten Beziehungen aufbieten, um das Verfahren zu bescheunigen. Die Situation war günstig, denn das BAMF (Bundesamt für Migration und Flüchtlinge) und dann das Standesamt nahmen es als plausibel hin, dass Ronnie einer von den vielen jugendlichen Flüchtlingen ohne Begleitung war. Ich nehme an, sie waren froh, dass da wenigstens einer von denen, die ihnen viel Kopfzerbrechen bereiteten, schon mal versorgt war.

Es war ein denkwürdiger Abend, als mein Papa der versammelten Familie – Herr Moosbacher war auch dabei – bekannt gab, dass die Adoption von Ronnie genehmigt war. Die Zwillinge jubelten, mein kleiner Bruder Markus, der in letzter Zeit nicht alles richtig mitbekommen hatte, rief „Juchu! Wir haben einen neuen Bruder!" und wir alle, die Eltern, Johannes und ich, drückten ihn ganz herzlich. Ebenso Herr Moosbacher.

Ronnie war so gerührt, dass man zwei kleine Tränen auf seinem Gesicht sah.

„Ich danke euch für eure Liebe", sagte er, „ihr wisst nicht, was sie für mich bedeutet!"

Unterdessen hatte Herr Moosbacher eine Strategie entwickelt, wie man das kühne Vorhaben verwirklichen könnte. Merkwürdigerweise hielt sich keiner mehr mit der Frage auf, ob man ein solches Unternehmen überhaupt angehen sollte. Ich würde sagen, Ronnie hat das Ganze so eindringlich dargestellt, dass die Frage nicht mehr war ‚ob', sondern ‚wie'.

Moosbacher sagte: „Man muss ganz oben anfangen. Wenn wir alle Instanzen durchlaufen wollen, bis wir zum Präsidenten gelangen, dürfte das Monate dauern."

Der Zufall wollte es, dass Herrn Moosbachers Frau, die Rechtsanwältin ist, ihr ganzes Studium an der Universität Harvard absolviert hatte. Nach dem Studium hielt sie den Kontakt mit dieser wichtigen Uni über die Einrichtung der Alumni, die regelmäßige Treffen veranstalteten.

Unter ihren Kommilitonen befand sich auch ein gewisser Arthur Dunbar, mit dem Frau Moosbacher eine langjährige Freundschaft verband. Herr Moosbacher sagte: „Dunbar war ein äußerst fähiger Jurist, der eine steile Karriere hinlegte und inzwischen die rechte Hand des ersten Staatssekretärs im amerikanischen Verteidigungsministerium ist."

Wie gerne wäre ich mit nach Amerika gefahren, aber ich muss in die Schule gehen und auf meine Familie aufpassen.

# Die Reisegesellschaft

*Lisas Vater, Herr Mühlhausen, setzt den Bericht fort.*

Gott sein Dank ist durch die Vermittlung von Frau Moosbachers Kollegen in Amerika unsere abenteuerliche Reise unter einen guten Stern gestellt. Was zunächst total unwahrscheinlich schien, ist durch diesen Umstand zumindest in den Bereich des Möglichen geraten. Nicht nur ich, sondern auch die Familie Moosbacher hat sich nach jener eigenartigen Unterhaltung mit Ronnie immer wieder die Frage gestellt: Was tun wir da eigentlich? Ist das nicht alles Fantasterei?

Meine Frau Gwendolyn meinte: „Ich komme mir vor, wie in einem Hollywoodfilm – wir, ausgerechnet wir, sollen die Welt vor einer Katastrophe retten?"

„Und Ronnie ist ja nun auch nicht gerade der Superman."

Wir mussten beide lachen.

Wir unterhielten uns im Schlafzimmer kurz vor dem Schlafengehen. Ronnie war nicht zugegen, aber seine Nähe war irgendwie zu spüren.

„Dass er aus einer anderen Welt ist, habe ich kapiert", sagte meine Frau. „Und dennoch, dass ein Zwölfjähriger eine solche Reife hat, will mir nicht in den Kopf."

„Dazu muss ich dir etwas sagen, das Ronnie mal so beiläufig gesagt hat, nämlich, dass wir bedenken sollen, dass sein Heimatplanet eine dreimal so lange Zeit braucht, um sein Zentralgestirn zu umrunden. Das heißt ein Jahr ist dort dreimal so lang wie hier."

„Aber ein Sechsunddreißigjähriger ist er doch auch nicht!"

„Nein, er ist ein Kind."

Wir beschlossen, das Geheimnis so stehen zu lassen.

Claudia Moosbacher hatte mit Mr. Arthur Dunbar telefoniert. Als Grund unseres Besuchs hatte sie zwar nichts Näheres über Ronnie mitgeteilt, andererseits aber einen Weg gefunden, die Sache als äußerst dringend darzustellen. Sie war inzwischen ganz in das „Geheimnis" eingeweiht, einschließlich der Kriegsgefahr, von der man allerdings täglich in den Zeitungen las.

Alles schien sich zum Guten zu verschwören.

„Arthur sagte mir am Telefon, dass er in Washington ist und auch etwas Zeit hat, mit uns zu sprechen", sagte Claudia.

Wir waren nun eine richtige kleine Reisegesellschaft, Claudia und Friedhelm – wir duzen uns inzwischen – sowie Ronnie und ich.

Claudia, die Ronnie bisher nur mal gelegentlich gesehen hatte, ließ sich von ihrem Mann alles erklären. Obwohl sie immer sehr ruhig war, konnte man ihr ansehen, dass sie eine selbstbewusste, starke Frau war („Mein Frau ist tough", sagte Herr Moosbacher). Als erfahrene Juristin war sie natürlich skeptisch und stellte Ronnie manche Fragen, die dieser aber geduldig beantwortete.

„Du sprichst ja perfekt deutsch, aber wie ist es mit dem Englischen?"

„Kein Problem, ich habe zuhause die wichtigsten Sprachen der Erde gelernt. Das fällt uns nicht besonders schwer. Ich weiß nicht, warum", sagte er ausgesprochen locker.

Claudia kam aus dem Staunen nicht heraus.

„Und naturwissenschaftliche Zusammenhänge scheinen dir auch geläufig zu sein."

„Unsere Wissenschaftler haben einen klaren Blick auf die Schöpfung. Ihr dürft nicht vergessen, dass unser Denken nicht durch die sogenannte Erbsünde und auch nicht durch persönliches Fehlverhalten getrübt ist. In eurer Welt ist durch den Ungehorsam eurer Stammeltern die Natur in Unordnung geraten. Die ursprüngliche Harmonie des Menschen mit Gott, mit der Umwelt und mit sich selbst wurde stark beschädigt."

„Entschuldige, mein Junge, mit Stammeltern meinst du doch nicht Adam und Eva …?"

„Doch. Hätten sie, von denen alle irdischen Menschen abstammen, dem Schöpfer gehorcht, wäre euer Leben, ja eure ganze Geschichte, völlig anders gelaufen. Denn alles, was böse ist, stammt aus diesem ersten Bösen. Und sogar, wenn der Mensch sich bemüht, nicht zu sündigen, so hat er doch zu kämpfen gegen böse Neigungen, wie Neid, Habgier, Stolz, Egoismus, Geilheit …"

„Halt, dieses Wort sagt man nicht!", meinte Claudia lächelnd.

Aber Ronnie fuhr ernst fort: „Man sagt es nicht, aber viele lassen sich davon leiten."

„Und in die Irre leiten", erlaubte ich mir hinzuzufügen. Dass ich in letzter Zeit die Forderungen der Religion wieder ernster nehme, verdanke ich Ronnie.

„Das letztere Stichwort", sagte Ronnie weiter, „macht die Familien kaputt, die ersten vier – und es gibt natürlich noch mehr Fehlhaltungen – machen das Leben der Völker kaputt. Sie sind ja die Ursache für die ewigen Kriege, die ihr führt."

„Neid, Habgier, Stolz und Egoismus – ich fürchte, du hast recht", meinte Claudia nachdenklich und schaute in seine ausdrucksvollen dunklen Augen, „und all das gibt es in deiner Welt nicht?"

„Nein, Gott sei Dank! Unsere ‚Stammeltern' haben Gott, dem Vater der Gestirne, gehorcht. Daher brauchen wir keine Zehn Gebote, keine Erlösung, keine Sakramente. Aber Gott, der Allmächtige, ist derselbe. Jeder von uns liebt Gott über alles, weil er sehr persönlich seine Liebe zu uns erfährt. Es geht daher nicht darum, das Böse zu meiden, aber das heißt noch nicht, dass man automatisch das Gute tut. Wir wollen ja auch einmal in den Himmel kommen, Gott von Angesicht zu Angesicht schauen. Aber das geht nicht, wenn wir mit leeren Händen kommen."

Man konnte Claudia ansehen, dass sie da etwas hörte, was ihr noch nie begegnet war.


Wir mussten in Paris umsteigen und hatten etwas Zeit, um Mitbringsel für unsere amerikanischen Freunde zu kaufen. Dass Ronnie dabei den perfekten Dolmetscher machte, wunderte uns inzwischen nicht mehr.

Claudia erinnerte sich, dass ihr Freund Arthur sehr gerne Courvoisier trank. Sie kaufte bei *duty free* eine Flasche in Geschenkpackung, was Ronnie dem Verkäufer erklärte. Ich hoffte, bei dieser Gelegenheit von

Ronnie etwas über seine Einstellung zum Alkohol zu hören. Aber dazu sagte er nichts.

Noch eine weitere Hilfestellung:

Der Direktflug von Paris nach Washington und zurück war in diesen Tagen äußerst preiswert, nur 566 Euro. Das kann sonst zwischen 1.500 und 2.100 Euro kosten.

„Also, die ganze Sache steht unter einem guten Stern", sagte ich, aber Ronnie korrigierte: „unter Gottes Segen!"

„Das wäre auch mal ein interessantes Gesprächsthema", meinte Claudia, „die antiken astrologischen Vorstellungen vom Einfluss der Gestirne auf das Schicksal der Menschen. Aber vielleicht müssen wir das nicht in diesen Tagen erörtern."

Ronnie lächelte ein wenig rätselhaft: „Es hat alles miteinander zu tun."

# In Washington D.C.

Am nächsten Tag gegen Mittag kamen wir, mit dem erwarteten time-lag in den Knochen, am Dulles International Airport an. Mr. Dunbar hatte einen Mitarbeiter geschickt, der uns abholte und direkt zu seinem Büro im Department of Defense bringen sollte.

Der Fahrer, ein farbiger Mann, der, wie wir bald erfuhren, aus Puertorico stammte, hatte wohl den Auftrag oder aber nur das Bedürfnis, uns an den wichtigsten Sehenswürdigkeiten der Stadt vorbeizufahren, ohne dabei aber wirkliche Umwege zu machen. Er konnte sich vielleicht nicht vorstellen, dass wir von solchen Monumenten wie das Kapitol, das Weiße Haus oder das Lincoln Memorial schon einmal gehört hatten.

Die Fahrt durch die National Mall war allerdings großartig. „Ein Nationalpark mitten in der Stadt", sagte der Fahrer voller Stolz. „Die Mall ist fast fünf Kilometer lang (er hatte uns als Europäer erkannt und sagte daher von sich aus Kilometer statt Meilen) und fünfhundert Meter breit. Sie wird von mehreren wichtigen Avenuen begrenzt. Wir fahren jetzt auf dem Jefferson Drive, der längs durch den Park verläuft. Am unteren Ende grenzt die Mall an den Garten des Weißen Hauses."

Aber wir wollten uns nicht ablenken lassen. Der Fahrer merkte bald, dass es hier nicht um Sightseeing ging, und schwieg. Ronnie war ziemlich nervös. Seine Hand suchte die meine. Ich versuchte während der Fahrt intensivere Gespräche zu vermeiden, was ihm wohl ganz recht war.

Wie wir Herrn Dunbar die Sache nahebringen sollten, war mir noch nicht ganz klar. Ich überließ es Claudia, die ersten Schritte zu tun, da sie ihn ja kannte.

Claudia war von dem klassizistischen Gesamtbild der Stadt fasziniert. Friedhelm schaute aus dem Fenster und sagte ebenfalls nichts.

Nach einer knappen Stunde Autofahrt kamen wir am Pentagon an. Wir wurden über mehrere Treppen und Aufzüge direkt zum Büro von Arthur Dunbar geführt. Wir nahmen Platz in einem komfortablen Aufenthaltsraum, der sich offensichtlich unmittelbar vor dem Arbeitszimmer Dunbars befand.

Claudia sagte: „Wow, wir sind hier offenbar beim zweiten Mann im Verteidigungsministerium. Da die Amerikaner andere Bezeichnungen haben, war mir das nicht richtig klar geworden. Arthur ist Deputy Secretary of Defense. Über ihm ist nur noch James Matthews, der den bescheidenen Titel Secretary of Defense trägt, also der amerikanische Verteidigungsminister.

Dunbar betrat den Raum. Die Begrüßung zwischen ihm und Claudia war herzlich, wenngleich auch ein bisschen reserviert, was er wohl seiner Stellung irgendwie schuldig war.

Nach einigen Minuten Smalltalk, in denen vor allem Claudia das Wort führte und die städtebaulichen Schönheiten der Hauptstadt lobte, kam der entscheidende Moment, über Ronnie und sein Anliegen zu sprechen.

In der Tat war der Einstieg ziemlich schlecht. Friedhelm begann in schlechtem Englisch. Seine Frau beherrschte zwar die Sprache gut, war aber nicht so firm, was das Thema betraf. Ronnie selbst schaute nach einer anfänglichen kurzen Unsicherheit mit klarem und festem Blick auf Dunbar. Offensichtlich fand er ihn sympathisch.

Der Deputy hatte zunächst Schwierigkeiten, den Zusammenhang zu verstehen. Claudia hatte ihm offensichtlich von unbekannten Details zur Kriegsgefahr gesprochen, aber nicht von der Rolle, die der kleine Junge dabei spielen sollte. Erst als Ronnie selber sprach – natürlich in formvollendetem Englisch – verstand er, worum es ging.

„Oh, so you are not from this planet?", sagte Dunbar, als wäre das nichts Besonderes. Nach einigen weiteren Sätzen gab er seiner Sekretärin Anweisung, einige ältere Dokumente aus dem Archiv herzubringen.

Es fiel auch der Begriff „area 51", der uns nicht viel sagte, aber wir verstanden, dass da von Dingen die Rede war, die in den Fünfzigerjahren des vergangenen Jahrhunderts in den Vereinigten Staaten eine Rolle gespielt hatten.

Dass aber Ronnie jetzt und hier etwas Wichtiges zum Thema Vermeidung des großen Krieges zu sagen haben könnte, schien zunächst nicht in seine Schemata zu passen. Verständlicherweise. Der Deputy fuhr fort:

„Auch heute hört man immer wieder von sogenannten Ufos, unidentifizierten Flugobjekten, aber ich kann nicht umhin, diese Beobachtungen als unglaubwürdig anzusehen. Andererseits ist die Zahl der Ufo-Sichtungen seit den 1990er-Jahren stark angestiegen, von 10.000 in den 90er-Jahren bis zu 45.000 im Jahre 2017."

Ronnie räusperte sich und bat um das Wort.

„Natürlich sind die allermeisten Sichtungen Fantasie oder Betrug. Was aber meistens nicht beachtet wird, ist die Frage, wenn es Ufos gibt, wo kommen sie her?

Das Universum ist voll von Planeten, auf denen Menschen oder menschenähnliche Wesen leben. Allerdings hat nur ein Bruchteil von ihnen die Möglichkeit, über ihren Planeten hinaus das Weltall zu erforschen.

Was aber der Mentalität der irdischen Wissenschaftler völlig entgeht, ist die Gottesfrage. Noch immer wird hier der primitiven Auffassung des 18. Jahrhunderts gehuldigt, nach der Gott in der Wissenschaft nichts zu suchen hat."

Mr. Dunbar wurde aufmerksam, denn dass ein Zwölfjähriger solche Dinge sagen würde, die selbst Erwachsene nicht aussprechen, war ihm noch nicht untergekommen.

„Ein höchst interessanter Gesichtspunkt", meinte er. Vielleicht war er selbst gläubig, vielleicht gehörte er zu den Gebildeten, die ihr Leben lang darunter leiden, dass in der Naturwissenschaft die Atheisten und die Agnostiker den Ton angeben.

Dann aber sagte er. „Mein Lieber, wenn auf dem Planet Erde die führenden Köpfe nicht an Gott als den Schöpfer des Universums glauben, warum sollten das die klugen Leute auf anderen Planeten tun?"

„Of course, viele tun das nicht und sie kommen, genau wie die Wissenschaftler der Erde, in ihren Bemühungen nicht weiter."

„Wie meinst du das?" Der Deputy fand an dem Gespräch zunehmend Gefallen. „What a boy!" dachte er und dachte an die Jungen und Mädchen in diesem Alter, die er kannte. Darunter auch an den jüngsten Sohn des Präsidenten, der gestern in seinem Büro aufgetaucht war.

„Wer den Urheber des Weltalls missachtet, erlebt das, was ihr erlebt. Ihr sucht verzweifelt nach menschlichem Leben auf anderen Himmelskörpern, aber ihr findet keines. Allenfalls mal ein bisschen Wasser und das war's dann."

Hätte Ronnie Spott gekannt, hätte er jetzt spöttisch gelacht. Aber ein ganz feines Lächeln genehmigte er sich doch.

„Ihr terrestrischen Menschen habt – das werden eure religiösen Führer bestätigen – ein gestörtes Verhältnis zum Schöpfer. Indem ihr nicht an seine Existenz glaubt, kommt es euch auch nicht in den Sinn, dass es vielleicht in anderen Welten Menschen geben könnte, die den allmächtigen Gott ernst nehmen und sogar ihm gehorchen."

„Und was will Gott? Hat er uns Menschen nicht die Freiheit gegeben, alles zu erforschen, was es gibt? Und nachdem man es erforscht hat, es auch zu nutzen?"

Jetzt schaltete sich Friedhelm ein und hatte diesmal auch die richtigen englischen Vokabeln zur Hand: „In our time we have a new and better consciousness of the world's ressources."

„Ach, Sie meinen die europäische Marotte mit dem Klimawandel?" Dunbar hatte kein Problem, spöttisch zu lächeln.

„Ich meine etwas anderes", sagte er, „mit Verlaub, wenn ich das Ihnen als Amerikaner sagen darf. Ich meine die Erfindung der Atombombe. Wie wir alle wissen, kann man so etwas machen, aber man darf es nicht."

„O.k. Da haben Sie recht. Dennoch wird die Atombombe nicht deshalb nicht eingesetzt, weil Gott es verboten hat, sondern weil die Menschen selbst erkannt haben, dass es nicht sein darf. Ein Gebot oder Verbot von Gott brauchen wir also nicht. Abgesehen davon, dass so etwas bei unserem Pluralismus gar nicht durchführbar ist."

„Aber deswegen sind wir ja hier. Neben den vielen Menschen, die die Atombombe ablehnen, gibt es andere, die damit spielen. Jetzt, aktuell. Aber wem sage ich das?"

„O.k., da haben Sie wieder recht. Der verrückte Diktator. Sie sagen, deswegen sind Sie hier, wie meinen Sie das?"

Jetzt ergriff wieder Ronnie das Wort.

„Bisher gab es eine stillschweigende Vereinbarung, diese Waffe nicht wirklich zu benutzen, sondern höchstens mit ihr zu drohen. Also das berühmte Gleichgewicht des Schreckens. Aber jetzt haben wir die Situation, die nach der Auflösung der Sowjetunion zu erwarten war, es gibt viel zu viele Länder, die über diese Bombe verfügen. Und es werden im Laufe der Zeit immer mehr werden, und nicht nur Regierungen, sondern auch irgendwelche obskuren Organisationen oder verrückte Milliardäre.

Und Amerika sieht sich jetzt vor die Frage gestellt: Was machen wir, wenn dieser Psychopath am anderen Ende der Welt mit seinen Raketen und Bomben ernst macht?"

„Zurückschlagen? Oder noch besser ein Präventivschlag?"

Ich sagte: „Das wäre die Apokalypse."

„Nun gut, welche Lösung schlagen Sie vor?"

Es entstand eine kurze Weile des Schweigens. Alle schauten auf Ronnie, der zu zögern schien. Schließlich sagte er:

„Ich möchte um ein Gespräch mit Präsident Trenton bitten. Mein Vater, der mir diesen Auftrag erteilt hat, ist Kommandant eines großen Raumschiffs, das seit Jahren die Aktivitäten auf der Erde beobachtet. Erst in diesen Tagen hat er beschlossen, etwas zu tun, was uns bisher verwehrt wurde. Bis zu dieser äußerst schwerwiegenden Situation war es uns streng verboten, in irgendeiner Weise in das Leben der hiesigen Menschen einzugreifen. Diese Zurückhaltung hat bei den meisten Erdenmenschen dazu geführt, dass sie unsere Existenz bezweifeln, zumal unsere Technologie es uns erlaubt, völlig verborgen zu operieren. Mein Vater und ebenso die Regierenden auf unserem Planeten haben nun in einem religiösen Akt, über den ich jetzt nichts Näheres sagen kann, den Herrn der Schöpfung gebeten, durch ein einmaliges Eingreifen unsererseits zu verhindern, dass die Erdbewohner sich selbst in die Luft sprengen."

Der Deputy beendete das Gespräch mit den Worten: „Kommen Sie morgen um 11.00 Uhr zum Weißen Haus und fragen nach mir. Der Präsident ist in Washington, und da er Konventionen ohnehin nicht liebt, brauchen wir keine längere Anlaufzeit. Das Gespräch wird ihn interessieren. Wenn nicht, habe ich mich gefreut, Sie kennengelernt zu haben." Damit waren wir entlassen.

# Mr. President

Präsident Trenton empfing uns im Oval Office. Wiederum gab es keine Zeit, um das Gespräch mit dem Präsidenten vorzubereiten. Andererseits fanden wir, dass die gestrige Begegnung mit dem Deputy dank Ronnies Auftreten zufriedenstellend verlaufen war.

Was Ronnie dem Präsidenten konkret vorschlagen wollte, war uns bisher immer noch nicht klar. Aber da er wahrscheinlich wieder so reden würde wie ein Weiser, waren wir über den Ausgang unserer Mission ganz optimistisch.

Dass es im Oval Office unkonventionell zugehen würde, wussten wir schon, aber dass bei unserem Eintritt die First Lady vor dem Präsidenten stehen würde, um ihm Tropfen ins rechte Auge zu träufeln, damit hatten wir nicht gerechnet. Fanden es aber außerordentlich sympathisch.

Als die kleine Prozedur abgeschlossen war, meinte der Präsident: „Please sit down. Arthur hat mir erzählt, dass du, junger Mann (er blickte Ronnie prüfend an) uns einen Vorschlag unterbreiten wolltest."

Ronnie bedankte sich für das Gespräch und kam auch gleich zur Sache. Er unterstellte nicht, dass Dunbar dem Präsidenten schon alle Einzelheiten mitgeteilt hatte, und fing daher praktisch von vorne an.

Wie zu erwarten, hatte Präsident Trenton nicht mit einem so eloquenten Jungen gerechnet.

„Stimmt es, dass du erst zwölf Jahre alt bist?", unterbrach er die Rede des Jungen.

„Ja, Herr Präsident. Das Leben auf meinem Planeten und die Menschen dort sind ähnlich wie hier, aber doch auch ganz anders."

„Wie soll ich das verstehen?"

„Unsere Erde heißt Aja und braucht ungefähr tausend Tage, um das Zentralgestirn zu umrunden. Aber sie ist fast von der gleichen Größe und Beschaffenheit wie diese Erde. Es gibt dort Kontinente und Berge, allerdings wenig Wasser, keine großen Meere wie hier. Die Menschen leben auch in Häusern …"

„Offensichtlich sehen sie so ähnlich aus wie wir. Mein jüngster Sohn ist genauso alt wie du. Madelyn, sei so nett und sage Ben, er soll mal herkommen."

Ich konnte es Claudia und Friedhelm ansehen, dass auch sie sich fragten, ob wir überhaupt zum Thema kommen würden. Der Präsident würde ja nicht unbegrenzt Zeit für uns haben.

Ben kam und sein Vater stellte ihn neben Ronnie. „Ihr seid gleich groß", sagte er zufrieden, „nur dass Bennie blond ist und du schwarz."

Ronnie gab Ben lächelnd die Hand und hatte ihn sofort für sich gewonnen.

„Woher kommst du?", fragte Ben.

„Von einem Planeten im Sternbild Orion."

„Spielt man bei euch auch Baseball?"

„Leider nein, wie haben etwas andere Ertüchtigungen. Ich werde sie dir, sobald wir hier fertig sind, erklären. Sie sind anspruchsvoll, aber ich glaube, sie werden dir gefallen."

„Ronnie ist der perfekte Diplomat", dachte ich, „er weiß mit allen so zu sprechen, wie sie es brauchen. Den Jungen hat er schon in der Tasche."

Tatsächlich schaute Ben ihn erwartungsvoll an, sagte aber nichts, da jetzt sein Vater das Gespräch wieder in die Hand nahm.

„Der Deputy vom Verteidigungsministerium sagte mir, dass du dir Sorgen um den Weltfrieden machst."

„Ich bin ein Niemand, Mr. President. Aber ich bin sicher, dass Sie sich große Sorgen machen, da eine so große Verantwortung auf Ihren Schultern lastet."

Trenton hörte aufmerksam zu – das scheint bei ihm nicht selbstverständlich zu sein –, wie Ronnie von seinem Vater sprach und erklärte, dass dieser das größte Interesse daran habe, dass ein Atomkrieg verhindert wird. Dass ein riesiges Raumschiff seit Jahren die Erde umkreist, schien den Präsidenten nicht besonders zu wundern.

Ich musste daran denken, wie Friedhelm Moosbacher erst vor wenigen Tagen gesagt hatte: „Die Regierung der Vereinigten Staaten sieht es, im Gegensatz zur deutschen, nicht als erwiesen an, dass es Ufos gar nicht gibt. Sie ist nur irritiert, weil sie offensichtlich nicht zu fassen sind."

„Ich möchte deinen Vater gerne kennenlernen. Man sagt ja von einem meiner Vorgänger, dem Präsidenten Eisenhower, dass er eine solche Begegnung gehabt habe. Ob das stimmt, weiß ich nicht. Es gibt keinerlei Dokumente darüber. Es ist auch völlig unklar, ob die Berichte über gewalttätige Aliens, die Menschen und Tiere entführt haben sollen, glaubwürdig sind."

„Letztere sind von anderer Art, sie sind von der dunklen Seite und wollen das Böse. Aber auch sie müssen, ob sie wollen oder nicht, dem Allmächtigen gehorchen, das heißt sie können durchaus nicht machen, was sie wollen."

Der Präsident setzte sich an seinen Schreibtisch und schien eine kleine Weile nachzudenken. Ronnie ging auf ihn zu und sagte leise: „Mr. President, Sie stellen sich wahrscheinlich die Frage, die die terrestrischen Menschen immer stellen: Wenn diese und die anderen Außerirdischen eine so überlegene Technologie und zugleich eine solche Erkenntnis der kosmischen Wirklichkeiten haben, warum haben sie die Erde nicht längst unter ihre Herrschaft gebracht?"

„Richtig! Genau das habe ich mich oft gefragt. Jedesmal wenn diese Berichte zu mir gelangen – neulich noch von dem ehemaligen kanadischen Verteidigungsminister, Paul T. Hellyer – frage ich mich, warum seid ihr so diskret?"

„Die Antwort ist sehr einfach, es ist Gott, der Allmächtige, der das so will."

„Ach, das ist ja überraschend. Welcher Gott ist das, an den ihr glaubt?"

„Derselbe, an den Sie auch glauben. Es gibt doch keinen anderen!"

Wieder überlegte der Präsident. Er saß hinter seinem Schreibtisch, ein wenig zusammengesunken. Sein Sohn Ben stand neben ihm, so wie er es bei offiziellen Anlässen gewohnt war, und bemühte sich, ein intelligentes Gesicht zu machen. Bei allen Anwesenden, auch bei uns Besuchern aus Deutschland, ging das Wort Gott in den Köpfen herum, beim einen mehr, beim anderen weniger. Ich versuchte mir vorzustellen, was im Denken des Präsidenten vor sich ging. Jeder wusste, dass er ein gläubiger Christ ist. Andererseits ist bekanntlich bei Diskussionen über die Ufos nie von Gott die Rede. Aber ich musste Ronnie recht geben: Das ist einfach nur ein Defekt im Denken der modernen Menschen, Gott gar nicht erst in unsere Überlegungen einzubeziehen.

„Du wirkst glaubwürdig", sagte jetzt der Präsident, „aber andererseits ist es ein Hammer, sich vorzustellen, dass dieser nette intelligente Junge, der da vor mir steht, von einem anderen Stern stammt. Arthur, was meinst du denn dazu? Wo ist Arthur Dunbar? Er soll kommen."

Man schickte nach dem Deputy, der sich schon gedacht hatte, dass der Präsident ihn möglicherweise rufen könnte, und sich im Vorzimmer aufhielt.

Dunbar drückte sich vorsichtig aus: „Der Junge wirkt integer und in seiner Weise glaubwürdig. Das heißt aber erfahrungsgemäß nicht allzu viel, letztlich kann man keinem hinter die Stirn schauen. Außerdem geht es ja um etwas außerordentlich Wichtiges. Ich würde vorschlagen, dass er in irgendeiner Weise einen Beweis vorlegt für das, was er sagt. Und vor allem, dass er endlich sagt, was er denn dem Präsidenten der Vereinigten Staaten vorschlägt."

Beide Männer schauten auf Ronnie. In den Blicken der beiden glaubte ich in diesem Augenblick etwas von der Macht und Bedeutung Amerikas zu erspüren. Die ganze Szene, wie unser Ronnie vor diesen beiden mächtigen Männern stand, war irgendwie bühnenreif. Claudia würde später sagen: wie ein Shakespeare-Drama.

Dann sagte Ronnie: „Wie ich schon gestern dem Herrn Deputy sagte, hat mein Vater und die Verantwortlichen auf Aja Gott um die Erlaubnis gebeten, er möge eine einzige Ausnahme zulassen, damit wir das Vorhaben des wahnsinnigen Diktators vereiteln, der offensichtlich Vernunftargumenten und Verhandlungen nicht mehr zugänglich ist. Denn würde er, wie angekündigt, Atomangriffe auf amerikanisches Territorium anordnen, wäre das der Beginn einer weltweiten Katastrophe."

Ronnie machte eine kleine Pause, dann sagte er: „Das, was die Besatzung unseres Raumschiffes tun wird, ist zugleich der Beweis für die Wahrheit meiner Worte. Ich muss vorausschicken, dass wir einen Ihnen unbekannten Zugriff auf die Materie haben, auf jede Art von Materie.

Wir können, mit den entsprechenden Mitteln, konkret mit Strahlen in die Molekularstruktur jedes Objektes eingreifen und von innen heraus nach Belieben verändern. Und das auch mit Fernwirkung.

Das sieht dann so aus, dass unser spacecraft über der Nuklearanlage Ihres Feindes Position bezieht und gezielt alle für die Atombombe relevanten Teile, einschließlich der atomaren Ladung, ‚umformt' und dadurch total unbrauchbar macht. Die Einwirkung unserer Strahlung nimmt menschliche Objekte aus. Personen, die eben noch die komplizierte Mechanik der Bombe aus der Nähe bearbeiten, haben plötzlich Gegenstände und Teile in der Hand, die nur noch entfernt den Bestandteilen einer Bombe oder einer Rakete ähnlich sehen."

„Fantastisch!", entfuhr es dem Präsidenten. „So etwas könnt ihr?"

„Wir können noch sehr viel mehr. Aber der Allerhöchste will niemals in den freien Willen der Menschen eingreifen. Und auch Sie sollen um Ihre Erlaubnis gefragt werden, weil Sie die Zielscheibe der feindlichen Drohung sind und sich irgendwie verteidigen müssen."

„Die Erlaubnis ist erteilt", sagte Präsident Trenton und warf dem Deputy einen Blick zu, den dieser mit einem Nicken des Kopfes quittierte, „der Zustimmung des Kongresses bedarf es nicht. Erstens wegen der Dringlichkeit der Situation und zweitens, weil die Vereinigten Staaten in keiner Weise aktiv werden müssen. Teil das bitte deinem Vater mit. Bist du in Kontakt mit ihm? Wann würde diese Aktion starten?"

„Ich kann ihm Ihre Zustimmung sogleich mitteilen. Morgen nachmittag, 16.00 Uhr Ostküstenzeit, würde die Aktion beendet sein."

In diesem Augenblick hatte ich den Eindruck, dass alle Anwesenden im Oval Office nach Luft schnappten.

War das alles Wirklichkeit?

Konnte ein zwölfjähriger Junge so einfach Weltgeschichte machen?

Der Präsident griff zu seinem Smartphone, worauf Ronnie ihn scharf anblickte: „Das muss absolut geheim bleiben."

„Selbstverständlich, ich werde nur einen tweet herausschicken, der ungefähr sich so anhört: „Dear Fellow-Americans, ich habe zusammen mit meiner Familie und meinen Mitarbeitern das Schicksal unseres geliebten Landes in die Hand Gottes gelegt und bin sicher, dass sich nun alles zum Guten wenden wird."

„Das ist schön", sagte Ronnie mit einem unbeschreiblichen Lächeln der Erleichterung.

Während wir uns langsam von unserer Spannung erholten und uns zum Gehen wenden wollten, sagte der Deputy zu Ronnie: „Wie wirst du die Nachricht an deinen Vater schicken? Können wir dir eine Funkverbindung aufbauen?"

„Alles, was ich brauche, ist ein ruhiges Zimmer, wo ich möglichst allein bin und mich konzentrieren kann."

# Ronnie und Ben

Der Präsident hatte uns am folgenden Nachmittag wieder zu sich ins Oval Office gebeten. Er hatte die Abmachung strikt eingehalten, den Militärs keine Information zukommen zu lassen. Am Morgen noch hatte der Diktator wüste Drohungen ausgestoßen und verkündet, dass die beiden ersten Ziele eines atomaren Angriffs die Städte Los Angeles und New York sein würden. Diese Ankündigungen wurden vom Fernsehen der Hauptstadt alle Stunden wiederholt, zusammen mit zynischen Empfehlungen an die amerikanischen Behörden, für den Schutz der Bevölkerung zu sorgen.

Gegen 16.00 Uhr Ostküstenzeit brachen diese Meldungen abrupt ab. In der Medienzentrale des Pentagons konnte man auf dem inzwischen dunklen Bild des staatlichen Fernsehens des gegnerischen Landes verschiedene unkoordinierte Geräusche hören, dann einen extrem starken Lärm und anschließend absolute Sendepause.

Erst zwei Tage später wurde bekannt, was inzwischen geschehen war. Der Diktator hatte in einem Tobsuchtsanfall, der diesmal extrem stark ausfiel, den Befehl gegeben, die beiden Raketen startklar zu machen. In dem Augenblick, da die Mannschaften die ganze komplizierte Apparatur in Position gebracht hatten, geschah das Unfassbare. Statt der eleganten metallisch leuchtenden Raketen standen plötzlich unförmige Gebilde auf den Rampen, nicht mehr aus Metall, und schienen sich unter irgendeinem inneren Antrieb zu bewegen. Das technische Team wurde von Entsetzen gepackt, das sich noch steigerte, als die Köpfe der Raketen, die die Bomben in ihrem Inneren trugen, sich mit einem lauten Knall öffneten und ihren Inhalt auswarfen. Später sollte einer der Techniker sagen: Es war, als wollten die Raketen ihren Inhalt, der sich während des Vorgangs ebenfalls veränderte, „auskotzen".

Am Ende lag vor den zur Unkenntlichkeit verstümmelten Raketen ein Chaos größerer und kleinerer Haufen, die in nichts an die komplizierten computergesteuerten Bomben erinnerten, die sie vor ein paar Minuten noch gewesen waren.

Die Folge dieses Vorgangs, der später dem Pentagon von einem geflüchteten Augenzeugen detailliert beschrieben wurde, war ein allgemeines Chaos, in dessen Verlauf das ganze seit Jahren geknechtete Volk sich erhob und den Diktator verjagte.

Im Büro des Präsidenten saßen wir an diesem Abend und bekamen alle Informationen mit, die simultan vom Pentagon herübergeschickt wurden. Bilder von der Zerstörung der Atomanlagen wurden aus verständlichen Gründen noch nicht mitgeliefert, aber dass der Plan gelungen war, war deutlich.

Präsident Trenton, der ein temperamentvoller Mann ist, sprang auf und gab Ronnie einen Kuss auf die Stirn.

Sehr viel nüchterner der Deputy Arthur Dunbar, der Ronnie fragte, warum man diese schmerzlose Art der Unschädlichmachung der Atomwaffen nicht auf alle Atommächte ausdehnen könnte.

„Auf alle außer den Vereinigten Staaten?", fragte Ronnie zurück.

„Selbstverständlich."

„Darüber werden wir noch reden", meinte Präsident Trenton, „oder besser gesagt, man wird gar nicht darüber reden, wenn wir die Identität des Jungen – wie heißt du noch? – schützen wollen."

„Ich heiße Ronnie, Mr. President. Und Sie haben ganz recht. Im Übrigen war diese Aktion etwas absolut Einmaliges, eine Ausnahme, die die Regel bestätigt."

Präsident Trenton machte ein Gesicht, als wenn er sagen wollte: „Na ja, vielleicht wird man beim Iran oder anderen Staaten, wenn es darauf ankommt, auch noch mal eine Ausnahme machen können.'

Ein festliches Abendessen in den Räumlichkeiten des Weißen Hauses schloss sich an. Ronnie saß neben Ben, der sich sehr geehrt fühlte, da er Ronnie rückhaltslos bewunderte.

Was da in großer Entfernung von Amerika geschehen war, hatte er nur teilweise mitbekommen. Über Ronnies Herkunft von einem anderen Stern machte er sich keine weiteren Gedanken. Warum sollte das, was in vielen Filmen und Comics vorkam, nicht auch hier vorkommen?

„Du wolltest mir doch noch von den verschiedenen Sportarten in deiner Heimat erzählen. Also ich finde europäischen Fußball cool, unser football ist längst nicht so spannend."

„Das mach ich gerne. Allerdings ist das schwer zu beschreiben. Das Beste wäre es, wenn du mal mit mir in meine Welt kämst. Dann kannst du dir das alles selber angucken."

Diese Worte bekam ich mit und wunderte mich sehr, denn es war das erste Mal, dass Ronnie davon sprach, jemanden in seine Welt mitzunehmen. Wie er das anstellen würde, war mir unklar.

„Bist du eigentlich Christ?", fragte Ronnie seinen Tischnachbarn.

„Ja, ich bin römisch katholisch, wie meine Mutter."

Ich wusste, dass die First Lady aus der Slowakei stammt und dass sie ihre Mutter, die sehr gläubig ist, mit nach Amerika gebracht hat.

Bevor Ben ihn nach seiner Religion fragen konnte, sagte Ronnie: „Dann liebst du den Christus, der dich erlöst hat?"

„Eh Hm, ja natürlich.

# Wie machen es die anderen?

Am Morgen unseres zweiten Tages in Washington hatten wir einige Stunden Sightseeing in der Stadt absolviert. Dabei begleitete uns der gleiche beflissene Fahrer aus Puertorico, der, wie wir ja schon gestern festgestellt hatten, ausgezeichnete Kenntnisse der Sehenswürdigkeiten der Hauptstadt besaß. Der aber auch etwas eigene Vorstellungen davon hatte, was er uns zeigen sollte.

Auf besonderen Wunsch Ronnies besuchten wir auch den „National Shrine of the Immaculate Conception" in der Michigan Avenue.

Auf dem Wege dahin, am Judiciary Square mitten in der Stadt, kamen wir an einem stattlichen Monument vorbei, das in Lebensgröße einen vornehmen Mann in der Uniform eines Generals der Südstaaten darstellte.

„Das ist Albert Pike", sagte unser Fahrer. „In der linken Hand hält er sein Hauptwerk ‚Morals and Dogma'."

Zu seinen Füßen saß eine schöne Frau, eine Göttin oder eine allegorische Figur, die eine Flagge mit einem Doppeladler hielt.

Der Fahrer hatte auch noch eine story parat: „Vor einigen Jahren gab es eine Bewegung, das Monument, wie die Denkmäler mancher anderer Generäle der Südstaaten, zu entfernen, weil Albert Pike sich öfters in rassistischer Weise geäußert hat. Ja, manche sagen sogar, dass er den Ku-Klux-Klan gegründet hat.

Er ist übrigens einer der Begründer der Freimaurer Bruderschaft des Scottish Rite.

Man sagt, dass er auf den damaligen Präsidenten der Vereinigten Staaten, Andrew Johnson, einen großen Einfluss hatte."

Dass ein Chauffeur über diesen Mann so viel wusste, erschien uns beiläufig etwas seltsam. Später sollte er sogar noch hinzufügen, dass Albert Pike obendrein ein Prophet war und drei Weltkriege vorhergesagt habe und dass der Beschluss, das Denkmal zu entfernen, später zurückgenommen wurde.

Jetzt aber beschäftigte uns mehr die große Kirche „National Shrine of the Immaculate Conception".

Dort befinden sich in den Seitenschiffen und in der Krypta viele Mariendarstellungen aus den verschiedensten Ländern der Erde. Darunter auch eine Nachbildung der Gottesmutter von Guadalupe als Mosaik. Wie überhaupt fast alle Bilder in dieser großen Kirche als Mosaiken gestaltet sind.

Ronnie blieb länger vor dem Bild der „Guadalupana" stehen. Der Puertoricaner – er hatte sich anfangs vorgestellt als José Alvarez – ließ es sich nicht nehmen, die Geschichte des berühmten Bildes von Guadalupe zu erzählen. Ronnie war fasziniert. Nicht so sehr wegen des Wundercharakters des Bildes als vielmehr wegen des türkisfarbenen Mantels der Jungfrau Maria.

„Die sechsundvierzig Sterne, die auf dem Mantel abgebildet sind, entsprechen genau der Konstellation am Himmel über Mexiko an jenem denkwürdigen 12. Dezember 1531, an dem die Jungfrau erschien."

Ronnie versuchte die Sternbilder zu entziffern, aber es gelang ihm nicht, wahrscheinlich, weil der Mosaikkünstler die Sterne nicht ganz so exakt nachgebildet hatte, wie sie auf dem Original zu sehen sein mochten. Ronnie beschloss aber, später der Sache nachzugehen.

„Was heißt eigentlich Immaculate Conception?", fragte Ronnie.

Friedhelm Moosbacher wusste es: „Unbefleckte Empfängnis bedeutet, dass die Jungfrau Maria ohne die Erbsünde auf die Welt gekommen ist. Der einzige Mensch, wenn man mal von Christus absieht, der von der Sünde unserer Stammeltern, Adam und Eva, und den Konsequenzen dieser Sünde ganz ausgenommen ist."

Ronnie war höchst erstaunt. „Dann ist sie ja wie wir. Aber kann das denn sein? Sie ist ja, soweit ich das verstanden habe, unendlich viel größer, wenn sie die Mutter des Christus ist."

Friedhelm war in seinem Element, schließlich hat er ja auch unter anderem Theologie studiert. „Freisein von der Erbsünde ist ja nur die negative Seite. Positiv aber hat der Schöpfer sie mit allen erdenklichen Vorzügen ausgestattet. Ein Heiliger unserer Zeit sagte einmal: ‚Hätte Gott Maria, die Mutter seines Sohnes, noch vollkommener erschaffen können, hätte er es sicher getan', sie ist also der vollkommene Mensch schlechthin."

Ronnie fügte hinzu: „Na ja, und obendrein wird sie ja wohl in ihrem irdischen Leben außerordentlich viel an Gutem getan haben."

„Taten und Leiden", sagte Friedhelm, „denn sie hat Christus beim Werk der Erlösung buchstäblich assistiert und dieses Werk ist in erster Linie ein gewaltiges Leiden."

„Ja, das Kreuz", sagte Ronnie. „Von daher erklärt sich vielleicht die unwahrscheinlich starke Kraft Mariens, die wir nach uralter Überlieferung die ‚Weltenjungfrau' nennen. Sie ist diejenige, die die dunklen Kräfte immer wieder in Schach hält. Sie ist für die Bösen furchtbar wie ein Heer in Schlachtordnung, so sagen die Alten."

Friedhelm stellte nun Ronnie eine Frage, die er wohl schon seit Langem stellen wollte.

„Wieso kennt ihr Christus, wenn er doch gar nicht in eure Welt gekommen ist?"

„Wie ich schon einmal sagte, bei uns und in vielen anderen Welten ist er nicht Mensch geworden, weil dort die Menschen dem Fall in den Abgrund der Sünde ausgewichen sind. Aber nachdem die ersten Menschen die Probe bestanden hatten, gab der Schöpfer ihnen alles Notwendige, um ein Gott wohlgefälliges Leben zu führen. Dazu kam der Christus dann in jede dieser Welten und belehrte die Menschen, die, ungetrübt von bösen Neigungen, alle seine Worte aufschrieben und beherzigten."

„Aber habt ihr keinen gemeinschaftlichen Gottesdienst?"

„Doch auch. Aber das Wesentliche ist die persönliche Beziehung zu Gott, die wir durch den Christus innerlich finden. Das heißt, jeder hat einen sehr innigen, sehr persönlichen Umgang mit Gott.

Stellt euch das so vor, wie Adam im Paradies Gott zwar nicht gesehen, aber einen sehr kindlichen inneren Umgang mit ihm hatte. Er wusste von Gott, er sprach mit ihm und erfuhr ganz persönlich seine Liebe.

Außerdem gibt es eine andere, ich möchte sagen mystische Weise des Umgangs mit Gott, nämlich im Traum. In eurer Welt ist durch die erste Sünde, wie bekannt, alles beschädigt worden, sogar die vernunftlose Natur.

Und eines der Dinge, die nicht mehr das sind, was sie einst waren, ist der Traum. Ihr wisst aus Erfahrung, dass der Traum normalerweise unzusammenhängendes törichtes Zeug enthält, irgendwelche Erlebnisse des Tages oder unbewusste Erinnerungen, die keinen Sinn ergeben. Gleichzeitig kennt ihr auch den sogenannten Wahrtraum, wo man aufwacht und weiß, das ist real, was ich geträumt habe. So waren die Träume des heiligen Mannes, der der Mutter Christi zur Seite gestellt wurde, damit der gesellschaftlichen Ordnung Genüge getan wurde, der aber nicht der Vater des Christus ist.

Wir dagegen erleben im Traum Gott auf eine unbeschreiblich vielfältige Weise. Es wird uns immer wieder gezeigt, was für ein unendlich großes Geheimnis Gott der Allmächtige ist. Aber auch dass er, der das gewaltige Universum mit seinen Milliarden und Abermilliarden Galaxien geschaffen hat, der Vater eines jeden einzelnen Menschen ist. –

Aber entschuldigt, ich wollte euch nicht belehren!"

Er lächelte, wie ein etwas verlegener Junge lächelt. Wenn wir es nicht gehört hätten, würden wir sagen, ein Junge von zwölf Jahren kann doch unmöglich solche Dinge sagen.

„Danke, Ronnie!"


Beim Bankett verabredete sich Ronnie mit seinem neuen Freund Ben, dass sie am nächsten Tag etwas „gemeinsam unternehmen" würden, ohne dass klar wurde, worin das bestehen würde.

Nach dem ausführlichen Frühstück, zu dem wir wieder ins Weiße Haus eingeladen wurden, sagte Ronnie: „Ben, ich habe gehört, dass der Rosengarten des Weißen Hauses weltberühmt ist. Kannst du ihn mir zeigen?"

Sie gingen durch das Oval Office, von wo man einen direkten Zugang zum Rosengarten hat. Ben machte ihn auf eine prächtige alte Standuhr, die „Großvater-Uhr", aufmerksam.

„Das ist die Seymour-Uhr aus Boston, um 1800 gebaut. Sie steht hier seit vielen Jahren. Bei jedem Präsidenten wird die Einrichtung des Oval Office geändert, aber die Großvater-Uhr bleibt immer."

„Ein schönes Stück", sagte Ronnie etwas zerstreut. „Es ist jetzt genau 11.00 Uhr."

„A. m. sagt man in Amerika."

„Was heißt das?"

„Ante meridiem, also vormittag."

Auch zum Rosengarten selbst hatte Ben einige Erklärungen bereit: „Den ersten Rosengarten hat im Jahre 1913 Ellen Wilson angelegt, die Frau von Präsident Woodrow Wilson. Dann wurde der Garten unter Präsident Kennedy neu gestaltet, mehr im französischen Stil. Mein Vater hat dafür gesorgt, dass vor allem amerikanische Pflanzen verwendet werden."

Ben war zufrieden, dass er auch etwas Kluges sagen konnte.

„Du weißt aber gut Bescheid", lobte Ronnie ihn und fügte hinzu: „Eure Blumen, vor allem die Rosen, sind etwas Wunderschönes. Bei uns gibt es nicht eine so reiche Auswahl und auch nicht so eine Farbenvielfalt."

# Eine andere Welt

*Das Folgende hat Ronnie mir nachher berichtet.*

„Erzähl mir mehr von deiner Welt!", sagte Ben. „Du hast versprochen, mich einmal dorthin mitzunehmen. Aber wie kommen wir dahin? Du hast gesagt, dein Vater hat ein großes Raumschiff. Wird er uns das geben?"

„Nein, das muss hier bleiben. Trotzdem können wir jetzt von hier aus dorthin reisen. Die Entfernung ist sehr groß, vierhundert Lichtjahre. Mit einer Apollo-Rakete würden wir es sicher nicht schaffen", sagte Ronnie lächelnd.

Sie waren vor einer Gruppe von Zier-Apfelbäumchen stehen geblieben.

„Du hast Glück. Mein Vater hat mir – sozusagen als Belohnung für gestern – eine meditative Reise zu unserem Heimatplaneten geschenkt, auf die ich einen Begleiter mitnehmen kann."

„Was ist das für eine Reise?", fragte Ben verunsichert.

„Das geht sozusagen telepathisch. Mein Vater hat mir einen starken telepathischen Impuls geschickt, mit dem mein Geist etwas kann, was bei uns nur die Alten und Weisen können, nämlich sich mit Gedankenkraft an jeden beliebigen Ort zu versetzen."

„Und wie soll ich da mit dir reisen, ich habe diesen Impuls sicher nicht bekommen."

Wieder lächelte Ronnie und das gab Ben eine unerwartete Sicherheit. Ronnie sagte: „Du musst mich nur berühren und nicht loslassen. Dein Geist und der meine verbinden sich dann. In einem gegebenen Moment muss ich ganz intensiv an unser Haus auf dem Planeten Aja denken und schon sind wir dort."

Ben war begeistert. Alle Bedenken waren verflogen und er sagte: „O.k., dann kann es ja losgehen."

Ronnie legte seinen rechten Arm um Bens Schulter und drückte ihn fest an sich. Obwohl Ronnie doch eigentlich nur ein Junge war wie er, fühlte er sich bei ihm unglaublich geborgen. Später würde er sagen: „In diesem Augenblick hatte ich das Gefühl, dass von Ronnie eine starke Kraft auf mich überging."

Die Ankunft auf Aja war plötzlich, ohne jeden Übergang. Kein Anflug, kein Wahrnehmen des Planeten aus großer und dann geringer werdender Entfernung, kein Landemanöver. Man war einfach plötzlich da.

Die beiden standen in einem Garten, vor einem nicht sehr großen Haus. Alles, was sie jetzt erlebten, war für Ben nicht besonders ungewohnt, ein Haus mit Fenstern und einem Dach, verschiedene Menschen, die kaum anders aussahen als die Menschen der Erde, Pflanzen und Bäume, eine Luft, die man ohne Probleme atmen konnte, kurz, es hätte irgendein exotisches Land auf der Erde sein können.

Aber dann war da die Sonne, riesig. Sie füllte einen großen Teil des Himmels aus, sie war rötlich und man konnte in sie hineinschauen, ohne sich die Augen zu verderben.

„Man nennt unseren Stern einen Roten Riesen, das bedeutet, er hat seine beste Zeit schon hinter sich. Unsere Gelehrten sagen, dass sie sich eines Tages in eine sogenannte Supernova verwandeln kann. Die würde übrigens so hell sein, dass ihr Erdenmenschen den Eindruck haben würdet, es gäbe bei euch zwei Sonnen. Wann das sein wird, das kann man nicht genau feststellen."

Ben schaute sich in dem Garten um, die astronomischen Darlegungen seines Freundes nahm er zur Kenntnis, ohne sie ganz zu verstehen. Ben hatte eine gute Schulbildung in einer privaten Schule in New York genossen. Nun war er mit seiner Mutter ins Weiße Haus gezogen und hatte mehrere Privatlehrer. Er hatte eine gute Intelligenz, die aber nicht genug gefordert war. Nach seiner Reise in die ferne Orion-Welt hatte er sich vorgenommen, seinen Verstand intensiver zu nutzen.

„Wir gehen jetzt hinein", sagte Ronnie, „meine Mutter wird überrascht sein. Danach sehen wir uns etwas um."

Da öffnete sich die Tür des Hauses und eine sehr schöne Frau trat heraus. Ronnie lief auf sie zu und umarmte sie. Beide weinten vor Freude. Auch Ben traten die Tränen in die Augen, denn die Frau schaute jetzt auch ihn an und lächelte auf eine so liebevolle Weise, dass Ben davon ganz ergriffen war.

Während Ronnie seiner Mutter viele Dinge in ihrer Sprache erzählte, sah Ben sich im Haus um. Alles war einfach, aber zugleich sehr schön, ja erlesen. Es gab Möbel, Sitzmöbel, Schränke und Tische, aber auch eine Reihe von Gegenständen, deren Sinn er nicht verstand. Er schaute aus dem Fenster.

Erst jetzt gewahrte er, dass der Himmel hellgrün war, mit einigen zarten Wolken besetzt. In der Ferne sah er Berge, die, soweit er das erkennen konnte, viel höher sein mussten als die Berge auf der Erde. Sie waren mit Schnee bedeckt.

Ronnies Mutter war währenddessen kurz in einen Nebenraum gegangen und hatte offensichtlich einigen dort befindlichen Geräten Anweisungen gegeben. Eine Viertelstunde später stand eine Mahlzeit auf dem Tisch von der Art, wie Ben sie wohl gewohnt war: Halb durchgebratenes Steak mit Idaho Kartoffeln und köstlicher Sauce.

Als Ben ungläubig auf die Schüsseln starrte, lächelte die schöne Frau und sagte in Bens Sprache: „Meine Helfer haben sich gedacht, dass du dich leichter an unsere Welt gewöhnst, wenn du zunächst etwas Vertrautes vorgesetzt bekommst. Später kannst du unsere Art zu essen kennenlernen."

Nach dem Essen, von dem Ben eines ums andere Mal meinte, es sei „delicious", sagte Ronnie zu seiner Mutter: „Ich werde meinem Freund Ben jetzt einiges von unserer Welt zeigen. In ein paar Stunden müssen wir aber wieder zurück."

„Aber du musst mir noch vieles von dem Planeten, wo du jetzt lebst, erzählen."

„Ja, gewiss, Mutter."

Die beiden gingen in den Garten, der sich im Hintergrund zu einer beeindruckenden Landschaft weitete. Jetzt konnten sie sehen, dass die seltsam geformten Berge im Hintergrund riesig sein mussten. Davor aber befand sich eine herrliche weite Ebene.

„Sie wirkt deshalb so weit", sagte Ronnie, „weil auf ihr unheimlich viel los ist." Es gab dort zahlreiche Reihen von Bäumen, die zusammen mit mehreren kleinen Seen und kugelartigen Hügeln der Landschaft eine eigenartige Tiefe verliehen. Der Boden war teils mit einem dunkelgrünen Geflecht, teils aber auch mit Rasen bedeckt. Die Bäume waren anders als auf der Erde, sie glichen ein bisschen überdimensionierten Farnen. Andere wieder waren riesig und unwahrscheinlich weit verzweigt.

Immer wieder kam es Ben in den Sinn zu sagen: „Alles ist gar nicht so verschieden von einer tollen Landschaft auf der Erde, wie zum Beispiel der Gran Canyon, aber dennoch ist es irgendwie total anders."

„Das liegt sicher an unserem gewaltigen Zentralgestirn und außerdem an unserer hellgrünen Luft."

„Die Luft ist schön warm. Gibt es auch Wind oder etwa auch Hurrikans wie bei uns?", wollte Ben wissen. „Klar. Das heißt Wind ja, Hurrikans jedoch nicht. Aber jetzt sollst du unsere Tiere sehen."

„Ja, wo sind die Tiere?"

# Sportliche Tiere

Wenn die großartige Landschaft bis jetzt weit und völlig leer zu sein schien, änderte sich das Bild schlagartig, als nämlich Ronnie in die Hände klatschte.

Wie auf Verabredung kamen hinter den kleinen kugelartigen Hügeln eine große Menge der verschiedensten Tiere und liefen auf Ronnie und Ben zu.

„Hab keine Angst, sie tun dir nichts!"

Ben staunte, er staunte über einige völlig unbekannte Tiere, aber noch mehr staunte er darüber, dass er die meisten Tiere kannte, dann aber merkte, dass sie sich etwas anders verhielten, als er es gewohnt war.

„Das Ganze ist so etwas wie ein riesiger Zoo", sagte Ronnie.

„Sind diese Tiere also gezähmt?"

„Nein, sie sind von Natur aus zahm. Und vor allem, du siehst, sie sind ganz zutraulich."

Ben spürte mit Entzücken, wie ein Reh ihn vertraulich anstupste.

„Wieso sind die Tiere so anders?"

„Ich muss dir noch einiges über unsere Geschichte erzählen. Auch die Menschen auf Aja stammen von einem Menschenpaar ab, das Gott geschaffen hat …"

„So wie Adam und Eva?"

„Genauso, nur bei uns hießen sie Ari und Wela."

„Du weißt, was mit Adam und Eva passierte?"

„Ja, sie haben auf die Schlange gehört …"

„Und Gott nicht gehorcht. Das hat sie und alle Nachkommen, auch dich, ins Unglück gestürzt."

„Und Ari und Wela?"

„Sie haben Gott gehorcht, obwohl sie auch eine sehr große Versuchung zu bestehen hatten. Daraufhin ist unserer Welt und den Nachkommen der beiden ersten Menschen alles das erspart geblieben, was auf eurer Erde das Leben der Menschen oft so schwermacht. Die Sünde von Adam und Eva hat nicht nur den Menschen beschädigt, sodass er oft Böses tut, sondern sie hat auch auf die Natur übergegriffen. Daher gibt es auf eurer Erde schreckliche Dinge wie Erdbeben oder Hurrikans und vor allem die Tiere haben den Menschen ihre Freundschaft aufgekündigt.

Die Tiere haben Scheu vor den Menschen oder aber sie sind sogar ihre Feinde."

Ronnie rief eine Gruppe von Tieren zu sich, die aussahen wie Schafe, allerdings hatten sie einen intelligenteren Gesichtsausdruck als die irdischen Schafe. Sie kamen auf ihn zu und lauschten dem, was er ihnen sagte. Er sprach sie in seiner Sprache an, es klang so wie eine sachliche knappe Anweisung. Sie nickten und stellten sich in kurzen Abständen alle in einer Richtung auf, sodass sie aussahen wie Hürden.

„Es ist das, was du dir schon gedacht hast", sagte Ronnie und begann zu laufen und dabei die einzelnen Tiere zu überspringen. „Mach es mir nach!", rief er Ben zu, der sich nicht lange bitten ließ. Leichtathletik war in der Schule immer seine starke Seite gewesen.

Die Tiere machten bei jedem Überspringen lustige Geräusche. Anscheinend machte ihnen das Ganze auch viel Spaß.

Die nächste Disziplin war Wettlaufen.

Auf einen Ruf Ronnies kamen von verschiedenen Tierarten jeweils ein Exemplar. Sie stellten sich vor ihm auf, ganz so wie Untergebene, die auf konkrete Anweisungen ihres Herrn warten.

Es waren ein Reh, ein Lama, ein Okapi, ein Tiger („keine Angst, er beißt nicht!"), eine Antilope, ein Känguru sowie Ben und Ronnie. Alle stellten sich ordnungsgemäß auf mit Blick auf einen der kleinen runden Hügel.

Ronnie gab mit einem Pfiff den Startschuss. Ben ging schnell in Führung, der Tiger verhedderte sich, das Okapi war überraschend langsam, das Känguru geriet schnell außer Atem, das Reh lief kurz hinter Ben, ohne ihn einzuholen. Das Lama stolperte, rappelte sich aber wieder auf. Nur die Antilope war schneller als Ben. Kurz vor dem Ziel aber verhielt sie plötzlich den Schritt und Ben rauschte souverän an allen vorbei.

Bei Ronnie hatte man nicht den Eindruck, dass er Ben gewinnen lassen wollte. Er lief einfach ein bisschen langsamer als er.

Ben bekam eine Medaille, die Ronnie von einem der sonderbaren Bäume pflückte. Tatsächlich hatte dieser Baum, der einen alten und knorrigen Eindruck machte, wunderbare saftig aussehende Früchte und kräftige Blätter, die tatsächlich wie runde Medaillons aussahen.

„Jetzt kommt Basketball", sagte Ronnie und sagte etwas zum Känguru, das daraufhin einige seiner Kameraden herbeirief.

Die Kängurus stellten sich vor Ronnie auf und schienen etwas miteinander zu beratschlagen. Eines von ihnen ging auf Ronnie zu und sagte ihm etwas ins Ohr.

Dieser lachte und sagte dann zu Ben: „Diese Disziplin fällt aus. Soeben sagt mir meine Freundin, dass drei von ihnen ein Baby im Beutel haben."

Es folgten noch zwei oder drei sportliche Wettkämpfe, von denen Ben am besten der Weit- und Hochprung gefiel. Bei dieser Disziplin ging es nicht darum zu siegen, weil die betreffenden Tiere allemal viel mehr konnten, sondern von ihnen zu lernen.

Da war zunächst eine große Katze, die es auch auf der Erde gibt, wo sie Schneeleopard genannt wird.

Ben hatte sich schon daran gewöhnt, auch vor Tieren, die auf der Erde höchst gefährlich sein können, keine Angst zu haben. Ein solcher Leopard, weiß und mit schwarzer Musterung, stellte sich auf Anweisung Ronnies neben Ben, schaute ihn aus ernsten Augen an und machte Anstalten, zum Sprung anzusetzen. Er wartete aber, bis Ben Anlauf genommen hatte und einen ordentlichen Weitsprung lieferte. Der Schneeleopard dagegen sprang ganz ohne Anlauf, buchstäblich aus dem Stand, und landete, scheinbar ganz mühelos, an einer Stelle, die etwa viermal so weit war wie die von Ben erreichte Weite.

„Wow", sagte er, „das sind doch mindestens siebzehn yards." Ronnie freute sich, dass Ben eine solche Begeisterung an den Tag legte.

„Jetzt schau dir nur noch diese kleine Antilope an. Auch sie springt aus dem Stand", was sie auch sofort tat.

Wieder sagte Ben: „Wow! Das ist mindestens dreimal so hoch, wie bei uns ein Mensch springt."

Dann setzte sich Ronnie auf einen Stein und sagte: „Ruh dich ein bisschen aus! Meine Mutter hat uns etwas zu trinken mitgegeben. Hier bedien dich!"

„Delicious", sagte Ben wieder, einen solchen Trunk hatte er noch nie gekostet.

„Was hältst du von einer kleinen Spritztour durch die Luft?"

# Der Riesenvogel

Noch bevor Ben begeistert Ja gesagt hatte, ließ Ronnie einen besonderen Pfiff hören und es näherte sich ein riesiger Vogel.

„Das ist mein Freund Lokolo, diese Art von Vögeln gibt es auf eurer Erde nicht."

Der Vogel landete unmittelbar vor ihren Füßen. Aufgrund seines Gewichtes und seiner Größe konnte er nicht einfach auf dem Boden aufsetzen, sondern brauchte eine gewisse Strecke zum Auslaufen.

Lokolo hatte ein prachtvolles grünes Gefieder mit roten Federn unter dem Bauch. Diesmal sparte sich Ben den Ausruf „Wow!", so sehr war er von dem Tier beeindruckt.

Bevor er ganz zur Ruhe kam, bewegte der Vogel seine Flügel auf und ab und legte sie dann an ihren Platz. Jetzt konnte man hinter dem kraftvollen Nacken eine Vertiefung im Leib des Vogels sehen, die ebenfalls mit roten Federn ausgelegt war.

Ben erkannte sofort: „Kann man sich da etwa auf den Vogel draufsetzen?"

„Genau, und das tun wir jetzt."

Kaum hatten sie auf oder man müsste eher sagen in dem Vogel Platz genommen, erhob Lokolo seine Flügel und die „Spritztour" begann.

„Wir fliegen zunächst in geringer Höhe, damit du die Landschaft besser genießen kannst, später gehen wir höher und ich zeige dir unser Land Geristin von oben."

Während des unbeschreiblich eindrucksvollen Fluges sagte Ben mehrmals: „Wenn ich das zuhause erzähle, wird mir das keiner glauben."

Als der Vogel höher stieg, bekam Ben doch so etwas wie Beklemmung. Nicht dass die Luft dünner wurde. Der Anblick dieses schönen, von Bergen, Seen und Wäldern geschmückten Landes war einfach überwältigend.

„Aber man sieht keine Städte", wunderte sich Ben.

„Wir leben nicht in großen Städten, sondern in kleinen Gemeinschaften. Es gibt keine Staaten, keine Politiker …"

„Das muss ich meinem Vater erzählen."

„Das Wichtigste: Es gibt keinen Streit, keinen Krieg. Die Menschen haben ja nicht wie bei euch mit den Folgen einer Erbsünde zu kämpfen. Sie sind einfach gut."

„Krass!"

Der Vogel kreiste nun über einem der seltsam geformten Berge. Der Aufwind trug ihn zusätzlich weiter nach oben und sie hatten einen überwältigenden Blick nach Westen, wo die große Sonne sich langsam anschickte, mit ihrem unteren Rand den Horizont zu berühren. Sie pulsierte in einem allerdings sehr ruhigen Rhythmus, man spürte geradezu die Wärme, die von dem großen Feuerball ausging. Ben dachte unwillkürlich: „Diese Sonne ist zwar etwas zu groß, aber sie macht so einen freundlichen Eindruck."

Ronnie hatte vielleicht seine Gedanken erraten: „Die Sonne, so schön sie ist, ist auch unsere große Sorge. Keiner weiß, wie lange sie noch unverändert am Himmel stehen wird."

Ben fragte jetzt: „Wenn aber alle Menschen nur gut sind, ist das nicht etwas langweilig? Was machen sie eigentlich den ganzen Tag?"

„Außer meiner Mutter hast du ja noch keinen Menschen von hier gesehen ..."

„Sind sie alle so schön? Deine Mutter ist wunderbar."

„Was sie machen? Sie arbeiten. Gott der Schöpfer hat ja die Menschen gemacht, damit sie arbeiten."

„Ja eben, bei uns jedenfalls kann Arbeit sehr langweilig sein. Hausaufgaben sind nicht nur langweilig, sondern obendrein ermüdend. Und mein großer Bruder hat mal gesagt, dass das Studium an der Uni mit den ganzen Prüfungen ihm immer sehr lästig vorgekommen ist. Ganz zu schweigen von den Arbeitern in einer Fabrik."

„O.k. Da siehst du den Unterschied zwischen unserer und eurer Welt. Bei uns ist die Arbeit die reine Wonne, die Erfüllung, die Bereicherung der Persönlichkeit und gar nicht mühsam. Du musst bedenken, in eurer Welt beherrscht die Erbsünde alles.

Manche bei euch denken vielleicht, die Arbeit sei die Strafe für die

Sünde der ersten Menschen und überhaupt aller Menschen. Aber das ist falsch. Dass die Arbeit mühsam sein kann, anstrengend und langweilig – das ist die Strafe. Die Arbeit selbst ist etwas Wunderbares."

Ronnie machte eine kleine Pause, dann sagte er mit einer gewissen Feierlichkeit: „Das Wichtigste aber ist: Der Schöpfer arbeitet. Ständig schafft Gott neue Galaxien und sorgt bei der schon vorhandenen Schöpfung für ihren Bestand.

Und er will seine Geschöpfe nicht nur als Zuschauer, sondern sie sollen auch bei seinem großen Werk mitwirken und das ist die Arbeit. Wir haben vorhin an einem Tisch gesessen. Gott hat den Tisch nicht geschaffen, wohl aber das Holz. Der Mensch führt das von Gott Begonnene weiter."

Ronnie hatte sich in Begeisterung geredet. Wie immer, wenn er von Gott sprach, leuchteten seine Augen. Ben schaute ihn hingerissen an.

„Ich finde das schön, wie du von Gott redest. Bei uns tun das wenige Leute, sogar die Seelsorger machen manchmal den Eindruck, dass Gott ihnen eigentlich gleichgültig ist."

Der Vogel begann in kreisenden Bewegungen nach unten zu steuern.

„Da sieht man ja Häuser und sogar Menschen", sagte Ben. „Können wir sie aus der Nähe sehen?"

Ronnie beugte sich etwas nach vorne. Er liebkoste den Hals des Riesenvogels und flüsterte etwas in sein Ohr.

Lokolo landete äußerst geschickt auf einem kleinen Platz, der von mehreren Häusern umgeben war. Einige Personen kamen herbei, sie hatten den Vogel schon seit einiger Zeit beobachtet. Als Ronnie und Ben „ausstiegen", kamen sie näher und grüßten die beiden mit Worten, die Ben nicht verstand.

Die beiden Jungen wurden in eines der Häuser geführt. Es fiel ihnen auf, dass im Haus eine irgendwie festliche Stimmung herrschte. Ronnie stellte seinen Gast vor, der wurde auch freundlich begrüßt, aber es war klar, dass es hier jetzt um etwas anderes ging.

Im Eingangsraum waren einige Kerzen und viele Blumen aufgestellt.

Ben fragte Ronnie: „Wo sind wir hier hereingeraten? Wird hier eine Hochzeit gefeiert? Alle sind so guter Stimmung."

„Eine Hochzeit gerade nicht, aber so etwas Ähnliches. Jemand verlässt diese Welt."

„Du meinst, jemand tritt eine Weltraumfahrt an?"

„Es ist schon eine Art Reise. Aber das Ziel ist der Himmel."

# Die Sterbende

Ohne zu ahnen, wo sie landen würden, waren sie in ein Sterbehaus eingetreten. Der Hausherr sagte: „Seid willkommen! Heute wird unsere geliebte Mutter hinübergehen. Wir freuen uns mit ihr. Ihr beiden Jungen, kommt herein, betet mit uns und freut euch so wie wir!"

Ben war befremdet: „Wieso freuen sich die Leute, wenn ihre Mutter stirbt?"

Eine junge Frau begrüßte ihn ganz unbefangen und lud ihn mit Gesten ein, mit ihr an das Bett der Sterbenden zu treten.

Unwillkürlich bekreuzigte er sich, was wiederum bei allen Gästen, die es sahen, Verwunderung auslöste. Ein Herr undefinierbaren Alters sagte etwas zu Ronnie. Die Antwort, die er erhielt, schien ihn außerordentlich zu verwundern. Er gab Ben die Hand und umarmte ihn mit unerwarteter Herzlichkeit.

Ronnie übersetzte seine Worte: „Ich höre, du kommst von der Erde, von dem glückseligen Planeten, auf dem Gott ein Mensch geworden ist. Ihr Erdenmenschen müsst eine besondere Liebe zum Christus haben, da er euch so reich beschenkt hat wie keine andere Welt!"

Ben sagte nichts, er musste nur daran denken, wie die Menschen in seiner Welt Gott immer mehr vernachlässigten.

Ben hatte durch den Umgang mit Ronnie und jetzt bei dieser unglaublichen interstellaren Reise in wenigen Tagen und Stunden – er hätte nicht sagen können, ob sie schon viele Tage oder nur einige Stunden auf Aja waren – mehr über seinen Glauben gelernt, oder besser gesagt, sich bewusst gemacht, als in den zwölf Jahren seines bisherigen Lebens. Allerdings hatte er durch seine fromme slowakische Großmutter beten gelernt und besaß einen guten Fundus seines christlichen Glaubens, den es nun aber galt, aus der halben Vergessenheit wieder ins Bewusstsein zu holen.

Er meinte, dass er der jungen Frau etwas Mitfühlendes sagen sollte, und sagte: „Bei uns bittet man den heiligen Josef, den Sterbenden beizustehen."

Ob sie das verstanden hatte, war nicht ganz klar. Jedenfalls stellte sie ihn ihrer Mutter vor, die ganz schwach, aber lächelnd, ihn wahrnahm und seine Hand drückte.

Ben blickte sich um. Die Menschen, die um das Lager der Sterbenden versammelt waren, schienen alle sehr zufrieden zu sein. Sie beteten, jedenfalls kam ihm das so vor, und sprachen Worte, die man als Lobpreis Gottes verstehen konnte.

Ronnie war im Hintergrund stehen geblieben. Der Hausherr sagte noch etwas zu ihm und es ist anzunehmen, dass Ronnie ihm mit wenigen Worten erklärte, wer der andere Junge war. Da er selber auch nicht mit dieser Familie oder Kommunität bekannt war, hätte er ihm sicher noch viele Fragen beantworten können. Aber er sagte sich, dass dazu jetzt nicht der rechte Zeitpunkt war. Er begnügte sich damit zu erklären (in seiner Sprache): „Ich möchte erreichen, dass Ben an meiner Mission teilnimmt."

Was er damit meinte, schien dem Hausherrn nicht ganz verständlich. Dazu war das Gespräch zu kurz gewesen, aber offensichtlich hatte er Ronnie trotz seines jugendlichen Alters als eine wichtige Person wahrgenommen.

Inzwischen hatten die Angehörigen begonnen, Lieder zu singen.

Ben, der sich von der eigenartigen Stimmung im Hause beeindrucken ließ, war von den Melodien sehr angerührt (die Worte verstand er natürlich nicht).

Unverwandt schaute er auf das schöne Antlitz der alten Frau. Es schien zu leuchten. Ab und zu sagten die Angehörigen ihr leise Worte. Später erklärte Ronnie ihm deren Bedeutung: „Sie haben der Scheidenden gesagt, sie möge dem Himmlischen Vater ihre kindlichen Grüße übermitteln."

„Bei uns betet man etwas anders, zum Beispiel ‚Herr, sei ihrer armen Seele gnädig!' So war es bei meinem Großvater und alle waren sehr traurig, weil Großvater in seinem Leben nicht nur Gutes getan hatte."

„Das hat damit zu tun, dass die Menschen hier nichts Böses tun. Trotzdem werden sie alle zum göttlichen Richter geführt, der jeden fragt: ‚Was hast du aus deinem Leben gemacht?' Weißt du: dass man nichts Böses tut, heißt noch nicht, dass man Gutes getan hat."

„Und was ist das Gute?"

„Es ist dasselbe, was ihr in der Kirche hört: Gott über alles lieben und den Nächsten wie sich selbst."

Kurz darauf hörte er die Anwesenden jubeln und in die Hände klatschen. „Jetzt ist sie beim Herrn!" Unwillkürlich freute Ben sich auch. Das Lager, auf dem die Sterbende gelegen hatte, war leer.

Ben schaute aus dem Fenster. Der Riesenvogel Lokolo stand noch vor dem Haus, genauer gesagt, er hatte es sich auf dem Rasen vor dem Haus bequem gemacht. Er wirkte jetzt nicht mehr so riesig. Ein Mann aus dem Haus hatte ihm einen großen Kübel mit Futter und ein Becken mit Wasser hingestellt.

Ronnie trat auf Ben zu und sagte ihm leise: „Der Hausherr möchte dir etwas zeigen."

Der Hausherr, ein stattlicher Mann undefinierbaren Alters – jedenfalls kein junger Mann – sagte: „Mein lieber junger Freund, du bist von einem anderen Planeten. Bist du zum ersten Mal auf Aja?"

Ben bejahte, fragte sich aber, wieso dieser Mann seine Sprache beherrschte, im Gegensatz zu den Personen, die er vorher kennengelernt hatte. Als hätte er seine Gedanken gelesen, sagte der Mann: „Eure Sprache zu erlernen, ist bei uns nicht wie auf der Erde eine Sache von Monaten, sondern nur von wenigen Minuten." Dann fügte er hinzu, indem er ihm die Hand gab: „Ich heiße übrigens Moruga. Du hast den Hinübergang meiner Mutter gesehen und hast dich sicher gefragt, warum hier das Sterben so anders ist als bei euch."

Ben dachte an die Erklärungen, die Ronnie bezüglich der Tiere gegeben hatte. „Wahrscheinlich liegt dies auch an der Erbsünde."

„Besser gesagt an der nicht vorhandenen Erbsünde", schalte Ronnie sich ein. „Du musst bedenken, der Schöpfer macht nur Gutes. Krankheit und Tod gehen auf das Konto der Menschen, weil sie gesündigt haben. Das muss in eurer Welt der schrecklichste Augenblick gewesen sein, als Gott euren Voreltern sagen musste, dass es mit der Harmonie des Paradieses vorbei war."

„Ist dann ihre Mutter gar nicht gestorben?", fragte Ben. Nach allem, was er bisher auf Aja erlebt hatte, wunderte ihn eigentlich nichts mehr.

Moruga schaute ihn lächelnd an. Wieder hatte Ben das Gefühl wie bei Ronnies Mutter, dass eine Welle von Liebe auf ihn einströmte.

„Meine Mutter hat ein erfülltes Leben gehabt. Sie hat sehr viel für ihre Familie und diese Kommunität getan. Sie hat viel geliebt und wurde sehr geliebt. Sie besaß in besonderem Maße – das sage nicht nur ich, sondern alle, die sie kannten – diese selbstlose Liebe, die eigenes Interesse nach und nach gar nicht mehr kennt. Die Liebe, von der Christus gesprochen hat, als er vor vielen Jahrhunderten unsere Welt besucht hat.

Meine Mutter ist sehr alt geworden, zweihundertfünfzehn Jahre. Zuerst hat sie ihre eigenen Kinder, dann die Enkel und die Urenkel und viele andere Kinder in diese erhabene Wissenschaft eingeführt. Nun hat sie die Ur-Liebe, wenn ich das so nennen darf, erfahren, denn Gott ist selbst die Liebe. Aber das wisst ihr Erdenmenschen auch, es steht ja in eurem heiligen Buch."

„Aber wo ist sie jetzt? Ich sah, dass das Bett, auf dem sie gelegen hatte, leer ist, obwohl die Tücher noch genauso liegen, als wenn der Körper darin wäre."

„Natürlich, Gott hat ja den Menschen als Wesen mit Leib und Seele geschaffen. Deswegen soll auch sein Leib in die Seligkeit des Himmels eingehen."

„Bei uns ist das wohl nicht so", sagte Ben. „Wenn jemand gestorben ist, bringt man den Körper bald in die Erde, weil er sonst anfängt, schlecht zu riechen und sich zu zersetzen."

Ben musste sich setzen und einen Moment innehalten. Die ganze Fremdheit der Situation stürmte auf ihn ein. Und nun wurde ihm bewusst, dass er etwas tat, was weder seinem Alter noch seiner Denkweise entsprach. Er dachte flüchtig mit der ihm eigenen Selbstironie: „Was ist los mit mir? Ich bin ja fast schon so ein Prediger wie Ronnie." Aber dieser Gedanke war ihm nicht unangenehm, da er Ronnie liebte und ihn nachahmen wollte.

Bisher war Religion für ihn allenfalls eine Konvention gewesen. Man ging sonntags mit Daddy und der First Lady zum Gottesdienst. Meistens zu den Episkopalianern. Nur wenn der Präsident außerhalb Washingtons war, ging seine Mutter mit ihm und der Großmutter zur katholischen Messe. Daran hatte er sich gewöhnt. Es wurde von ihm auch nicht infrage gestellt, in erster Linie, weil Daddy es so wollte. Die ständigen Fotografen gehörten natürlich auch dazu.

Jetzt aber sah er all diese Dinge in einem neuen Licht. Wenn er Ronnie anschaute, sah er, dass dieser nicht nur glaubte, sondern offensichtlich Gott liebte. Das gefiel Ben, auch wenn er sich sagte: „Soweit bin ich noch nicht."

# Die Gemeinschaften

„Mein lieber Junge, lieber Ben", sagte Moruga jetzt, „dein Freund Ronnie hat dir sicher schon erzählt, dass wir in einer Gemeinschaft leben, in die man eintritt oder wieder austritt, wie es einem gefällt. Jede Kommunität hat bestimmte Ziele, die man besser gemeinschaftlich als auf eigene Faust erreichen kann. Jeder versucht, seine Arbeit gut zu machen, um sie dem Schöpfer darbringen zu können.

Das, woran wir in dieser Gruppe arbeiten, ist die Musik. Du hast vielleicht gehört, dass die Musik schon am Anfang unserer Geschichte eine große, ja entscheidende Rolle gespielt hat. Gott, der Vater der Lichter, hat uns eine große Liebe zur Musik eingegeben. Vielen gab er eine besondere Begabung, Musik zu studieren und darzustellen.

Und jetzt muss ich dir ein großes Kompliment machen. Ihr auf dem Planet Erde macht sehr viele Fehler, individuell und gemeinschaftlich, darunter besonders das ewige Kriegführen. Aber dann wiederum habt ihr unglaubliche Meisterwerke in der Kunst, vor allem in der Musik, hervorgebracht, an die wir nicht heranreichen, vor denen wir mit großem Respekt stehen."

Moruga lud ihn und Ronnie ein, mit ihm zu gehen. Sie gingen durch einen kurzen Gang in ein anderes Gebäude, in einen großen Saal, der fast leer zu sein schien.

„Dies ist der Wiedergaberaum, der den Namen ‚Wunder der Erde‘ trägt."

Plötzlich standen sie in einem Raum, der deutlich als Konzertsaal zu erkennen war. Sie sahen die Musiker mit ihrem Dirigenten, die soeben zu spielen begannen. Ben sagte: „Das klingt irgendwie nach Beethoven." „Richtig", sagte Moruga, „sie spielen die Fünfte Sinfonie."

Nach einigen Takten änderte sich das Bild. Waren es bisher Musiker in dunklen Anzügen und Kleidern, so sah Ben jetzt zu seinem noch größeren Erstaunen Männer und Frauen in dunkelblauen Uniformen, ebenfalls mit Musikinstrumenten, allerdings vorwiegend Blasinstrumenten.

„Das kenne ich!", rief Ben aus, „Glory, glory hallelujah".

Moruga lächelte: „The Battlehymn of the Republic".

Das Orchester war so echt, dass Ben auf die Musiker zugehen wollte, aber schon verschwand die Szene wieder.

„Das ist ja wie ein riesiges Internet!", rief Ben aus. „Man klickt irgendein Thema an und schon ist es da. Aber andererseits kann es das doch, wenn ich richtig verstanden habe, auf diesem Planeten gar nicht geben."

„In gewissem Sinne hast du recht. Unsere Kenntnisse stammen von dem großen interstellaren Schiff, das eure Erde seit Jahren umkreist. Das, was euer Internet vermittelt, haben wir vollständig aufgefangen und können alles mit unseren Mitteln wiedergeben. Wir haben kein Internet, keine Computer und keine digitalen Geräte. Das alles brauchen wir nicht, da wir andere Möglichkeiten haben.

„Jetzt schaut!" Ronnie und Ben gingen zusammen mit ihm in einen großen feierlichen Raum. „Die Vatikanischen Museen", sagte Moruga. „Hier seht ihr die ‚Verklärung des Christus auf dem Berg' von Raffaello Sanzio. Hier die sogenannte ‚Disputa'."

„Das Sakrament", rief Ronnie aus und erinnerte sich an den schmucklosen Tabernakel, wo er zum ersten Mal den Christus erkannt hatte.

Ben sagte: „Ich war einmal mit meiner Mum und der Grandma im Vatikan. Als Daddy eine Audienz beim Papst hatte und wir von einem Bischof durch die Museen geführt wurden. Das war voll cool."

„Jetzt schaut nach oben!"

Über ihren Köpfen wurde die komplette Deckenmalerei der Sixtinischen Kapelle sichtbar.

Moruga sagte: „Was für ein Genius, dieser Michelangelo Buonarrotti! Er malt das, was bei euch ganz ähnlich wie bei uns gewesen ist, die Erschaffung der ersten Menschen auf eurem Planeten. Wie strahlend eure ersten Menschen ins Leben getreten sind. Dann aber, etwa in der Mitte der Deckenmalerei, schildert er die ungeheure Katastrophe, die eure Menschheit getroffen hat, als Adam und Eva sich von der bösen Macht dazu verführen ließen, Gott den Gehorsam aufzukündigen. Und wie gut Gott dann doch gewesen ist und zusammen mit der Strafe schon die Rettung angekündigt hat.

Links und rechts seht ihr die jüdischen Propheten und die heidnischen Sibyllen, die den Messias, wie ihr ihn nennt, ankündigten. Der Maler schildert auch das Elend, in das die Sünde die ersten Menschen eures Planeten gebracht hat."

Ben war erstaunt, wieviel besser er die Gemälde jetzt sehen konnte als damals bei der Führung durch den Vatikan. Er war damals zwar nur ein gutes Jahr jünger gewesen als jetzt, aber jetzt wurde ihm klar, dass er all diese Kunstwerke zwar gesehen, aber nicht verstanden hatte.

Moruga stellte sich mit ihnen unter das große Deckengemälde und sagte etwas, das ihm besonders am Herzen zu liegen schien:

„Ihr könnt euch nicht vorstellen, was die Kunst der irdischen Menschen für uns bedeutet. Was für euch oft ganz selbstverständlich ist, das ist für uns fast immer so etwas wie eine Offenbarung. Wir staunen darüber, welche Begabungen und Talente der Allmächtige euch gegeben hat.

Während er uns große Möglichkeiten schenkte, die Materie und die Energien im Universum zu beherrschen, hat er euch gegeben, wunderbare Werke der Schönheit zu schaffen. Ja, er hat ganz deutlich euren Planeten und eure Menschheit bevorzugt behandelt. Manche sagen bei uns, er war wie eine gute Mutter, die sich um ihr missratenes Kind besonders liebevoll kümmert, weil es mehr Liebe braucht als die starken."

Bei dem Wort vom „missratenen Kind" musste Ben unwillkürlich an seine eigene zeitweise etwas schwierige Kindheit denken. Zwar war er ganz sicher nicht ein missratenes Kind gewesen, aber da seine Mutter ihn unehelich zur Welt gebracht hatte, musste sie ihn zeitweilig in fremde Hände geben, da sie arbeiten musste.

Zwei Jahre lang wuchs er bei einer Gastfamilie auf und konnte seine Mutter nur ab und zu an Wochenenden sehen. Die Pflegemutter war relativ verständnisvoll zu ihm, aber die älteren Geschwister hegten ihm gegenüber einen unbegründeten Neid, da er, wie primitive Menschen das sofort spüren, von feinerer Art war als sie. Wenn die Pflegemutter nicht da war, hänselten sie den Jungen, wobei auch das völlig unbegründete Wort vom „missratenen Kind" fiel.

Anfangs konnte er sich nicht dagegen wehren, später war es ihm ein Leichtes, sie abblitzen zu lassen. Außerdem kam es dann dazu, dass seine Eltern heirateten und für ihn ein ganz neues Leben in Amerika begann. Dann wurde sein Vater Präsident der Vereinigten Staaten, was wiederum manches änderte. Aber Ben hatte gelernt, sich zu behaupten.

# Die „Wunder der Erde"

„Jetzt schaut einige Höhepunkte der Literatur. Ihr könnt euch selbst das eine oder andere Werk heraussuchen."

In loser Folge erschienen jetzt vor einem neutralen Hintergrund Theateraufführungen, Romanlesungen und in verschiedenen Sprachen vorgetragene Gedichte.

„Manche Gedichte können auch gesungen werden, was besonderen Reiz hat."

Ronnie fand unter den Gedichten Eichendorffs Mondnacht „Es war, als hätt' der Himmel die Erde still geküsst" und brachte es in Schumanns Vertonung zum Klingen. Moruga schaute ihn lächelnd an. „Wie schön ist das, nicht wahr?"

Es entstand eine kleine Pause, in der sich die beiden ein weiteres Lied von Schumann anhörten.

Ben sagte dann aber: „Kann man auch die Backstreet Boys und Rihanna hören?"

Anscheinend war sich Moruga darüber im Klaren, dass Ben eigentlich überfordert war. Ein zwölfjähriger Amerikaner, der auf diesem ihm völlig fremden Planeten in wenigen Stunden mehrere ganz außerordentliche Erlebnisse verarbeiten musste, die auch für Erwachsene von der Erde nur schwer zu verkraften sein würden.

Er wandte sich daher jetzt an Ronnie, der zwar streng genommen auch zwölf Jahre alt war, der aber schließlich ein Kind dieses Planeten Aja war.

„Erlaubt mir, euch etwas sehr Persönliches zu sagen. Wir Ajaner haben uns, nachdem wir die Menschen auf der Erde etwas näher kennengelernt haben, immer wieder gefragt, warum hat der Schöpfer diese unsere ‚Brüder' – so möchten wir sie gerne nennen, falls sie einverstanden sind – mit so reichen Gaben ausgestattet, obwohl sie ihm doch so viele Enttäuschungen bereitet haben und immer wieder neu bereiten?

Allein die endlos vielen Kriege sind für den Ewigen Vater jedesmal ein Schlag ins Gesicht. Aus nichtigen Gründen beginnt eine Partei oder

Nation mit dem Morden, der Gegner schlägt zurück und mordet auch. Beide Kontrahenten bemühen sich, ihre bösen Handlungen mit edlen Sprüchen zu begründen. Am Ende ist die Blüte der Nation dahingerafft, Mütter und Ehefrauen in ihrer Lebensgestaltung vernichtet und die materiellen Güter weitgehend zerstört. Dann große Einkehr und Erschütterung und in der nächsten Generation geht das grausame Spiel von Neuem los.

Auch das ist uns gezeigt worden, welche böse Kraft dahinter steht, die die schlechten Neigungen der Menschen immer wieder anstachelt. Es sind ja die gleichen Gesellen, die wir aus anderen Gegenden des Universums kennen. Die sich übrigens auch im Umkreis eures Planeten tummeln. Zu eurem Glück hat der Allmächtige ihnen ganz enge Grenzen gesetzt. Auch sie können nicht in das Leben auf eurem Planeten eingreifen. Sie haben es versucht, aber es ist ihnen nicht gelungen. Das Einzige, was sie erreicht haben, ist, dass die Erdenmenschen ein falsches Bild von den Außerirdischen bekommen haben.

Dass die Erdenmenschen also Schwächen haben – Habgier, ungeordnetes sexuelles Begehren, der Wunsch, anderen wehzutun –, ist uns bekannt, auch wenn wir sie größtenteils nicht nachvollziehen können. Und wir haben auch verstanden, warum der Schöpfer in seiner unfassbar großen Güte seinen Christus dort hat Mensch werden lassen, da nur er war in der Lage, diese Menschheit aus der Verstrickung in das Böse zu befreien.

Aber hätte es danach nicht gut werden können? Hätten sie als Erlöste nicht so leben können wie wir?"

Ben hörte aufmerksam zu. Das war er gewohnt von den vielen und langen Reden im Kongress oder im Weißen Haus, zu denen sein Vater ihn manchmal mitnahm und wo es immer nur eine Frage der Zeit war, dass er innerlich abschaltete, auch wenn er äußerlich den aufmerksamen Zuhörer markierte. Sein Vater hatte ihn dafür ein paarmal gelobt, hatte aber versäumt, sich davon zu überzeugen, ob Ben wirklich zugehört hatte.

Jetzt allerdings hatte der Junge eine besondere Kraftanstrengung unternommen, den Worten des weisen Mannes zu folgen. Er hatte gespürt, dass es hier um etwas Bedeutendes ging. In den wenigen Stunden, die er mit Ronnie zusammen war, hatte sich in seinem Inneren eine Wandlung und eine Reifung vollzogen, für die der junge Mensch normalerweise ein paar Jahre braucht.

Waren es die aufwühlenden Erlebnisse in dieser ganz anderen Welt, die das bewirkt hatten, oder war es vielleicht jene unleugbare geistige Kraft, die von Moruga ausging?

Was Ronnie betrifft, so war das große geistige Gemälde, das Moruga vor ihren Augen darstellte, nicht etwas ganz und gar Neues.

Bevor er seine irdische Mission angetreten hatte, hatte er durch viele Gespräche und Besuche in dem Raum „Wunder der Erde" ein recht gutes Bild von den irdischen Gegebenheiten bekommen.

Jetzt griff er den Gedanken Morugas auf und sagte: „Auf der Erde gibt es viele Menschen, die aufgrund ihres mangelnden oder nicht vorhandenen Glaubens diese Frage stellen: ‚Was hat sich denn seit dem Auftreten des Christus auf der Erde gebessert? Es wird weiter den üblen Trieben gefolgt, Geldgier, Neid, Bosheit aller Art und eben immer wieder Kriege, die im Laufe der Zeit sogar noch schlimmer werden. So sehr, dass die Menschheit sich mit ihren Atomwaffen selber auslöschen könnte. Ist also die Mission des Christus gescheitert? Nein, so hörte ich dort. Die Erlösung ist nämlich nicht zu Ende, sie dauert an. Sie ist erst vollendet, wenn der letzte Mensch, der auf der Erde erscheinen wird, die Erlösung angenommen hat, das heißt, sich für oder gegen Gott entschieden hat …"

„So ist es, mein Freund", sagte Moruga.

„Verzeiht, Meister, ich wollte niemanden belehren."

„Auch das ist ja eigentlich etwas Unvorstellbares, dass der Allmächtige die Freiheit der Menschen so sehr respektiert."

Ben überlegte, ob er einen Beitrag zu diesem Gespräch leisten sollte. Es fiel ihm allerdings nichts ein, aber er beschloss, alle diese Gedanken, die er von Grund auf als wahr empfand, in seinem Gedächtnis zu speichern.

Einen Satz sagte er doch, etwas, das seine Oma sehr oft sagte und das er unreflektiert in diese Debatte hineinwarf, weil er unbewusst empfand, dass es hier hereinpasste. Er sagte, mit dem gleichen Seufzer, mit dem seine Großmutter das häufig am Tag aussprach: „Wie gut ist doch der liebe Gott!"

Moruga lächelte und sagte nichts.

Dann gingen sie mit dem Hausherrn in das Haus zurück, wo sich die festliche Gesellschaft schon fast gänzlich aufgelöst hatte.

„Wenn ihr ein anderes Mal wiederkommt – was eher unwahrscheinlich ist –, könnt ihr einen Einblick bekommen in die Aktivitäten dieser unserer Gemeinschaft. Unsere gemeinsame Arbeit besteht darin, die Musik der irdischen Kulturen kennenzulernen, sie zu katalogisieren und dann den Menschen unseres Planeten zugänglich zu machen. Das geschieht meist auf meditativem oder telepathischem Wege. Die Zukunft wird zeigen, welchen Einfluss diese Berührung mit eurer Kultur, die uns ja erst seit Kurzem bekannt geworden ist, auf unser Denken haben wird."

# Der Weise

Ronnie und Ben verabschiedeten sich von den noch anwesenden Personen, die ihnen alle eine außerordentlich herzliche Umarmung gaben. Sie traten mit Moruga vor die Tür. Der untere Rand der riesigen Sonne hatte den Horizont schon erreicht. Ronnie sagte: „Keine Sorge, es wird noch lange hell bleiben, bei uns ist der Sonnenuntergang eine Sache von vielen Stunden."

Ben schaute nach dem Vogel Lokolo, der den Kopf reckte, als wollte er fragen, wann die Reise weiterging.

Bevor sie sich von Moruga verabschiedeten, sagte dieser:

„Gerade in der vergangenen Nacht habe ich im Traum eine Erkenntnis bekommen bezüglich der Frage, warum die Erdenmenschen diese Bevorzugungen und vor allem diese künstlerische Kreativität bekommen haben und wir nicht. Ich gebe diesen Gedanken an euch, meine lieben jungen Freunde, weiter, denn sie gilt auch für euch.

Wären wir Ajaner in sämtlichen Bereichen, also auch im Schaffen von Kunst und Kultur, den Menschen anderer Welten überlegen, dann bedeutete das eine große Gefahr für unseren Geist. Die Gefahr, mit der schon im Anfang der Schöpfung die denkenden Wesen sich auseinandersetzen mussten. Ich meine die Sünde des Stolzes. Ich nehme an, ihr kennt die Geschichte des großen Geistes Luzifer. Er war in der Welt der Engel der größte und schönste. Bedauerlicherweise ist ihm das zu Kopf gestiegen und er wollte nun keinem Höheren mehr dienen. Sein Hochmut brachte ihn zu Fall, Michael musste ihn in den Abgrund stürzen.

Furchtbar ist der Stolz!

Seitdem, so denke ich, hat der Schöpfer beschlossen, nie mehr ein Wesen von Anfang an groß zu erschaffen. Er will natürlich, dass Engel und Menschen und all die anderen Wesen groß und herrlich sind, aber sie sind es nicht von Anfang an, sie sollen es werden.

Denkt an die Jungfrau Maria. Sie war ursprünglich ein einfaches Menschenkind und wurde durch ihre Demut und ihr Mitwirken mit Gottes Kraft zur größten geschaffenen Macht im Universum. Nur Gott ist größer als sie."

Dann legte Moruga beiden die Hände auf, sprach einen einfachen Segen und entließ sie.

Die Begegnung mit dem weisen Mann war für beide, aber besonders für Ben, ein Erlebnis der besonderen Art. In seinem bisherigen trotz seiner Jugend sehr exponierten Leben hatte Ben eine Menge bedeutender Menschen kennengelernt. Im Weißen Haus verkehrten wichtige Persönlichkeiten aus aller Welt, nicht nur Politiker, sondern auch Künstler, Literaten und Philosophen. Und auch nicht wenige Männer und Frauen aus dem religiösen Milieu. Aber keiner hatte ihn so tief beeindruckt wie Moruga.

„Er ist so schlicht und so überaus freundlich", versuchte er, seine Eindrücke zu beschreiben.

Ronnie sagte: „Vorhin, beim Abschied in der Eingangshalle, sagte mir einer der Vertrauten Morugas, dass er zu den fünf Weisen unseres Planeten gehört. Dazu musst du wissen, dass es in unserer Welt nicht das gibt, was ihr Politik nennt. Jede Gemeinschaft leitet sich selbst. Man kann von einer Gemeinschaft in die andere wechseln, was meistens mit der Arbeit zu tun hat, die man ausübt. Viele staatliche und kirchliche Einrichtungen, die ihr auf der Erde für unerlässlich haltet, sind nicht vorhanden, weil nicht nötig. Jeder Mensch hat seine eigene innere Beziehung zu Gott und er braucht nicht von anderen belehrt zu werden."

Ben versuchte sich eine solche vereinfachte Gesellschaftsordnung vorzustellen, und sie kam ihm eigentlich „normal" vor.

„Aber was ist mit den fünf Weisen?", fragte er.

„Auf jedem der fünf Teile unseres Planeten wird jeweils ein Mann oder eine Frau gewählt als Sprecher in Angelegenheiten der Gemeinschaft, wobei das Kriterium lautet „Im Frieden mit Gott". Diese Person wird von allen mit Gebet unterstützt und ein besonderer Segen Gottes liegt auf ihr. Wenn in irgendeinem Bereich mehrere Leute den Eindruck haben, dass etwas die Harmonie der Menschen mit Gott, mit der Natur oder auch mit sich selbst beeinträchtigt, wird der Weise um Rat gefragt."

„Und das löst alle Probleme?"

„Ja. Wenn es denn überhaupt mal welche gibt."

Sie gingen auf Lokolo zu, der sich erhob und freudig mit den Flügeln schlug. Ronnie sagte ihm einige Worte, die sehr liebevoll klangen, und sie bestiegen ihr lebendiges Flugzeug. Dann sagte Ronnie zu Ben: „Der Weise hat mir beim Weggehen zugeflüstert, dass du nach seiner Meinung eigentlich nach allem, was wir erlebt haben, kaum noch etwas Neues verkraften kannst. Als ich ihm sagte, dass wir noch eine andere Kommunität besuchen wollten, und zwar die der Physiker und Astrophysiker, war er einverstanden, versprach aber, uns mit seinem Gebet besonders zu unterstützen, damit der Besuch nicht zu anstrengend, dafür aber erfolgreich wird."

Wieder erhoben sie sich in die Lüfte. Der riesige Vogel hatte sich inzwischen offensichtlich gut erholt und flog mit kräftigen Schlägen. Diesmal blieb er eher tief. Die Entfernung zum nächsten Zielpunkt war wohl nicht besonders groß. Aber Ronnie wollte Ben vor allem die Landschaft zeigen, die jetzt ganz anders war als bei ihrem ersten Flug.

Jetzt nämlich flogen sie eine Zeit lang an einem Fluss entlang. Ronnie sagte dem Vogel etwas ins Ohr, und er flog noch tiefer, sodass sie fast die Baumwipfel berührten.

Überhaupt die Bäume. Sie waren hier weit ausladend und von üppigem Grün. Ben beobachtete erstaunt, dass entlang des Flusses lange Reihen von diesen Bäumen standen, die zugleich Blüten und Früchte trugen.

„Das sind Lebensbäume", sagte Ronnie, „sie tragen zwölfmal im Jahr Frucht. Außerdem werden ihre Blätter zur Heilung von verschiedenen Gebrechen benutzt. Das alles bewirkt das Wasser des Flusses, das ein besonderes Wasser ist. Schade, dass wir jetzt nicht an die Bäume drankommen."

Sie flogen eine Weile.

Ben sagte: „Ich weiß gar nicht, warum Herr Moruga besonders für uns beten muss. Mir geht es sehr gut und dir wahrscheinlich auch."

Ronnie lachte.

„Ja, wir sind sehr stolz auf unser Land Geristin."

# Im Forschungszentrum

Sie näherten sich nun einer größeren Ansammlung von Häusern.

„Ihr habt also auch Städte auf eurem Planeten?", sagte Ben.

„Ja natürlich, immer dann, wenn es sinnvoll ist. Die Kommunität, die wir jetzt besuchen, benötigt eine Menge von Zulieferern. In dieser Stadt befindet sich auch einer unserer Kernfusionsanlagen. Ich weiß nicht, ob wir noch dazu kommen werden, sie zu besichtigen."

Lokolo landete auf einem größeren Platz, der von stattlichen Gebäuden umgeben war. Die Häuser waren ohne besonderen Schmuck, aber von einer edlen Einfachheit.

Als sie abstiegen, begrüßte sie ein Mann, der von ihrem Kommen zu wissen schien.

„Ich hatte ihm das gedanklich mitgeteilt", sagte Ronnie zur Erklärung.

„Herzlich willkommen, die jungen Herren, in unserer Physikkommunität ‚Zentraja', kommt doch bitte gleich herein!" Der Mann – nach irdischen Begriffen würde man sagen mittleren Alters – lächelte ihnen freundlich zu, aber gleichzeitig ließ er keinen Zweifel daran, dass er wohl nicht für längere Begrüßungszeremonien zu haben war.

„Danke", sagte Ronnie höflich und stellte gleich die erste Frage: „Stimmt es, dass Sie in diesem Forschungszentrum ergründen wollen, wie sich unser Zentralgestirn zukünftig verhalten wird?"

„Du hast eine sehr diplomatische Ausdrucksweise, mein Junge. Deutlicher gesagt, wollen wir herausbekommen, wie lange unsere Sonne noch am Leben bleiben wird."

Ben war erstaunt. „So eine Sonne hat doch normalerweise eine Lebensdauer von vielen Jahrmillionen."

Der Mann, der sich mit dem Namen Brendo vorgestellt hatte, ging mit ihnen durch eine geräumige Halle zu einem großen Raum, besser gesagt einem Saal, in dem verschiedene Gruppen von Menschen, Männern und Frauen, jeweils um eine Art runden Tisch standen, auf dem verschiedene Geräte und Bildschirme zu sehen waren. Es herrschte eine gespannte Atmosphäre. Man merkte, dass alle mit großem Eifer und Einsatz aller gedanklichen Kräfte bei der Arbeit waren.

Ronnie sagte kurz zur Erklärung für Bens „Einwand", der anscheinend ein gewisses Befremden ausgelöst hatte, dass dieser von dem Planeten Erde stammte. Brendo hatte sicher noch keinen Erdenmenschen gesehen, aber er schien doch zu wissen, worum es da ging.

„Ja, eure Sonne, die ist nun tatsächlich auf dem Höhepunkt ihrer Aktivität!"

Er führte die beiden an einen der Tische, über dem mehrere große Bildschirme angebracht waren. Mit einem kurzen Handgriff ließ er auf einem der Schirme ein schematisches Bild des Sonnensystems erscheinen, zu dem die Erde gehört. Ben kam die Sache bekannt vor, wenngleich er diese Darstellungsweise zunächst als sehr fremdartig empfand. Dann wieder zeigte Brendo die einzelnen Plancten in Nahaufnahme.

Als Ben die Erde sah, überkam ihn so etwas wie Heimweh. Aber er wehrte sich dagegen, diesen Gedanken nachzugeben. Er beschränkte sich darauf zu sagen: „Ist sie nicht schön, unsere Erde?", worauf Brendo meinte: „Ihr seid in der Tat zu beneiden. Na ja, ihr seid ja auch wohl die Schoßkinder des Schöpfers."

Ben – er war in der Tat hellwach – war gespannt auf das System, zu dem Aja gehörte. Wie anders sah das aus!

In der Mitte ein riesiger roter Feuerball. In der habitablen Zone, die eigens markiert war, gab es außer Aja noch zwei weitere Planeten, von denen einer ähnlich in der Größe zu sein schien, während der andere mindestens dreimal so groß sein musste. Weiter draußen gab es noch fünf weitere Planeten unterschiedlicher Größe, auf denen es wohl kein oder nur ein primitives Leben gab.

Während sie noch die beiden Sonnensysteme betrachteten, wurden zwei weitere Wissenschaftler auf sie aufmerksam, zwei Frauen, die mit einem anderen Gerät, das die Jungen gar nicht begreifen konnten, beschäftigt waren. Sie bewegten die Hände über den Tisch, der bei näherem Hinsehen eine äußerst vielgestaltige Oberfläche hatte, und schienen dabei leise Worte vor sich hinzusprechen. Ben dachte einen Moment lang, sie seien vielleicht in einem Trancezustand. Aber dann sah er ihren außerordentlich konzentrierten Gesichtsausdruck. Kurz darauf aber zeigten sie sehr entspannte Gesichter. Wahrscheinlich hatten sie die Lösung eines Problems gefunden.

Dann nahmen sie die beiden Jungen wahr und ihre schönen, aber von der Gedankenanstrengung gespannten Gesichtszüge lösten sich zu einem Lächeln.

Dass einer der beiden Jungen vom Planeten Erde stammte, hatte sich mental bei allen herumgesprochen, weshalb sie Ben in seiner Sprache anredeten.

„Bist du hier einfach nur zu Besuch?", fragte eine der beiden Schönen, „oder kommst du mit einer Mission?"

Auf der Erde passierte es Ben gelegentlich, dass sehr schöne Frauen, die es im Umkreis seines Vaters in größerer Zahl gab, ihn in Verlegenheit brachten und er dann nicht wusste, was er sagen sollte. Dieses Frauenlächeln aber war so arglos und rein, dass er nicht die geringste Hemmung hatte, es zu erwidern und zu antworten: „Mein Freund Ronnie hat mich mitgebracht. Ich habe keine spezielle Mission, aber ich hätte wirklich große Lust, meinen Landsleuten, wenn ich zurückkehre, zu sagen, wie nett die Menschen hier sind."

Wieder lächelte die Frau und die andere tat es ihr gleich.

Dann aber wandten sich beide wieder ihrer Arbeit zu.

# Beteigeuze

Brendo nahm die Jungen bei der Hand und führte sie in einen anderen Raum, wo auf einer riesigen Leinwand der große Stern Beteigeuze zu sehen war. Er war hier natürlich besser zu sehen als in Natura. Zum Beispiel erkannten sie, dass der Stern so etwas wie einen Hut trug und überhaupt nicht eine vollkommene Kugelform hatte. Auch das Pulsieren war hier wesentlich deutlicher zu sehen.

„Pulsieren ist eigentlich nicht das richtige Wort", sagte Brendo, „unsere Wissenschaftler haben sich in letzter Zeit intensiv mit der Gasatmosphäre von Beteigeuze beschäftigt. Die gewaltigen Blasen, die sich darin auf und ab bewegen und die fast die Größe des Sterns selbst erreichen, spielen sicher eine Schlüsselrolle in dieser Lebensphase unseres Sterns."

„Ich fand das cool, dass durch diese riesigen, beweglichen Blasen eure Sonne so aussieht, als wenn sie atmete", sagte Ben. „Stimmt das denn eigentlich, dass Beteigeuze ein ‚Roter Riese' ist?"

„Was ihr in eurer Wissenschaft ‚Rote Riesen' nennt – ich werde im Folgenden eure Redeweise benutzen, unsere hat ganz andere Ansätze – sind sozusagen alternde Sterne, in deren Kern es mangels Nachschub kein ‚Wasserstoffbrennen' mehr gibt, so wie das auf eurer Sonne abläuft, wo eine Kernfusion von Protonen (d. h. von Atomkernen des häufigsten Isotops $^1$H des Wasserstoffs) zu Helium stattfindet.

Erlaubt mir an dieser Stelle ein bisschen Physikunterricht. Bei der Fusion von vier Protonen zum Heliumkern wird einerseits Materie in Form von zwei Positronen erzeugt, andererseits wird Materie in Energie umgewandelt. Diese Äquivalenz von Masse und Energie hat ein großer Physiker eures Planeten, Albert Einstein, in die auch uns bekannte Formel $E = mc^2$ gebracht.

Wenn ein Stern in seiner Entwicklung, oder besser gesagt in seinem Niedergang so weit gekommen ist, verlagert sich die Energieerzeugung durch Wasserstoffbrennen aus dem Inneren in die Peripherie, während im Kern zunächst Helium zu Kohlenstoff fusioniert wird. Dadurch wiederum wird der Kern noch heißer und der Stern dehnt sich auf das etwa Hundertfache aus.

Letzteres ist hier seit etwa fünfhundert Jahren zu beobachten. Im Anfang hat es unsere Wissenschaftler alarmiert, aber dann stellte sich heraus, dass Beteigeuze sich ziemlich nach dem gleichen Schema entwickelt wie andere Sterne vor ihm."

„Können wir also beruhigt sein?", fragte Ronnie, und man merkte ihm an, dass das Thema ihn tatsächlich beunruhigte.

„Ja und nein. Das Schwierige ist, dass durch diese Veränderungen im Verbrennungsmechanismus die Sache unberechenbar wird. Normalerweise dehnt sich ein solcher Stern um das Vielfache seines ursprünglichen Durchmessers aus und verliert dabei an Kraft, was sich nach und nach auch darin äußert, dass er von gelb zu rot wechselt."

„Also daher Roter Riese", meinte Ben, der zwar keine Kenntnisse mitbrachte, der aber an dem Thema großes Gefallen fand.

„Ich kann euch nun die Entwicklung eines ‚Roten Riesen' (Ben erlaubte sich bei diesem Wort ein sympatisches Grinsen) bis hin zu einem ‚Weißen Zwerg' (ein zweites Grinsen) nicht in allen Einzelheiten darlegen. Nur so viel sei gesagt, dass die äußeren Gasschichten infolge ihrer gewaltigen Ausdehnung eine immer geringere Dichte bekommen und nur noch schwach durch die Gravitation des Sterns gebunden sind. Daher entwickelt sich im Verlauf dieses Roten-Riesen-Stadiums ein starker Sternwind, durch den die äußeren Gasschichten vollständig abgestoßen werden; sie umgeben ihn dann für einige Zeit als planetarischer Nebel."

Ben, jetzt ernsthaft, sagte mit Begeisterung: „Das muss echt krass aussehen, eine riesige rote Sonne, die atmet und die von einem gewaltigen Schleier umgeben ist!"

Ohne Bens romantische Sicht der Dinge zu beachten, fuhr Brendo mit undurchdringlichem Gesicht fort: „Entscheidend ist in diesem Stadium die reale Masse des Sterns. Liegt sie unter einem bestimmten Wert, so schrumpft der Rote Riese zu einem Weißen Zwerg. Liegt sie über diesem kritischen Wert, den unsere Wissenschaftler gerade zu ermitteln versuchen, dann setzen am Ende des Heliumbrennens – ihr erinnert euch:

zuerst Wasserstoffbrennen und dann Heliumbrennen – weitere Fusionsprozesse ein, bis der Rote Riese als Supernova explodiert."

Als hätte er auf dieses Wort gewartet, zeigte Ronnie jetzt eine ungewohnte Reaktion. Er erschrak sichtlich und wurde blass.

„Also doch!", flüsterte er.

Brendo sah, dass er die Dramatik herunterspielen musste, und sagte mit gewollt leichter Stimme: „Also das ist der Stand der Dinge. Kein Grund, sich zu beunruhigen. Unsere Wissenschaftler werden bald herausfinden, wie es mit der realen Masse von Beteigeuze bestellt ist. Die Anzeichen lassen bisher vermuten, dass sie unter dem kritischen Wert liegt. Im Übrigen ist das Ganze tatsächlich so unberechenbar, dass theoretisch auch die Entwicklung zum Neutronenstern oder sogar zu einem Schwarzen Loch denkbar wäre."

„Schöne Aussichten!", meinte Ronnie

„Also im Moment entweder Weißer Zwerg oder Supernova", sagte Ben.

„Aber auch der schlimmste Fall, nämlich der der Supernova, das heißt, wenn der Stern in einer gewaltigen Explosion auseinanderfliegt, wäre, nach den üblichen Zeiträumen im Universum, nicht heute oder morgen zu erwarten. Wahrscheinlich werden noch viele Jahrhunderte vergehen, bis das passiert."

„Wenn es passiert." Ben hatte im ersten Moment nicht begriffen, dass Ronnie ernsthaft besorgt war, aber nun wurde es ihm rasch klar. Und fast wie von selbst verhielt er sich jetzt so, wie er es immer tat, wenn er zuhause seine große Schwester aufzuheitern versuchte, die manchmal aus irgendeinem Grund bedrückt oder traurig war.

„Lieber Herr Brendo, gibt es hier so etwas wie eine Kantine? Ich habe einen gewaltigen Hunger und Ronnie sicher auch."

Ben lief nun zu großer Form auf. Er hatte bemerkt, dass sein von allen bewunderter Freund Ronnie, dem er sich bisher nur unterlegen fühlen konnte, auch eine Schwäche hatte. Er hatte eine Sorge. Und da galt es, ihm zu helfen.

Hatte er Angst um sein eigenes Leben? Wie er Ronnie kannte, gab es da wohl eine größere Perspektive.

Erst jetzt wurde es dem Erdenjungen klar, dass hier die Existenz eines ganzen Planeten auf dem Spiel stand. Dass durch das unberechenbare Verhalten des Zentralgestirns dieser und alle weiteren Planeten in jedem Augenblick vernichtet werden konnten.

Aber konnte das sein? Konnten diese großartigen Menschen bei dem hohen Wissensstand, den sie offensichtlich hatten, nicht längst dieses nicht gerade neue Problem gelöst haben? Wie konnten diese liebenswerten Menschen das alles wissen und doch so gelassen, ja heiter sein?

Unwillkürlich sagte Ben leise: „Jesus, help!"

Während Brendo etwas zu essen holte, vertieften sich die beiden in den Anblick des Riesensterns.

„Es muss etwas geschehen!", sagte Ronnie leise.

„Ich bin dabei!", sagte Ben.

# Rückkehr zur Erde

Wieder ein Abschied von liebenswerten Menschen. Wieder bestiegen sie den Vogel Lokolo und wieder das Fliegen über die eindrucksvollen Landschaften. Aber diesmal war es anders. Der hellgrüne Himmel hatte angefangen, sich ins Dunkelgrüne zu verfärben. Das warme Licht, das vom Zentralgestirn ausging, war blasser geworden. Ja, der Riesenstern, der ihnen bisher so sympathisch und trotz seiner Größe irgendwie behaglich vorgekommen war, erschien ihnen plötzlich geradezu unheimlich und bedrohlich.

Ronnie beauftragte den Vogel, direkt zum Haus seiner Mutter zu fliegen, was er auch in einer guten halben Stunde schaffte.

Seine Mutter empfing sie mit der gleichen Herzlichkeit wie zuvor. Natürlich bemerkte sie, dass Ronnie sich nicht mehr so unbefangen bewegte wie vor einigen Stunden.

Sie brachte rasch die Sache auf den Punkt.

„Ihr wart im Forschungszentrum? Da habt ihr sicher die neuesten Nachrichten über unseren Stern erfahren?"

„Neue Nachrichten gibt es noch nicht, die Forschungen sind noch nicht abgeschlossen", sagte Ronnie etwas trocken.

Eine Mutter merkt es sofort, wenn mit ihrem Kind etwas ist, und Ronnie war ja noch fast auf der Schwelle des Kindseins.

„Was ist los, mein Sohn? Hast du einen Kummer? Wer hat euch das Forschungszentrum gezeigt?"

Brendo war ein entfernter Verwandter ihrer Schwägerin. „Brendo kann manchmal sehr nüchtern und fordernd sein. War er nicht nett zu euch?", fragte sie.

„Doch, doch. Aber man spürt dort eine ziemliche Spannung im ganzen Zentrum. Sie versuchen mit allen Mitteln herauszubekommen, in welchem Stadium sich Gomogo zur Zeit befindet."

„Aber es wurde doch immer gesagt, dass unser Stern sich in seiner Rolle als Roter Riese stabilisiert hat und noch Tausende von Jahren so weiter existieren wird."

„Das ist wahrscheinlich auch so, aber Brendo ließ durchblicken, dass es in diesem Stadium auf die aktuelle Masse des Sterns ankommt, wovon abhängt, ob Gomogo, wenn das Heliumbrennen in seinem Innern plötzlich aufhört, sich in einen sogenannten Weißen Zwerg verwandelt – damit kann man leben – oder aber ob er plötzlich zur Supernova wird, womit dann plötzlich alles aus wäre."

„Und diese Masse des Sterns ist schwer zu bestimmen?"

„Offensichtlich sehr schwer, weil der Kern von einer riesigen Gashülle umgeben ist, die man nicht durchdringen kann."

Ben hätte gerne an dieser Konversation teilgenommen, sie wurde mit Rücksicht auf ihn ja auch in seiner Sprache geführt, aber er konnte nur sagen, dass man halt hoffen solle, dass der Massenkern des Sterns noch lange hält.

„Natürlich, mein Junge, hoffen und vor allem beten. Unsere Wissenschaftler tun, was sie können, aber für den Fall der Katastrophe gibt es keine Lösung. Wir können doch nicht alle auswandern."

„Zumal die Nachbarplaneten vom gleichen Schicksal betroffen sein würden." Der gutherzige Ben empfand ein tiefes Mitgefühl mit diesen Menschen, die ihm inzwischen so ans Herz gewachsen waren.

„Vielleicht gibt es doch noch einen Weg", sagte Ronnie, „wir reisen nun erstmal zurück zu deinem Vater. Ich weiß schon etwas, das ich ihm sagen werde."

Was das sein würde, blieb offen.

Ronnies Mutter gab ihm und auch Ben eine herzliche Umarmung. Ihrem Sohn legte sie zum Segen die Hände auf die Stirn und auf die Wangen.

„Wirst du Vater treffen, wenn du wieder auf Terra bist?"

„Wir werden sehen."

# Im Weißen Haus

Als die beiden wieder im Rosengarten standen, war alles wie vorher. Die Sonne schien mit der gleichen Intensität wie vor ihrer Abreise.

„Die Sonne kommt mir jetzt fast winzig vor", sagte Ben. Aber an der Wirklichkeit seiner Erlebnisse auf Aja hatte er keinerlei Zweifel.

Sie gingen durch das Oval Office. Unwillkürlich schauten sie auf die „Großvater-Uhr". Ben staunte nicht schlecht.

„Es ist jetzt 11.15 Uhr ..."

„A.m.", sagte Ronnie.

„Aber wir waren doch nicht nur ein Viertelstunde auf Aja!"

„Nein, mindestens sechs Stunden. Aber du musst bedenken, so eine Reise ist immer auch eine Zeitreise."

Die Frühstücksgesellschaft saß noch da, wo sie sie verlassen hatten.

„Dad, ich muss dir erzählen, was ich erlebt habe." Ben war jetzt der kleine Junge, der seinem Vater Unglaubliches zu erzählen hatte.

Präsident Trenton hörte allerdings nur mit halbem Ohr zu, da er in Kürze eine wichtige Besprechung mit einigen Herren von der Republikanischen Partei haben würde.

„In der Heimat von Ronnie? Was du nicht sagst! Ihr wart doch gerade noch im Rosengarten."

Jetzt kam Ronnie dazu und sagte: „Mr. President, ich würde Sie gerne in einer sehr wichtigen Angelegenheit sprechen."

Er sagte das mit so großem Ernst und einer solchen Dringlichkeit, dass Trenton stutzte.

Ronnie setzte nach: „Es geht dabei tatsächlich um Leben und Tod."

Der Präsident führte Ronnie in einen Nebenraum. Ben kam mit.

„Mein Junge, du hast mit deiner erfolgreichen Aktion gegen die Atomwaffen des verrückten Diktators bei mir einen solchen Stein im Brett, dass du mich jederzeit ansprechen kannst. Also, was gibt es?"

Ohne die fantastische Reise mit Ben näher zu beschreiben, sagte Ronnie: „Mr. President, ich habe zuverlässige Nachrichten über den äußerst bedenklichen Zustand meines Heimatplaneten Aja ..."

„Im Sternbild Orion", unterbrach ihn der Präsident.

„Unser Planet umkreist ein Zentralgestirn, das die irdischen Astronomen unter dem Namen Beteigeuze kennen …"

„O.k., komm zur Sache, mein Freund, ich muss mich gleich mit meinen republikanischen Parteifreunden treffen."

„Dieses Gestirn, sozusagen unsere Sonne, ist in größter Gefahr zu explodieren und alle seine Planeten mit in den Tod zu ziehen."

Ronnie merkte, dass er nicht den richtigen Moment erwischt hatte, der Präsident war im Moment nicht in der Lage, die Situation in ihrer kosmischen Tragweite zu erfassen. Und als Ronnie solche seltsamen Ausdrücke wie Supernova, Roter Riese und Weißer Zwerg gebrauchte, die dem Präsidenten völlig ungeläufig waren, war es nur eine Frage von Sekunden, dass dieses Gespräch erfolglos enden würde.

Soeben wollte der Präsident sagen: „Lass uns morgen darüber sprechen!", als Ben sich einen Ruck gab und sich – für seinen Vater absolut ungewohnt – in das Gespräch einschaltete.

„Dad, ich kann bestätigen, dass Ronnies Mutter und seine ganze Familie, ja, seine ganze Nation in höchster Lebensgefahr schweben. Es ist so, wie wenn hier auf unserer Erde ein riesiger Asteroid einschlüge, der alles Leben vernichten würde. Die Atomraketen des Diktators wären ein Spielzeug dagegen."

Präsident Trenton hatte Lebenserfahrung genug, um zu erkennen, dass hinter der drangvollen Rede der beiden Jungen etwas sehr Ernstes stecken musste. Vor Ronnie hatte er sowieso einen gewaltigen Respekt und letztlich noch mehr vor dem Vater des Jungen, der da irgendwo in einer ihm unbegreiflichen Sphäre um die Erde kreiste und dieses unfassbare Wunder der Zerstörung der feindlichen Atomwaffen bewerkstelligt hatte.

„O.k., die Republikaner müssen warten. Genügt eine halbe Stunde?"

„Sicher, ich möchte aber, wenn Sie gestatten, meine Freunde aus Deutschland mit dabei haben."

Auch das ging. Der Präsident hatte einen tiefen Sinn für dramatische Situationen und mehr noch für das hier auftauchende Problem menschlicher Hilfeleistung, für die er immer zu haben war. Und gar der Mutter von Ronnie, die in Lebensgefahr war, zu helfen, das war eine Selbstverständlichkeit. Was musste das für eine Frau sein!

Im Übrigen, die Republikaner warten zu lassen, war ihm im Hinblick auf so manche Winkelzüge dieser Politiker, über die er sich in letzter Zeit geärgert hatte, auch ganz recht.

Die kleine deutsche „Delegation", Claudia und Friedhelm Mossbacher, Alfred Mühlhausen und eben Ronnie saßen nun mit dem mächtigsten Mann der Welt und seinem zwölfjährigen Sohn Ben in einem Nebenraum des Oval Office und verhandelten über die Rettung einer fremden Menschheit.

Ronnie und Ben berichteten in knapper Form über ihre interstellare Reise („das musst du uns heute Abend aber mal ausführlicher erzählen") und kamen dann schnell zum Punkt.

„Die Menschen auf dem Planeten Aja sind so was von gut und nett!", sagte Ben, „Ronnies Mutter hat uns sogar Steak mit Idaho Potatoes gemacht!"

Und Ronnie: „Wir wurden in ein wissenschaftliches Forschungszentrum geführt, wo man das Zentralgestirn auf Herz und Nieren prüft. Wir haben es gesehen, sein Anblick ist überwältigend, tausendmal so groß wie eure Sonne, aber rötlich leuchtend und pulsierend. Ein solcher Roter Riese hat seine beste Zeit hinter sich, er kann nun jederzeit explodieren. Das nennt man eine Supernova. Die strahlt dann so hell, dass man sie an unserem Himmel, trotz der riesigen Entfernung, wie eine zweite Sonne sehen kann. Ihr könnt euch vorstellen, dass ihre sämtlichen Planeten in einem Moment verbrennen würden."

Der Präsident war nun doch beeindruckt. „Und wann wird das geschehen?"

„So genau kann man das nicht berechnen. Es kann im nächsten Augenblick, nächstes Jahr oder in dreißig Jahren sein."

„So ähnlich wie das berühmte Erdbeben in San Francisco, das man seit vielen Jahren als ganz nah bevorstehend erwartet und das doch immer noch nicht gekommen ist", meinte der Präsident.

Dann sagte er: „Aber was kann ich oder die Vereinigten Staaten tun? Verhindern kann man eine solche Riesenkatastrophe sicher nicht."

„Nein. Man muss die Menschen da herausholen …"

„Und wo bringt man sie hin? Wie viele Menschen sind das überhaupt?"

„Hier auf eurer Erde ist noch viel Platz. Die Geamtbevölkerung von Aja ist ziemlich genau zweieinhalb Milliarden."

Bisher hatten die Gäste aus Deutschland, Herr und Frau Moosbacher sowie Herr Mühlhausen, geschwiegen, was nahe lag, da sie die unglaubliche Geschichte von der Reise der beiden Jungen zunächst einmal verkraften mussten.

Jetzt sagte Frau Moosbacher: „Dann wird es aber auf dieser Erde eng. Es heißt doch schon immer, dass die Weltbevölkerung – es sind, glaube ich, zur Zeit sieben Milliarden – nicht weiter wachsen sollte."

„Andererseits gibt es nicht nur die dicht besiedelten Gebiete in Europa und in manchen Teilen Asiens, da sind andererseits riesige Flächen, die praktisch leer sind. In Kanada, Kasachstan, Sibirien, auch in den Vereinigten Staaten", sagte Herr Mühlhausen.

Präsident Trenton schwieg nun eine Weile und stellte für sich eine Reihe von Überlegungen an:

„Mit Flüchtlingen haben wir ja in letzter Zeit unsere Erfahrungen."

„Dass die Erde jetzt schon überfüllt wäre, ist genauso ein Unsinn wie der Klimawandel."

„Natürlich muss man die Länder, die viel Platz übrig haben, für das Projekt gewinne."

„Diese Menschen von dem fernen Planeten haben offensichtlich verschiedene Vorteile:

– sie sind friedlich und werden keine kriegerischen Auseinandersetzungen haben wollen,

– sie haben besondere Fertigkeiten, die wir nicht haben,

– sie sind einfach gute Menschen und zum Helfen immer bereit.

„Kurzum, jeder Staat müsste sich glücklich schätzen, eine solche Zuwanderung zu bekommen."

Dann sagte er: „Wenn das gelingen soll, muss man natürlich mit den infrage kommenden Staaten ins Gespräch kommen. Die Frage ist, ob man das über die UNO machen sollte, wo dann alles wieder zerredet wird, oder ob man direkt mit Russland, Kasachstan, Kanada etc. bilaterale Gespräche führen sollte."

Herr Mühlhausen meinte: „Herr Präsident, man sollte überlegen, ob die Vereinigten Staaten sich das Anliegen allzu sehr zu eigen machen sollten. Sonst könnten Sie nachher von einigen unwilligen Staaten darauf festgenagelt werden."

Worauf der Präsident antwortete: „Ich habe zwar das Motto ‚America first', aber diese Sache mache ich mir zum persönlichen Anliegen" und – mit einem Blick auf Ronnie –, „zur Chefsache gewissermaßen".

Ronnie strahlte. „Und wie wird es jetzt weitergehen?"

„Zuallererst muss ich mich mit meinem persönlichen Beraterstab zusammensetzen und die Angelegenheit prüfen. Ronnie, du musst mir assistieren."

Trenton ließ über das Sekretariat einige Personen zu einem „sehr eiligen Termin" am späten Nachmittag bitten. Inzwischen wollte er sich den republikanischen Abgeordneten widmen.

# Zweieinhalb Milliarden mehr?

Zum angegebenen Zeitpunkt – die deutschen Freunde Ronnies hatten sich zurückgezogen – erschienen zu dem Termin im Oval Office zwei Herren und zwei Damen, die sich untereinander gut zu kennen schienen und sich in diesen Räumen sehr ungezwungen benahmen.

Während der Präsident offensichtlich noch mit den Abgeordneten beschäftigt war, sahen sie sich um und konnten nicht umhin, Ronnie und Ben zu bemerken, die aus dem Fenster in den Rosengarten blickten.

„Ben, willst du uns nicht deinen Freund vorstellen?", sagte eine der Damen.

„Of course, Miss Halen. Das ist Ronnie – seinen Nachnamen kann ich mir nicht merken –, er ist aus einer anderen Welt. Ronnie, das ist Nini Halen, die Botschafterin der Vereinigten Staaten bei der UNO."

Miss Halen war gut gelaunt und fragte den sympathischen Jungen „aus der anderen Welt": „Das ist ja genial, hat man dich als Sonderbotschafter ausersehen, um für dein Land die UN-Mitgliedschaft zu beantragen?"

„Nein, es geht um mehr. Aber ich will dem Präsidenten nicht vorgreifen. Er wird gleich alles erklären."

„Das hört sich spannend an. Dann seid ihr beiden also bei der Besprechung dabei?"

Miss Halen wandte sich an einen Herrn, den sie mit Thomas ansprach: „Hast du eine Ahnung, warum wir hier sind?"

„Thomas Rice ist der Secretary of Health and Human Services", sagte Ben zu Ronnie.

„Nein, der Präsident hat nicht gesagt, worum es geht."

Wie Ronnie später erfuhr, waren noch ein Herr Rockfelder und eine Frau Jane Yelly eingeladen. „Letztere ist die Chefin der Federal Reserve."

So wie die Personenkonstellation im Oval Office sich jetzt darstellte, hätten die vier Erwachsenen und die zwei Jungen ohne Weiteres eine heitere Hootenanny, garniert mit folk music, abziehen können. Selbst die anfangs reichlich ernst aussehende Jane Yelly schien gut gelaunt, nachdem Herr Rockfelder ihr offensichtlich ein Kompliment auf ihr gutes Aussehen gemacht hatte.

Ronnie war alarmiert. Wie sollte er diesen Leuten, die offensichtlich in Freizeitstimmung waren, die verzweifelte Situation auf seinem Heimatplaneten verständlich machen?

Zum Glück kehrte Präsident Trenton kurz darauf zurück, begrüßte die Anwesenden und kam, wie gewohnt, gleich zur Sache. Er stellte Ronnie vor und dieser konnte ungehindert sein Anliegen vortragen.

„Der Junge hat eine enorme rhetorische Begabung", dachte Trenton. Und tatsächlich waren die vier wichtigen Gäste beeindruckt.

„Habe ich das richtig verstanden, du bist von einem anderen Stern?", fragte Jane Yelly, „können wir das so ohne Weiteres glauben? Du siehst ja genauso aus wie ein Junge aus Missouri oder Long Island."

„Ich glaube ihm", sagte der Präsident, „auch mein Sohn Ben kann es bestätigen, denn er war kürzlich mit ihm in seiner Heimat."

Herr Rockfelder schaute mit einer Mischung aus Sympathie und leichter Ironie auf die beiden Jungen. „Habt ihr irgendeinen Beweis?"

Der Präsident stellte fest, dass er jetzt nicht umhinkam, das Geheimnis um die Zerstörung der Atomwaffen des kleinen Diktators zu lüften.

„Meine Lieben. An dieser Stelle möchte ich Sie dringend um äußerste Geheimhaltung bitten. Der Beweis ist vor wenigen Tagen erbracht worden. Sie alle haben die Fernsehaufzeichnungen der gegnerischen Regierung gesehen. Es wurde ja aus der Nähe gezeigt, wie auf unerklärliche Weise in jenem Land sowohl die Trägerraketen als auch die Atombomben selber zu einer unförmigen Masse wurden, als hätte sie jemand eingeschmolzen. Was bisher unaufgeklärt die Menschen beschäftigt, kann Ihnen der Junge hier erklären."

Wieder ergriff Ronnie das Wort, und wie er von seinem Vater sprach, mit einem wunderbar ergebenen Ton in seiner Stimme, und wie er in bescheidenen aber kompetenten Worten das Phänomen des Eingriffs in die Molekularstruktur der Dinge erklärte, änderte sich die Stimmung im Raum.

Der Präsident fügte hinzu: „Ich muss sagen, ich bin beeindruckt von der Haltung von Ronnies Vater, dem Kommandanten des in unserem Orbit befindlichen Raumschiffes, der diese Aktion nicht durchführen wollte, ohne uns als unmittelbar Bedrohte um Erlaubnis zu fragen. Ich hatte kaum meine Zustimmung gegeben, als wenige Stunden später diese Rettungsaktion durchgeführt wurde."

Die vier Berater stellten noch weitere Fragen, die fast alle mit der erstaunlichenn Diskretion der Außerirdischen zu tun hatten.

Dann sagte Rockfelder: „Was hier zu tun ist und wie wir eventuell helfen können, will gut überlegt sein. Ich bin genau wie Sie, Mr. President, der Meinung, dass auch wir äußerste Diskretion wahren sollten, bis wir uns darüber im Klaren sind, was getan werden kann. Dass dieser Junge aus dem Sternbild Orion zu uns gekommen ist, um für den Frieden unter den Menschen und um eine außerordentliche Hilfe für seine Leute zu werben, ist großartig, aber nicht so leicht zu vermitteln."

„Was wir aber unbedingt und sofort tun sollten", sagte Jane Yelly, die Vorsitzende der „Fed", „ist ein Gespräch in einem etwas erweiterten Kreis zu führen, wobei ich an das Gallup-Haus denke, denn ich bin sicher, dass dort noch einige für uns wertvolle Informationen zu bekommen sind."

Damit waren alle einverstanden und auch der Präsident stimmte zu.

„Ich bin dafür, dass wir uns gleich morgen im Gallup-Haus treffen. Ich lasse die infrage kommenden Personen informieren. Es würde mir persönlich leid tun, wenn wir nicht alles in unserer Macht Stehende getan hätten, um diesen wundervollen Menschen, die uns geholfen haben und vielleicht noch weiter helfen werden, unsere Unterstützung zuteilwerden zu lassen. Also morgen um 10.00 Uhr a. m."

Ronnie hätte gerne seine deutsche Mannschaft zu der Besprechung mitgenommen, aber Trenton erlaubte nur Claudia Moosbacher, sich anzuschließen, da sie perfekt Englisch sprach.

# Geheimkonferenz

Im großen gepanzerten Präsidenten-Cadillac – im Volksmund „The Beast" genannt – ging es in die Stadt, zu einem sehr ansehnlichen Haus, schon eher ein Palast, in der F Street North West. Der Bau aus dem 19. Jahrhundert, im Stil der französischen Renaissance gebaut, war ein ehemaliger Freimaurer-Tempel und war bekannt als das Gallup Gebäude.

Die außergewöhnliche kleine Gesellschaft, der Präsident, Claudia Moosbacher und die beiden Jungen, wurde nach den üblichen Sicherheitsmaßnahmen in den ersten Stock geführt.

Ben durfte, durch ein spontanes Wort seines Vaters eingeladen, mitkommen. Er hatte den Eindruck, sich besonders um Ronnie kümmern zu müssen, denn der sah etwas bekümmert aus.

„Ist was?", fragte Ben.

„Nein. Ich habe nur letzte Nacht schlecht geträumt. Mir war so, als wollte jemand mich entführen."

Ben, der sehr fürsorglich sein konnte, sagte: „Ich passe auf dich auf."

Sie betraten einen ziemlich großen Raum, ähnlich eingerichtet wie das Oval Office, eher noch prächtiger, wo die vier Gesprächsteilnehmer von gestern sie schon erwarteten. Vier weitere sollten, so hieß es, in den nächsten Minuten dazukommen.

Nach einer freundlichen Begrüßung, aber ohne lange Vorrede, sagte der Präsident: „Meine Damen und Herren. Ich muss Sie zunächst um äußerst strenge Geheimhaltung bitten bezüglich dessen, was wir besprechen."

In diesem Augenblick kamen die vier noch fehlenden Personen dazu. Einer war der Hausherr, der sich selbst und die anderen drei Personen vorstellte.

„Mein Name ist David Lattly, ich bin von Amts wegen Sovereign Grand Commander des Scottish Rite in America, dieser Herr zu meiner Rechten ist Ronald Smith, mein Assistent. Ferner ist es mir eine große Ehre, zwei Personen vorzustellen, die erst seit Kurzem zu uns gestoßen sind und die buchstäblich von sehr weit her kommen. Ihre Namen sind Teosebia und Zosimus."

Als Ronnie die beiden Letzteren ansah, durchfuhr es ihn wie ein Blitz. Beide waren äußerlich sehr ansprechende Personen. Claudia Moosbacher sollte sie später aber auch als „ziemlich speziell" bezeichnen. Die Frau, Teosebia, schaute Ronnie mit einem durchdringenden Blick an. Ronnie wich nicht zurück.

David Lattly, der „Grand Commander", ein weißhaariger Mann von etwa fünfundsechzig Jahren, ergriff erneut das Wort: „Herzlich willkommen noch einmal, Mr. President, Sie hatten um eine möglichst kurzfristige Unterredung gebeten. Gestatten Sie mir, dass ich, bevor ich Ihnen das Wort erteile, kurz etwas über unsere neuen Freunde sage."

„Donnerwetter", dachte Claudia Moosbacher, „einer, der dem Präsidenten der Vereinigten Staaten das Wort erteilen kann, der muss wichtig sein!"

„In ihrer Aufforderung zu diesem Gespräch hatten Sie, Herr Präsident, bezüglich des Inhalts unseres heutigen Treffens um strikte Geheimhaltung gebeten. Im Zusammenhang mit unseren beiden Gästen ist mir das sehr recht, denn auch das, was ich Ihnen jetzt mitteile, hat die höchste Geheimhaltungsstufe, also ‚Top secret'.

Ich nehme an, Sie alle wissen, dass die Vereinigten Staaten sich seit vielen Jahrzehnten mit dem Phänomen der Ufos beschäftigen. Jeder weiß, dass 95 % der sog. Sichtungen einer Überprüfung nicht standhalten, aber keiner weiß, was mit den 5 % ist. In den 50er-Jahren gab es offensichtlich Begegnungen Ihres Vorgängers, Präsident Dwight D. Eisenhower, mit Personen aus anderen Gegenden des Universums."

Präsident Trenton räusperte sich, konnte aber den Redefluss von Mr. Lattly nicht stoppen.

„Immer wieder sind die Informationen auf geheimnisvolle Weise verschwunden. Ich vermute, dass die ewige Rivalität zwischen FBI, CIA und anderen Geheimdiensten dafür verantwortlich ist.

Wie dem auch sei, in unseren Tagen hat nun die Crew eines der interstellaren Raumschiffe die übliche Zurückhaltung aufgegeben und ist an einem bisher geheim gehaltenen Ort in unserem Nachbarstaat Maryland, fünfzig Meilen von Baltimore entfernt, gelandet. Der Zufall wollte es, dass einer unserer Logenbrüder vom Scottish Rite in Baltimore sich auf seinem Landgut ganz in der Nähe der Landestelle befand. Er hörte seltsame Geräusche, ging näher heran und – es klingt alles wie ein Science-Fiction-Film – begegnete den beiden Führern des Raumschiffes. Und hier stehen sie vor ihnen."

„Unglaublich", entfuhr es Mr. Rockfelder. Der Präsident machte ein ungläubiges Gesicht.

„Gut, dass jetzt keine Reporter hier sind!", meinte Jane Yelly und Nini Halen sagte: „Das ist ja geradezu ein Alien-Treffen. Das Komische ist, sie sehen alle nicht aus wie Aliens, sondern wie wir."

# Teosebia und Zosimus

Präsident Trenton hatte es die Sprache verschlagen. Bevor er sie wiederfand, hatte sich die Dame, die als Teosebia vorgestellt worden war, ein wenig nach vorne bewegt und fing an zu reden.

„Mr. President, meine Damen und Herren. Es ist mir und meinem Bruder Zosimus eine große Ehre, mit so bedeutenden Mitgliedern der Führung der irdischen Menschheit Bekanntschaft zu machen."

Teosebia machte Eindruck.

Nach irdischen Vorstellungen würde man sie für eine Ägypterin halten. Sie mochte etwa dreißig Jahre alt sein. Sie trug ein langes, sehr farbiges Gewand. Das schwarze Haar bedeckte ein rosenfarbener Schleier. Was aber die Anwesenden unmittelbar beeindruckte, waren ihre großen schwarzen Augen. Wenn man in sie hineinsah, konnte einem sehr merkwürdig zumute werden.

Ben tat es und war ihr in wenigen Augenblicken verfallen. Ronnie dagegen stellte in kurzer Zeit fest, dass sie sich, wenn er sie mit seinen strahlenden Augen anblickte, zurückzog.

Sie konzentrierte sich auf ihre Rede: „Wir kommen buchstäblich aus weiter Ferne. Unsere Heimat ist ein Planet im Sternbild des Stier. Unsere große Liebe gilt den Bewohnern dieser Erde. Schon vor vielen Jahrhunderten haben Menschen aus unserer Welt die eure aufgesucht, um euch einige der Wahrheiten mitzuteilen, die unsere Weisheitslehrer aufgespürt hatten.

In Griechenland haben dann die Philosophen Platon und Plotin unsere Gedanken aufgenommen und in ihre Sprache übersetzt. Unter den vielen philosophischen Richtungen ist diese sicherlich die bedeutendste, denn sie fasst alles zusammen, was menschlicher Geist braucht, um die ewigen Wahrheiten zu erkennen. Das griechische Wort Gnosis, Erkenntnis, ist am besten geeignet, dieses Gedankengebäude zu charakterisieren."

Teosebia warf dem Grand Commander einen vielsagenden Blick zu und wollte eben fortfahren, als Präsident Trenton sich massiv einschaltete.

„Dear Lady, wenn Sie gestatten, ich war eigentlich derjenige, der diese Zusammenkunft einberufen hat. Ich finde Ihre Ausführungen durchaus interessant, aber das Anliegen, das mich und diese Damen und Herren hierher geführt hat, ist ein völlig anderes."

Der Grand Commander machte ein säuerliches Gesicht, sagte dann aber: „Selbstverständlich, Mr. President, entschuldigen Sie, dass wir etwas vorgegriffen haben. Ich möchte aber doch Wert darauf legen, dass Madame Teosebia später ihre Ausführungen fortsetzen kann. Ihr und Ihrer Freunde Anliegen hat wohl mit dem Jungen zu tun …" Er setzte ein etwas kaltes Lächeln auf. Ronnie wich einen Schritt zurück.

„Das ist richtig", sagte Trenton, „es sieht fast so aus, als hätten wir hier unbeabsichtigt ein Alien-Treffen veranstaltet."

„Ob tatsächlich unbeabsichtigt, ist hier noch die Frage", sagte Jane Yelly halblaut.

Jetzt meldete sich Ronnie: „Mr. President, wenn ich einen Vorschlag machen darf: Lassen Sie doch Frau Teosebia sagen, was sie sagen will. Wenn sie und ihr Bruder gegangen sind, werde ich mein Anliegen vortragen."

Teosebia und Zosimus machten ein unzufriedenes Gesicht.

Zosimus flüsterte ihr zu: „Wer ist dieser Junge? Er passt nicht ins Bild."

„Ich weiß es nicht, aber der Commander hat von einer Überraschung gesprochen, die auf uns wartete."

Immer noch flüsternd: „Ich hoffe nur, dass er uns nicht unsere Pläne verdirbt. Er ist kein einfacher Junge wie der andere. Wenn ich richtig verstanden habe, ist er von einem anderen Planeten."

Präsident Trenton hatte sich kurz überlegt, ob wohl die beiden „Fremden" in irgendeiner Beziehung zu Ronnie stehen könnten. „Vielleicht hat er sie als Verbündete für seine Absichten herzugebeten." Aber er verwarf diesen Gedanken: ‚Die kommen aus ganz verschiedenen Richtungen', sagte er sich. „Was Ronnie will, weiß ich, aber welche Absichten diese beiden haben, ist mir schleierhaft."

Trenton sagte: „Das geht in Ordnung. Beantworten Sie mir, liebe Teosebia, nur diese Frage. Sie sagten aus dem Sternbild Stier. Wie heißt denn Ihr Planet?"

„Unsere Heimat ist Aldebaran."

Der Präsident hatte sich nach seinem Amtsantritt, nicht erst bei der Begegnung mit Ronnie, mit den Akten seiner Vorgänger beschäftigt, besonders mit den unerledigten, unter denen auch die rätselhaften Ereignisse um Präsident Eisenhower erwähnt wurden, sowie eine kurz nach dem Ende des Zweiten Weltkriegs unternommene, groß angelegte Expedition in die Antarktis, die nach wenigen Wochen aus ungeklärten Ursachen plötzlich abgebrochen wurde. Da war viel die Rede gewesen von den Weltraumplänen des Dritten Reichs und den Ambitionen der Deutschen, Fliegende Scheiben zu konstruieren, die unschwer als Ufos zu identifizieren waren. Und, unter den teils konfus wirkenden Dokumenten und Fotos, gab es da immer wieder den Namen Aldebaran.

Trenton, der es gewohnt war, sich in einfachen Gedankengängen zu bewegen, merkte, dass sich das anbahnte, womit er immer schon zu kämpfen hatte. Nämlich, dass sich Gedanken und Gefühle vermischten oder miteinander in Streit lagen. Jetzt kam hinzu, dass es unter anderem sehr extravagante Gedanken waren, die er nicht unmittelbar einordnen konnte. Was war das mit Aldebaran? War das nicht vielleicht einfach nur ein Codewort, das damals von den Deutschen benutzt wurde? Und war nicht die Schilderung, dass die amerikanischen Aufklärungsschiffe in der Antarktis von sogenannten Fliegenden Scheiben in die Flucht geschlagen wurden, eine simple Verschwörungstheorie?

Und jetzt, was sollte er von diesen beiden Menschen – wenn es denn Menschen waren – halten, die behaupteten, vom Planeten Aldebaran zu kommen? Er erinnerte sich, dass er mit seiner Tochter Jovanka, mit der zusammen er diese Berichte aus dem Jahre 1947 gelesen hatte, schallend darüber gelacht hatte, dass die deutschen Raketenkonstrukteure die Fliegenden Scheiben aufgrund von spiritistischen Mitteilungen aus dem Aldebaran geschaffen hatten.

Er hatte damals gedacht: „Offensichtlich ein Verzweiflungsakt. Das muss man den Nazis immerhin lassen: „in den nur zwölf Jahren, die sie zur Verfügung hatten, haben sie verdammt viel geschafft! Sollte es doch Verbindungen gegeben haben zwischen ihnen und diesem Planeten Aldebaran? Vielleicht erklärt sich von daher ihr Gefasel von der überlegenen arischen Rasse."

Gleichzeitig hatte Trenton, der dem weiblichen Geschlecht immer schon sehr zugetan war, mit einem Blick erkannt, dass diese Frau Teosebia mit irdischen Frauen, was Attraktivität betraf, durchaus mithalten konnte. Teosebia wusste wohl, ihre körperlichen Reize mit der spirituellen Botschaft zu verbinden, die sie zu vermitteln suchte.

Teosebia richtete sich also auf und fuhr fort: „Das Gedankengut der Gnosis, von der ich sprach, ist in den letzten Jahrzehnten auf dieser Erde zu größerer Verbreitung gelangt. Das haben unsere Weisen mit großer Genugtuung gesehen, denn wir wünschen uns nichts sehnlicher, als dass die Bewohner dieses Planeten aufsteigen und ihre hohe Bestimung immer deutlicher erkennen.

Ihr steht an der Schwelle zur Eroberung des Weltalls und merkt, dass hier nicht nur technische Probleme zu lösen sind."

Sie machte eine kurze Pause.

Nun sprach ihr Bruder Zosimus.

„Liebe Freunde, sehr viel ist auf diesem Planeten schon geschehen. Ich denke, dass in allen Völkern sich die Erkenntnis immer mehr durchgesetzt hat, dass diese Erde eine neue umfassende Ordnung braucht. Die Vorbereitungen zu einer Neuen Weltordnung laufen seit Jahrzehnten. Jeder Amerikaner kennt den Begriff, denn er steht auf der One-Dollar-Note mitsamt einer sehr schönen Grafik.

Nach dem Fall der kommunistischen Diktaturen hat Ihr Vorgänger", er verneigte sich kurz vor Trenton, „George H. W. Bush, die NWO oben auf die Tagesordnung gesetzt. Seine Rede am 11. September 1990 vor beiden Kammern des Kongresses erscheint mir so wegweisend, dass ich mir erlauben möchte, hier daraus vorzulesen."

Zosimus holte ein Papier aus seiner Tasche und las:

„Aus diesen schwierigen Zeiten kann unser Ziel – eine neue Weltordnung – hervorgehen: eine neue Ära – freier von der Bedrohung durch Terror, stärker im Streben nach Gerechtigkeit und sicherer in der Suche nach Frieden. Eine Ära, in der die Völker der Welt, Ost und West, Nord und

Süd, prosperieren und in Harmonie leben können. Hundert Generationen haben nach diesem schwer zu fassenden Weg zum Frieden gesucht, während tausend Kriege in der Zeitspanne menschlichen Bemühens wüteten. Heute ringt diese neue Welt um ihre Geburt, eine Welt, die anders ist als die, die wir bisher kannten. Eine Welt, in der die Herrschaft des Rechts die Herrschaft des Dschungels ersetzt. Eine Welt, in der die Völker die gemeinsame Verantwortung für Freiheit und Gerechtigkeit erkennen. Eine Welt, in der der Starke die Rechte des Schwachen respektiert."

An dieser Stelle fühlten sich einige Damen und Herren bemüßigt, kurz zu applaudieren. Präsident Trenton stimmte mit ein: „Eine wunderbare Vision!"

Zosimus bemerkte, dass es ihm ging wie Teosebia: Er kam gut an, besonders bei den Damen.

„Wenn man nun ins Detail geht, darf ich wiederum sagen, dass sich auch da inzwischen ein Bewusstseinswandel ereignet hat. Eines der Ziele, die die Vereinten Nationen als treibende Kraft immer wieder verfolgen, ist die Beschränkung der Weltbevölkerungszahl, die zurzeit 7,5 Milliarden beträgt. Hier muss ich allerdings sagen, dass die vielen Aktionen, die wir aus der Ferne beobachtet und auch immer gut geheißen haben, doch nicht den erwünschten Erfolg gebracht haben. Die Förderung der Abtreibung, Sterilisierungsprogramme und Freigabe der Euthanasie können wohl nur langfristig greifen. Aber wahrscheinlich muss ein anderer Weg beschritten werden, um die Weltbevölkerung auf den Idealwert von 500 Millionen zu reduzieren …"

Mr. Rockfelder unterbrach den Redner: „Wir sind hier ja unter uns und sollten Klartext reden. Die Weltbevökerung muss drastisch verringert werden, sonst ist für künftige Generationen das Leben nicht mehr lebenswert. Bei all unseren Bemühungen wird es immer deutlicher, nur ein Krieg kann das bewerkstelligen. Ein Krieg oder mehrere oder noch eher ein umfassender Dritter Weltkrieg."

Ronnie war alarmiert, er wollte sich in das Gespräch einschalten, aber Frau Moosbacher hielt ihn zurück: „Warte, es kommt wahrscheinlich noch mehr!"

# Eine Weltreligion

Claudia Moosbacher war bei diesen Gesprächen von einem Erstaunen ins andere gefallen. Die vier Eingeladenen, mit denen sie schon im Oval Office zusammen gewesen waren, konnte sie zunächst nicht richtig einordnen. Sie verhielten sich einerseits so natürlich, aber gleichzeitig konnte man sich des Eindrucks nicht erwehren, dass sie irgendwie eine verschworene Gemeinschaft waren, und ob sie dem Präsidenten wirklich ergeben waren, war ihr nicht hundertprozentig klar.

Dann aber die beiden außerirdischen „Besucher". Sie fand, dass die besagten vier Personen, aber erst recht der „Commander" und sein Adlatus, nicht so besonders erstaunt waren, sie hier zu sehen. Sollte vielleicht dem Präsidenten etwas vorgespielt werden?

Zosimus nahm das Gespräch wieder an sich und sagte: „Meine Damen und Herren, was sonst noch alles erreicht worden ist, wissen Sie besser als ich. Das, was unsere Weisen, die die Entwicklung auf dieser Erde aufmerksam verfolgen, am meisten freut, ist das Wirken der Medien. Presse, Fernsehen und Internet haben inzwischen die Leute derart im Griff, dass sie ihnen, von wenigen Ausnahmen abgesehen, vorschreiben können, was sie zu denken haben. Und dass sie gar nichts mehr dabei finden, wenn vieles sich in sein Gegenteil verkehrt. Einer eurer Weisen im 19. Jahrhundert nannte das die Umwertung der Werte. Er hieß, wenn ich nicht irre, Friedrich Nietzsche."

Claudia beobachtete, dass Teosebia inzwischen mit dem Commander einige Worte gewechselt hatte, worauf dieser ihr zustimmend zunickte.

Teosebia nutzte die Gelegenheit, dass Zosimus eine kleine Pause einlegte, und sagte: „Liebe Freunde, lassen Sie mich doch das eine noch sagen: Ist es nicht herrlich zu sehen, wie die Bevölkerung dieses großen Planeten immer mehr zusammenwächst? In Kürze werden alle Menschen die eine Neue Weltordnung begrüßen und auch in anderen Bereichen Einheit und Einheitlichkeit suchen. Ich denke jetzt an den Bereich der Religion.

Auf Aldebaran haben wir seit Jahrtausenden eine einheitliche Religion, die Religion des Lichtes. Wir sehen mit Freude, dass auch auf der

Erde diese für manche Menschen neue Religion Anhänger findet. Sie will ja nicht die vorhandenen Religionen abschaffen, sondern zusammenfassen. Christus, Buddha, Muhama, Krishna – das alles sind ja nur verschiedene Namen für den einen Gott, den Gott, der den Menschen das Licht bringt, das jeder in seinem Herzen sucht."

Teosebia leuchtete. Sie sah hinreißend aus und die Anwesenden schauten sie bewundernd an. „Was für eine Frau!", dachte der Präsident, war aber dennoch von ihren Worten nicht allzu sehr beeindruckt. „Passt das denn wohl zum Christentum?", fragte er sich und schaute unwillkürlich auf Ronnie, dachte dann aber: „Na ja, der Kleine ist ja eigentlich auch kein Christ."

Jetzt aber sah der „Kleine" den Augenblick gekommen, sich zum Thema zu äußern: „Verehrte Frau Teosebia, was Sie da sagen, ist sehr schön, erfordert aber eine Erklärung. Wie heißt dieser Gott, dieser Lichtträger? Ist er derjenige, der das ganze Weltall erschaffen hat? Wie es in der Bibel heißt: Im Anfang schuf Gott Himmel und Erde?"

Teosebia war irritiert. Wie kam dieser Grünschnabel dazu, ihre pathetischen Worte zu kritisieren?

„Nun, die Welt war schon da, sie ist ja ewig. Gott aber hat das Licht gebracht, daher ist sein Name Luzifer."

Der Name löste bei allen Anwesenden eine zwiespältige Reaktion aus, einige machten ein ernstes, aber zustimmendes Gesicht, die meisten aber wirkten verlegen. Aber keiner sagte etwas.

Claudia Moosbacher dachte: „Nun ist es heraus."

Der Grand Commander blickte sich um und hielt jetzt den Moment für gekommen, das Thema zu beenden: „Mr. President, ich danke Ihnen, dass unsere reizenden Gäste in diesem erlauchten Kreis sprechen durften. Ich denke, dass sie uns, gerade weil sie aus einer ganz anderen Lebenswelt zu uns gekommen sind, recht brauchbare Anregungen gegeben haben für die Diskussionen, die in nächster Zeit mit Sicherheit auf uns zukommen werden.

Gestatten Sie mir, verehrter Präsident Trenton, dieses eine noch zu sagen. Ich wollte, einer inneren Eingebung folgend, dieses unerwartete Gespräch dazu nutzen, um noch einmal auf etwas hinzuweisen, das nicht nur mir, sondern wohl auch den hier anwesenden Verantwortungsträgern am Herzen liegt: Bei allem Verständnis für Ihren Wahlspruch ‚America first' sollten wir als Amerikaner nicht die Verantwortung vergessen, die wir für diese ganze Erde haben. Es ist doch nur Eine Welt und nur eine Neue Weltordnung kann verhindern, dass die Völker noch mehr auseinanderdriften."

Jane Yelly, die Präsidentin der Federal Reserve Bank, wollte diese Worte noch unterstreichen: „Was mich und meine Mitarbeiter betrifft, glaube ich sagen zu können, dass es so etwas wie ein Geschenk der Vorsehung ist, dass diese großartigen und durchaus glaubwürdigen Personen aus einem anderen Planetensystem die Ansichten der führenden Kreise in Amerika und auch Europas und der Welt stützen."

Claudia dachte: „Wie seltsam, dass alle die Anwesenheit von Aliens als etwas ganz Normales ansehen. Andererseits können wir uns ja auch nicht beklagen."

Sie schaute auf Ronnie und drückte ihn herzlich: „Bravo, mein Junge!"

„Aber jetzt kommt der Tragödie zweiter Teil. Dein Part, lieber Ronnie."

# Kein Platz

Präsident Trenton stellte fest, dass er eigentlich ziemlich verärgert sein musste, denn diese Versammlung, die er einberufen hatte, war bisher nach den Vorstellungen eines anderen verlaufen.

Er ließ es sich jedoch nicht anmerken und sagte mit seiner bekannten Souveränität: „Also, mein Junge, gleich bist du dran."

Mit wenigen Sätzen erklärte er zunächst den vorher nicht anwesenden Personen, was das ungewöhnliche Eingreifen des Zwölfjährigen in den letzten Tagen bewirkt hatte. „Die Gefahr, in der die Welt schwebte, war sehr viel ernster, als die meisten sich vorstellen. Der verrückte Diktator war fest entschlossen, die halbe Welt in die Luft zu jagen. Und nun ist er selber weg vom Fenster.

Meine Damen und Herren, was Sie aber jetzt hören werden, muss Ihr Herz rühren. Unsere amerikanische Nation hat sich immer vor allen anderen dadurch ausgezeichnet, dass fremdes Unglück und Leid die Menschen hierzulande zu großherziger Hilfe bewegt hat. Claudia, Sie als Deutsche – auch wenn Sie viel zu jung sind, um das erlebt zu haben – wissen, wie Amerika nach dem Zweiten Weltkrieg dem deutschen Volk großzügig geholfen hat, wieder auf die Beine zu kommen.

Jetzt ist die Situation etwas anders. Nicht nur ein anderes Volk, sondern eine ganze Menschheit. Aber dazu wird Ronnie jetzt etwas sagen. Bitte, Ronnie, mein Freund."

Vor mehreren Leuten zu sprechen, war bisher für Ronnie nie ein Problem gewesen. Jetzt aber war er befangen, einerseits wegen der Bedeutung seines Anliegens, andererseits aber auch wegen der Zuhörer, die er als absolut schwierig empfand: der Sovereign Grand Commander of the Scottish Rite, der auf den ersten Blick ein gemütlicher älterer Herr zu sein schien, aber in Wirklichkeit eine machtvolle Persönlichkeit war, sein Assistent Ronald Smith, ferner die vier Personen vom Vortag.

Jede von ihnen, das hatte Ronnie in den Stunden ihres Zusammenseins innerlich gespürt, war von einer höchst komplizierten inneren Struktur, auch wenn sie äußerlich so normal zu sein schienen. Außerdem war es ihm bewusst geworden, dass jeder von ihnen im Leben der Vereinigten Staaten eine wichtige Rolle spielte.

Trenton, der wichtigste Mann von ihnen allen, war im Vergleich zu ihnen eine schlichte Persönlichkeit, ganz zu schweigen von Ben, der sich wie gewohnt neben seinen Vater stellte.

Die Faszination durch Teosebia war von ihm gewichen und nun schaute er Ronnie bewundernd und mit Zuneigung an. Und genau das war es, das ihn seine Sicherheit wiederfinden ließ.

Dass die beiden Personen vom Planeten Aldebaran keineswegs den Raum verlassen hatten, obwohl ihr Auftritt ja vorbei war, störte Ronnie zwar, aber er nahm es hin. So oder so, sie würden ohnehin schon erfahren, was sein Anliegen war.

Ronnie sprach mit Wärme von seinem Heimatplaneten und die Zuhörer konnten nicht umhin, diesem lauteren Jungen, der fast schon ein junger Mann war, ihre Sympathie zuzuwenden. Er sprach von Aja und wie er mit Ben dort gewesen war (wobei er offen ließ, wann und wie das geschehen war). Bens Augen leuchteten in Erinnerung an den paradiesischen Planeten.

Dass nun diese schöne neue Welt durch ein grandioses Versagen seines Zentralgestirns auf den fast sicheren Untergang zuging, das gelang Ronnie so spannend zu schildern, dass alle beeindruckt waren.

„Können wir helfen?", rief Thomas Rice, immerhin der Chef des U.S. Department of Health and Human Services, spontan und erhob sich von seinem Sitz.

Ronnie sagte: „Ja. Es gibt nur eine Möglichkeit, die Umsiedlung dieser ganzen Menschheit auf einen anderen Planeten."

„Etwa auf unsere Erde?" Mr. Rockfelder wirkte geschockt.

Es folgte ein aufgeregtes Palaver zwischen den Anwesenden, die die angestaute Spannung loswerden mussten.

„Aber das ist doch unmöglich!"

„Nach dem, was wir vorher besprochen haben, erscheint dieser Gedanke absurd", sagte schließlich Jane Yelly.

Nini Halen, die Botschafterin bei der UNO, sagte: „Wer darüber zu befinden hat, sind sowieso nicht wir allein. Ich wäre bereit, wenn mir die entsprechenden Unterlagen zugestellt werden, im Sicherheitsrat das Thema anzusprechen."

„Eine andere oder weitere Möglichkeit wäre, mit den entsprechenden Nationen, Kanada, Kasachstan, Russland usw., bilaterale Gespräche zu führen", sagte der Präsident.

Mr. Rockfelder schlug mit der Faust auf den Tisch. „Liebe Freunde, was tun wir hier? Sind wir noch bei Sinnen? Bei aller Sympathie für den Jungen – dessen Bericht wir glauben müssen, denn wer will ihn nachprüfen –, diese Diskussion ist absolut überflüssig. Selbst wenn in einigen Ländern genügend Platz wäre, es wäre aus vielen Gründen ein Ding der Unmöglichkeit.

Dies hier ist ein ganz anderer Fall als vor einigen Jahren die Unterbringung der Flüchtlinge aus den vom Terror bedrohten Ländern. Damals gab es eine ganze Reihe von Motiven, dieses Unternehmen zu unterstützen. Von uns aus gesehen ergab es sich als vorteilhaft, dass diese neue Völkerwanderung nicht nur aus humanitären Gründen gefördert werden konnte, sondern auch einem unserer Anliegen diente, nämlich durch Destabilierung der europäischen Länder dazu beizutragen, dass die Nationalstaaten geschwächt würden. Eine der Voraussetzungen für die NWO.

Meine lieben Freunde, wir sollten alles daransetzen, die schon gar zu lange versuchte und immer noch nicht erreichte Neue Weltordnung durchzusetzen.

Die Übersiedlung von mehr als zwei Milliarden Menschen auf unsere Erde wäre nicht nur ein räumliches Problem, sondern ein menschliches. Diese Leute sind uns technisch und menschlich überlegen. Sie würden nicht zu uns passen und wir nicht zu ihnen."

Während Teosebia und Zosimus, die im Hintergrund Platz genommen hatten, eifrig nickten, wurde Ronnie das Herz schwer. Eigentlich hatte er einen solchen Verlauf des Gesprächs geahnt. Jetzt wurde ihm völlig klar, welche der Personen für und welche gegen ihn und seine Sache waren.

Allerdings sagte er sich auch, dass an dem Wort Rockfelders, dass die beiden Menschheiten nicht zueinanderpassten, etwas Wahres sein könnte.

# Die Entführung

Es gab noch verschiedene Wortmeldungen. Neue Argumente für oder gegen die Aufnahme der Menschen vom Planeten Aja gab es nicht mehr. Allerdings wurde immer deutlicher, dass der Hauptgrund, dagegen zu sein, letztlich ein Mangel an kollektiver Großherzigkeit sein würde, obwohl Thomas Rice, der Gesundheitsminister, mehrfach betonte: „Diese Leute werden uns nicht zur Last fallen, wir würden sie nicht durchfüttern müssen. Im Gegenteil, bei ihrem technischen und zivilisatorischen Stand – immer vorausgesetzt, die Dinge sind so, wie der junge Mann sie uns geschildert hat – würden sie sich hier glänzend einfinden."

Das brachte allerdings Ronald Smith, den Assistenten des Commanders, zu der Idee: „Man könnte ihnen doch den Mond anbieten. Da wäre zwar viel an Vorarbeit zu leisten, aber vielleicht wäre das eine Möglichkeit."

Am Ende blieb doch als entscheidendes Gegenargument der Gedanke, eine solche riesige Völkerbewegung würde die Erdbevölkerung auf jeden Fall stark belasten. „Und das können wir im Moment nicht gebrauchen", sagte Rockfelder.

Von Ronnies großer Hilfeleistung bei der Vernichtung der Atomwaffen war nicht mehr die Rede.

Der Präsident beschloss, die Gäste zu verabschieden. Er dachte: „Wenn dieses Gremium Nein gesagt hat, ist die Sache tatsächlich gestorben. Weder der Kongress noch die UNO würden danach zu einem anderen Ergebnis kommen. Aber vielleicht finden wir eine andere Lösung. Eventuell der Mars?", dachte er noch.

Als alle gegangen waren, schickte Ronnie sich an, mit Claudia zum Hotel zurückzufahren, wollte aber vorher noch ein paar Worte mit seinem neuen Freund Ben wechseln.

„Ronnie, mir tut das echt leid. Wir müssen weiter überlegen, ob es andere Möglichkeiten gibt. Dein Volk ist so toll, dass es nicht untergehen darf!"

Ronnie kamen die Tränen. Das Mitgefühl, das er in Bens Worten sah, rührte ihn. „Diese Freundschaft möchte ich auf keinen Fall verlieren", dachte er. „Aus diesem Jungen kann noch etwas Großes werden. Er hat ein gutes Herz."

„Übrigens", sagte Ronnie, „mein Vater hat mir ein Signal gegeben, dass er heute Nacht mit mir ‚sprechen' will. Ich freue mich darauf."

„Sehen wir uns noch, bevor wir nach Deutschland zurückfliegen?"

„Sicher. Ich werde meinen Dad fragen, ob du morgen zu uns zum Essen kommen kannst, du allein. Wir würden dich abholen lassen."

Nicht nur, dass der Präsident seinem Sohn Ben diesen Wunsch problemlos erfüllte, er gestattete ihm sogar, dass der Chauffeur den Wagen „The Beast" benutzen durfte.

Beim Frühstück hatte Ronnie, zusammen mit Claudia, ihrem Mann und seinem, wie er manchmal gerne betonte, Adoptivvater die ganze letztlich enttäuschende Geschichte berichtet. Allen fiel aber auf, dass er trotz der Riesenenttäuschung gar nicht besonders niedergeschlagen zu sein schien. Ja, man hatte den Eindruck, dass er innerlich irgendwie im Frieden war. Später sollte er Ben erzählen, was er in der Nacht erlebt hatte.

Der Chauffeur des Präsidentenwagens, der zugleich ihr Bodyguard war, ließ Ben am Eingang des Hotels aussteigen, fuhr aber dann etwa zehn Meter weiter, da vor dem Hotel mehrere Autos dicht aufeinander standen, und sich die Lage erst entkomplizieren musste.

Ronnie war sehr schnell abfahrbereit und die beiden verließen das Hotel.

Sie waren noch in einiger Entfernung von dem Auto und warteten, dass der Fahrer die Türen entriegeln würde, um dann schnell einzusteigen. Der aber saß fest auf seinem Sitz und war in ein Gespräch verwickelt. Es war Teosebia, die sich in das Fenster des Fahrersitzes hineinlehnte und heftig auf den Chauffeur einredete. Sie war, im Gegensatz zu gestern, aufreizend gekleidet.

Während sie noch unschlüssig dastanden und überlegten, ob sie Teosebia begrüßen sollten, kamen zwei Männer von der Seite auf sie zu, einer von ihnen war Zosimus. Ronnie wollte sich ihm gerade zuwenden.

Aber dann ging alles ganz schnell. Die Männer drückten den beiden Jungen eine kleine Spritze in den Oberarm, die nicht eine Ohnmacht hervorrief, aber bewirkte, dass die beiden plötzlich wie kraftlos dastanden und sich willenlos von Zosimus und seinem Kumpanen wegführen ließen.

Der Chauffeur bekam das alles nicht mit, da er immer noch Teosebias Reize betrachtete.

Ben und Ronnie wurden schnell, aber ohne Aufsehen zu erregen, von dem sehr belebten Bürgersteig in eine Seitenstraße geführt, wo ein geräumiger Chevrolet wartete.

Dann schwand ihnen das Bewusstsein ganz.

Als sie erwachten, befanden sie sich in einem engen Raum mit metallischen Wänden.

„Wir sind wahrscheinlich in einem Raumschiff", sagte Ronnie.

„Das hast du richtig erkannt", sagte eine Stimme mit spöttischem Unterton.

Die Stimme gehörte zu einem Wesen, das in einem Winkel des Raumes saß. War das ein Mensch? „Es" war – als es jetzt aufstand, konnte man das sehen – höchstens 1.20 m groß, hatte zwar einen menschlich aussehenden Körper, der in einem grauen Overall steckte, darauf aber saß ein Kopf, der weniger menschlich aussah: sehr große ausdruckslose Augen, statt einer Nase nur einen senkrechten Schlitz. Auch der „Mund" war nur ein Schlitz, der sich beim Reden nicht veränderte.

Ben staunte: „Genau wie in SciFi-Filmen! Die kleinen grauen Männchen!"

Ronnie schien sich auszukennen: „Das ist sicher ein Bio-Roboter. Sie wirken lebendig, haben aber keine Seele."

„Du weißt sehr viel", sagte der Graue. Seine Stimme war eine Maschinenstimme, seine Bewegungen ziemlich eckig. „Du weißt aber nicht, wo du bist."

„Du weißt es, sag es uns!"

„Wir sind auf dem Weg in die Antarktis."

Ben staunte: „Zum Südpol, das glaube ich nicht!"

„Ich heiße übrigens Mog. Wie ihr heißt, weiß ich."

Wie um seine Worte zu beweisen, öffnete er eine Blende, die den Ausblick durch ein Bullauge freigab. In der Tat, es wurde eine wilde, von einem Sturm bewegte Schneelandschaft sichtbar. Bei näherem Hinsehen sahen sie in der Ferne die Umrisse einer riesigen Pyramide, die im unteren Bereich von Schnee umhüllt war.

„Sind wir hier in einer Flugscheibe?"

„Nein."

Mog verstummte und gab keine Auskünfte mehr.

„Was machen wir hier am Südpol?", fragte Ben total verunsichert.

„Ich könnte mir denken, dass das Ziel die Pyramide ist."

„Verstehe ich nicht."

„Du hast doch mitbekommen, dass diese Leute vom Aldebaran kommen. Sie haben hier einen Stützpunkt, von dem ihr terrestrischen Menschen nichts wisst. Ihre Zivilisation und Technologie ist zwar sehr viel älter als die eure und ziemlich entwickelt, aber sie haben für interstellare Reisen immer noch die für unsere Begriffe veraltete Technik, die die Eigenschaften von Wurmlöchern ausnutzt. Und dazu braucht man Pyramiden."

„Was ist da eigentlich passiert?", fragte Ben. „Wer hat uns entführt und warum?"

„Warum weiß ich auch nicht", sagte Ronnie, „keine Ahnung, was sie mit uns vorhaben. Da du der Sohn des Präsidenten der Vereinigten Staaten bist, kann man an Erpressung denken. Aber was wollen sie erreichen? Geld scheinen die genug zu haben. Vielleicht sollen die Vereinigten Staaten irgendetwas Bestimmtes tun."

„Vielleicht sind sie aber auch hinter dir her", meinte Ben, „aber wer sind denn ‚die' überhaupt?"

„Na ja, auf jeden Fall diese beiden redegewandten Figuren, Teosebia und Zosimus. Aber wer steckt hinter ihnen?"

„Aldebaran".

Ben wurde still und die ganze absurde Situation fiel auf sein Gemüt, sodass Ronnie sich bemüßigt fühlte, etwas Aufmunterndes zu sagen.

„Das alles ist natürlich beknackt, aber versuchen wir das Beste daraus zu machen! Du liebst doch auch das Abenteuer."

Ben lachte nicht.

Es entstand eine Pause. Dann öffnete sich die Tür und ein anderer Grauer brachte ein Tablett mit etwas Essbarem herein. Ben musste an das feine Essen bei Ronnies Mutter auf Aja denken, mit dem sich dieses leider nicht vergleichen ließ.

Als beide Graue aus dem Raum gegangen waren, berichtete Ronnie seinem Freund, wieso er trotz der Riesenenttäuschung gestern seine gute Laune wiedergefunden hatte.

„Ich habe in der Nacht mit meinem Vater gesprochen. Zuerst war er sehr streng. Er sagte mir, dass ich mit meiner Initiative, die Erdenmenschen für die Rettung der Aja-Menschen um Hilfe zu bitten, etwas Unerlaubtes gemacht hatte. So etwas hätte ich auf jeden Fall vorher konsultieren müssen. Er ließ durchblicken, dass es mir höchstwahrscheinlich nicht gestattet worden wäre."

„Aber die Idee war doch sehr gut."

„Na ja, das fand ja die Mehrheit der Berater nicht. Mein Vater sagte dann, nachdem ich ihm den ganzen Hergang erzählt hatte, dass Mr. Rockfelder, der eigentlich der Unsympathischste von ihnen war, recht gehabt habe. Er hatte ja gesagt, dass die beiden Menschheiten nicht zusammenpassen würden."

„Das verstehe ich zum Beispiel auch nicht. Du bist aber ein sehr gehorsamer Sohn, dass du das nicht nur annimmst, sondern auch noch gut findest."

„Ja, aber überleg mal! Die Menschen von Aja sind auf einem viel höheren Stand sowohl in der Technologie als auch spirituell betrachtet. Und sie sind zwar äußerlich euch sehr ähnlich, aber da sie ohne Erbsünde sind, würde es ihnen wahrscheinlich schaden, ständig damit in Berührung zu kommen, dass die terrestrischen Menschen oft Unrechtes tun."

„Ja, aber wenn eure Leute ganz abgeschlossen leben, zum Beispiel in Sibirien, dann kommen sie ja nicht in Berührung mit den anderen."

„Das habe ich auch gesagt", meinte Ronnie, „aber mein Vater sagte mit Recht, dass es auf die Dauer gar nicht zu verhindern wäre, dass sich die Menschen des einen Volkes mit denen des anderen vermischen und untereinander heiraten."

„Ja und?"

Ronnie stellte nebenbei fest, dass das lebhafte Gepräch Ben wieder in Form brachte.

„Eure Bibel berichtet darüber, dass in grauer Vorzeit auf dieser Erde eine Gruppe von ‚Engeln' sich in die Schönheit der Erdenfrauen verliebten und sich mit ihnen verbanden. Das Ergebnis war eine neue Rasse, genannt die Riesen, die ziemlich viel Unsinn angestellt haben."

„Wenn ich mich an meinen Kommunionunterricht erinnere", sagte Ben, „wurde da, als von den Engeln die Rede war, gesagt, dass die gar keinen Körper haben, sondern reine Geister sind. Wie können die dann die irdischen Frauen schwängern?"

Ben grinste ein bisschen.

„Eben. Es waren ja nicht wirklich Engel, nur der Autor des Berichtes kannte nicht den Begriff Außerirdische oder Aliens. Aber da diese Wesen von ‚oben' kamen, nannte er sie Engel, aber gemeint waren mit Sicherheit Menschen von anderen Planeten, die nicht zu den hiesigen passten."

In diesem Moment kam einer der beiden Grauen, und zwar derjenige, der das Tablett gebracht hatte, wieder herein, um abzuräumen.

„Gibt es bei euch auch eine Tasse Kaffee?", fragte Ronnie.

„Oder noch besser Cola?", ergänzte Ben.

„Nein, das haben wir nicht", brummelte Mog Nr. 2.

Sie unterhielten sich noch eine Weile über Dinge, die sie in den letzten Tagen erlebt hatten. Da war so eine unausgesprochene Vereinbarungen zwischen den beiden, sich absichtlich in einem mehr belanglosen Ton zu unterhalten, um die Dramatik der letzten Stunden und das Bedenkliche ihrer jetzigen Situation herunterzuspielen.

Ronnie dachte: „Der arme Ben, der hat in den letzten zwei Tagen so viel Außergewöhnliches erlebt. Hoffentlich schafft er das! Gott sei Dank ist er dabei auch ganz schön aus sich herausgegangen."

Etwas später, bevor ihr Fluggerät – sie wussten ja nicht, ob es ein Raumschiff oder ein Flugzeug war – zur Landung ansetzte, sagte Ben: „Jetzt verstehe ich auch, warum ihr uns beobachtet, aber euch überhaupt nicht bemerkbar macht. Es wäre euch ja ein Leichtes, unerkannt unter uns Menschen zu sein …" Er überlegte einen Augenblick: „… und auch mit einer netten Frau was anzufangen." Und grinste wieder.

„Dass jemand zu einer speziellen Mission auf die Erde geschickt wird, kommt selten und nur ausnahmsweise vor."

„Bingo! Wie zum Beispiel bei dir. Aber du bist ja zu jung für eine ‚nette Frau'."

Um das Gespräch wieder auf ein ernsteres Niveau zu bringen, brauchte Ronnie nur ein entsprechendes Gesicht zu machen.

Er sagte: „Mein Vater war unheimlich nett zu mir, sodass der harte Rüffel nicht allzu schlimm war. So ist mein Vater: immer liebevoll, auch wenn er streng sein muss."

„Ich würde ihn ja zu gerne kennenlernen."

„Ich denke, das kommt auch noch."

Ben sagte plötzlich: „Aber die Gefahr, in der euer Planet schwebt, die ist doch immer noch da!"

„Ja und nein. Vater sagte, dass er nach den letzten Nachrichten von unseren Wissenschaftlern zuversichtlich ist, dass Beteigeuze sich noch ein paar Tausend Jahre hält."

Jetzt fing das Landemanöver an, etwas umständlich zu werden. Man hörte Geräusche wie von Metall, das gegen Metall reibt. Offensichtlich öffneten und schlossen sich verschiedene Portale. Die Bewegung ging nach unten, es war also nicht einfach ein Aufsetzen auf dem verschneiten Boden.

# Gefangen

Als schließlich das Schiff zum Stillstand gekommen war, sich die Türen öffneten und sie ins Freie traten, bot sich ihnen ein völlig unerwarteter Anblick. Sie befanden sich in einem riesigen gewölbten Raum, der nach oben verglast war. Mehrere Flugmaschinen verschiedener Art standen am Boden, die von einer großen Zahl von Männern gewartet wurden.

Ein Blick zurück auf ihr eigenes nicht sehr großes Fluggerät zeigte ihnen, dass sie nicht mit einem Raumschiff, aber auch nicht mit einem irdischen Flugzeug hierhergebracht worden waren.

Während sie noch etwas unschlüssig auf dem Boden standen, kamen zwei Gestalten auf sie zu.

„Nicht die schon wieder!", sagte Ben.

Es waren Teosebia und Zosimus. Wie waren sie hierhergekommen?

„Ich freue mich, dass ihr wohlbehalten hier angekommen seid", rief Teosebia und Zosimus drückte beiden Jungen mit Herzlichkeit die Hand. Er wusste, dass zumindest Ronnie für solche Gesten eine Schwäche hatte.

Was aber jetzt nicht verfing. „Was fällt Ihnen denn ein? Wir werden von Ihnen gewaltsam entführt und jetzt begrüßen Sie uns freundlich!", sagte Ronnie und begann sich innerlich gegen solche exquisite Freundlichkeit zu wappnen.

Teosebia spielte die missverstandene Fürsorglichkeit.

„Ich bitte euch um Verständnis für unsere Lage. Wir sind hier nicht frei, wir müssen Aufträge erfüllen und können uns nicht frei bewegen. Außerdem ist die Kaiserin hier und alles wird überwacht."

„Welche Kaiserin?", fragte Ben. Obwohl diese beiden Menschen ihn vor Kurzem noch mit einer Spritze schachmatt gesetzt hatten, verspürte er keinerlei Furcht vor ihnen. Ebenso Ronnie.

„Kommt mit", sagte Zosimus, „wir gehen an einen ruhigen Ort und dort erklären wir euch alles."

Sie durchquerten den riesigen Raum mit den Flugkörpern und gelangten in eine ruhigere Zone, wo es mehrere Büros und Besprechungszimmer gab.

„Wo sind wir hier denn eigentlich", fragte Ben und riskierte einen leicht aufmüpfigen Ton.

„Am Südpol …"

„Also doch. Das sagte uns so ein kleiner Mann, dem wir das eigentlich gar nicht glauben wollten."

Teosebia schaltete auf Vorgesetztenmodus: „Ich würde euch raten, euch an das zu halten, was man euch hier sagt."

Ronnie: „Ich hätte mal zu gerne gewusst, was Sie vor dem Hotel unserem Fahrer alles erzählt haben."

Das saß.

Jetzt versuchte es Zosimus: „Liebe Jungs, ich appelliere noch einmal an euer Verständnis. Wir haben nur unsere Pflicht getan. Es gab keine andere Möglichkeit, euch zu Ihrer Majestät zu bringen. Egal, was geschehen ist, konzentriert euch jetzt darauf, in Kürze der Kaiserin entgegenzutreten. Ich sehe eure fragenden Gesichter. Nehmt Platz und lasst uns in Ruhe darüber reden!"

Der Raum war einigermaßen behaglich eingerichtet. Allerdings kam ihnen das Mobiliar ein wenig altmodisch vor.

„Jugendstil nennt man das", sagte Zosimus, „die Möbel sind noch aus der Zeit, als die Deutschen hier ihren Stützpunkt errichtet hatten. – Aber jetzt geht es um etwas anderes."

Zosimus begann ihnen die Welt des Aldebaran zu erklären.

„In der habitablen Zone um den Stern Aldebaran im Sternbild Stier gibt es zwei Planeten, die auch tatsächlich von Menschen bewohnt sind. Die Aldebaraner nennen ihre Sonne Sumi und die beiden bewohnten Planeten Sumi-An und Sumi-Er. Sie haben übrigens etwas zu tun mit der alten Kultur der Sumerer auf eurer Erde. Doch darüber ein andermal mehr.

Die beiden Planeten laufen auf derselben Bahn und stehen sich gegenüber. Bei einer ungefähren Sonnenentfernung von 2,5 Milliarden Kilometern brauchen Sumi-Er und Sumi-An für eine Sonnenumrundung etwa achtzig irdische Jahre. Das bedeutet, ein Aldebaran-Jahr entspricht ungefähr achtzig Erdenjahren.

Die Sumi-Kultur ist wesentlich älter als die eurer Erde. Mehrere Hunderttausend Jahre, wobei ich vermute, dass hier Aldebaran-Jahre gerechnet werden. Auf der Erde nimmt man die Anfänge einer wirklichen Hochkultur etwa vor achttausend Jahren an. Und das ist wohl der wesentliche Unterschied. Auf eurer Erde ist die Kultur also eher neueren Datums, aber hinzukommt, dass bei euch die Hochkulturen ständig wechseln. Das heißt, eine Kultur entsteht, hat ihren Höhepunkt und vergeht wieder.

Auf Aldebaran gibt es eine endlos lange Kontinuität. Die Dinge bleiben über Jahrtausende stabil."

„Von welchem der beiden Planeten seid ihr denn?", fragte jetzt Ben, „oder seid ihr vielleicht von unserer Erde?"

„Wir sind vom Sumi-Er. Die Bevölkerung der beiden Planeten ist sehr unterschiedlich. Auf Sumi-Er leben die lichten ‚Gottmenschen‘, auf Sumi-An verschiedene Rassen geringerer Kultur. Auf eurer Erde waren wir allerdings auch schon vor langer Zeit."

„Und wo kommt nun die sogenannte Kaiserin ins Spiel?", fragte Ronnie.

„Mein Junge, ab jetzt wollen wir mit Respekt von der Kaiserin sprechen! Aldebaran ist eine regelrechte Theokratie, das hat es auf der Erde auch mal gegeben. Seit urdenklichen Zeiten liegt die Oberherrschaft in den Händen einer Hohenpriesterin, die auch weltliche Herrscherin ist. Das muss immer eine Frau sein. Nach ihr kommen zwei Personen, zwei ausführende Organe, die immer männlich sind, die beiden ‚Reichsführer‘. Der eine ist Chef der Raumflotte und aller Streitkräfte, der andere leitet die Belange von Wirtschaft und Kultur. Über allem steht die Gottheit, repräsentiert durch den ‚Paracomputer Malok‘."

Ronnie beschloss, tatsächlich von jetzt an alles, was Aldebaran betraf, mit Ernsthaftigkeit zu behandeln. Das würde auch im Sinne seines Vaters sein.

„Was ich nicht ganz verstehe: Wie kommt es, dass eine so wichtige Autorität wie die Kaiserin von Aldebaran sich höchstpersönlich auf eine so weite Reise begibt, um mit zwei zwölfjährigen Jungen zu sprechen?"

„Sei bescheiden, sie ist nicht nur euretwegen hier."

„Ich bitte um Entschuldigung!"

Alles Weitere, vor allem das, was euch betrifft, wird sie euch selber sagen. Wartet hier!"

# Roboterwissen

Die Wartezeit zog sich in die Länge.

Jetzt wurde Ben wieder traurig.

„Was soll denn mein Vater denken? Sobald er bemerkt, dass ich verschwunden bin, wird er alles in Bewegung setzen, nicht nur die Polizei, sondern auch FBI und CIA. In den Medien wird das ein Riesentheater geben."

Ronnie legte den Arm um seine Schultern.

„Ben, sei unbesorgt. Ich habe dir noch nicht alles gesagt, was mein Vater mir mitgeteilt hat. Pass auf. Er sagte, er vermute, dass die Kaiserin uns für sich gewinnen will."

„Was kann sie denn mit uns anfangen?"

„Und dass sie einen langfristigen Plan haben könnte, uns in ihre Dienste zu nehmen. Das kommt dir und mir jetzt noch ziemlich verrückt vor, aber wir werden zunächst mal abwarten, was sie uns zu sagen hat.

Und noch etwas: Egal, wie lange wir uns mit ihr, hier oder in ihrer Welt, aufhalten werden, nachher werden wir wieder in der Hotelhalle abgesetzt werden, und zwar genau fünf Minuten vor unserer Entführung."

„Wow! Ist das wieder so eine Zeitreise?"

„So etwas Ähnliches."

Mog 3 betrat trippelnd den Raum und brachte Getränke.

„Wann kommt denn die Kaiserin?", fragte Ben, aber der Bioroboter gab keine Antwort.

Sie schauten aus dem Fenster, das aber nicht auf die Außenwelt, sondern auf den großen Hangar ging.

„Sind wir hier unter der Erde oder unter dem Eis?"

Der Roboter sagte nur: „Zweihundert Meter unter dem Eis."

„Wahrscheinlich stimmt das auch wieder nicht. Wie kann das Dach verglast sein, wenn diese Halle so tief im Eis sitzt?"

Mog 3 war beleidigt. „Wenn ihr mir nicht glaubt, dann sage ich euch gar nichts mehr."

„Entschuldige!", sagte Ben und lachte.

„Man darf niemanden verspotten, selbst einen Roboter nicht!", sagte Ronnie und grinste ein wenig.

Jetzt wurde Mog 3 aufmerksam. „Du sprichst nicht wie ein Erdling. Von wo stammst du?"

„Ich komme vom Planeten Aja im Sternbild Orion."

Damit konnte der Roboter nichts anfangen, so weit entfernte Galaxien befanden sich wohl nicht in seiner Programmierung.

„Und was machst du hier?"

Ronnie lächelte. Er hatte ein gewisses Mitleid mit Mog 3, auch wenn er doch nur eine seelenlose Maschine war.

„Ich kämpfe für das Gute."

„Was heißt das? Was ist das Gute?"

„Alles, was positiv ist und den Geschöpfen dient, ist das Gute. Aber alles Gute kommt eigentlich von Gott."

Ronnie war – vielleicht war das seine Art, Erschöpfung zu zeigen – in einer etwas unreflektierten Laune. Natürlich war er sich darüber im Klaren, dass dieses Wort ebenfalls nicht in Mog 3 programmiert sein konnte.

Der Roboter war aber ebenfalls in einer Laune, die ihn daran hinderte zu schweigen.

„Wer ist Gott?"

Dann aber schienen einige Schaltkreise sich in ihm kurz geschlossen zu haben. „Heißt er vielleicht Malok?"

Hatten Teosebia und Zosimus nicht von einem Paracomputer Malok gesprochen?

„Erzähl uns mehr vom Gott Malok!"

Seltsamerweise schien Mog 3 über den Supercomputer noch mehr zu wissen.

„Sag es uns genau: Ist Malok nun ein Computer oder ist er ein Gott?"

Ronnie war plötzlich in seinem Element. Sollten die Bewohner von Aldebaran noch einem Götterglauben huldigen wie die irdischen Menschen in der alten Zeit?

Mog 3 wurde jetzt geradezu redselig.

„Vor mehreren hunderttausend Jahren regierte auf Sumi ein König mit Namen Derger – also noch bevor es eine Kaiserin gab. Er ließ vor einer Zeit, die so lange zurückliegt, dass kein Sumeraner es mehr genau weiß, ein unglaublich weit fortgeschrittenes Elektronengehirn schaffen, das er ‚Malok' nannte. Dieser Supercomputer ‚Malok' wurde auf Befehl des Königs Derger mit den Gesetzen des Gottes Malok programmiert. Gesetze, die der Gott Malok den Bewohnern von Sumi geoffenbart hatte."

„Also auch ein Gott mit diesem Namen", sagte Ronnie.

Mog 3 wusste noch mehr: „Der Paracomputer ‚Malok', der auch eine Kommunikation mit dem Hauptgott Malok erlaubt, ist im ‚Heiligen Berg' untergebracht, der von der ‚Heiligen Streitschar' bewacht wird. Diese Schar ist es, die die Befehle des Gottes ausführt und für die Einhaltung der Gesetze sorgt. Übertretungen werden streng geahndet."

Und Mog 3 wusste noch mehr. Anscheinend hatte man bei seiner Programmierung alles, was über Malok bekannt war, mit eingegeben.

„Viele Jahrhunderte noch vor dem König Derger haben Männer von Sumi eure Erde aufgesucht, die damals noch primitiver war als heute. Und sie haben an einer günstigen Stelle zwischen einigen gerade erwachenden Völkern ihre Kultur eingepflanzt. Die Erdenmenschen nennen das die sumerische Kultur. Das könnt ihr in euren Geschichtsbüchern nachlesen. Die Sumerer übernahmen den Glauben an den Gott Malok. Einige Nachbarvölker haben diese Religion auch angenommen, wobei aus Malok bei einigen auch Moloch wurde."

# Die Kaiserin

In diesem Augenblick öffnete sich die Tür und vier Männer, keine Roboter, betraten den Raum. Sie trugen Uniformen, die sowohl für Ronnie als auch für Ben sehr fremd aussahen. Wie eine Kombination aus Overall und Marine-Ausgehuniform.

Die Männer stellten sich jeweils zu zweit rechts und links der Eingangstür auf. Jeder trug in der Hand eine Art Lanze, allerdings ohne Spitze. Einer der Männer pochte mit der „Lanze" dreimal auf den Boden. Beim dritten Mal die anderen drei Männer ebenfalls.

„Ihre Majestät, die Kaiserin!"

Nun betrat die Kaiserin den Raum und beide Jungen dachten, dass es gar nicht der förmlichen Ankündigung bedurft hätte: Diese Frau strahlte Kraft und Autorität aus.

„Ihr seid Ronnie und Ben?", was mehr eine Feststellung als eine Frage war.

„Man hat mir von euch erzählt. Setzt euch doch bitte!"

Die Jungen betrachteten die Kaiserin. Sie war sicher nicht mehr jung, vielleicht nach irdischen Vorstellungen fünfzig oder sechzig Jahre alt, aber Ben dachte sich nach den Erfahrungen auf Aja, dass diese Frau wahrscheinlich hundert oder zweihundert Jahre alt war. Gleich darauf aber kam ihm der Gedanke, dass die Menschen auf dem Planeten Aja mit denen auf Aldebaran sicher nichts zu tun hatten. Kurzum, er kam in seinem Denken ein wenig ins Trudeln.

„Aber schön ist sie", dachte er und überlegte sich, dass ja auf Aldebaran beziehungsweise Sumi ein Jahr der Zeit von achtzig Erdenjahren entsprechen sollte.

In ihrer Kleidung zeigte die Kaiserin keine Besonderheiten. Sie trug keinerlei Insignien ihrer Würde. Auf dem schlichten dunkelroten Kleid, das allerdings aus einem ganz exquisiten Stoff zu sein schien, trug sie lediglich eine kostbare Brosche. Ein solches Schmuckstück hatte Ben nur einmal gesehen, nämlich bei seiner Großmutter.

Ronnie dagegen sagte sich: „Hier gilt es einen klaren Kopf zu behalten. Diese Frau ist definitiv etwas Besonderes. Was immer sie von uns will, es heißt auf jeden Fall: Aufgepasst!"

„Ihr wisst vielleicht, dass ich auch die Hohepriesterin in der Welt des Aldebaran bin. Habt ihr eine Vorstellung davon, was das heißt?"

Ben schüttelte den Kopf. Er dachte an einen oder zwei weibliche Priester in der amerikanischen Episkopalkirche, die aber sicher einen Vergleich mit dieser Frau nicht aushielten.

Er schüttelte den Kopf.

Ronnie dagegen sagte spontan: „Ein Priester beziehungsweise eine Priesterin ist dazu bestimmt, einen Kontakt zwischen Gott und den Menschen herzustellen. Eine wahrhaft verantwortungsvolle Aufgabe. Allerdings müssten Sie uns, wenn ich darum bitten darf, erklären, welches Gottesbild zugrunde liegt. In meiner Welt, auf dem Planeten Aja, verehren wir den Ewigen Vater und seinen Sohn, den Christus, und den Geist Gottes, wobei alle drei doch nur ein Gott sind."

Die Kaiserin, die sich inzwischen auch gesetzt hatte – man hatte einen einfachen, aber offensichtlich kostbaren Lehnstuhl für sie bereitgestellt – schien über die klare Auskunft Ronnies erstaunt zu sein.

„Wie ihr vielleicht gehört habt, gibt es auf den beiden Planeten der Sumi-Sonne zwei sehr unterschiedliche Bevölkerungen …"

Ben unterbrach ihre Rede: „Wir haben das eben von Frau Teosebia erfahren. Auf dem einen Planeten leben die Herrenmenschen, auf dem anderen die einfachen, die die Arbeit machen."

Die Kaiserin lächelte überlegen: „Mein Lieber, du hast die Akzente verschoben. Das Wort Herrenmenschen wird nicht gebraucht, weil es durch die Nationalsozialisten (auf deren Grund und Boden wir uns übrigens hier befinden) desavouiert worden ist. Und dass die einfachen Leute die ganze Arbeit machen, ist auch nicht richtig. Man muss schon mit dem Gebrauch der Wörter aufpassen!"

Bei diesen Worten, die die Kaiserin immer noch lächelnd aussprach, hatte Ben den Eindruck, dass sie ihn mit einem Blick bedachte, der zwar nicht böse, aber doch schwer auszuhalten war.

„Die lichten ‚Gottmenschen' auf Sumi-Er", fuhr sie fort, „sind nicht die Beherrscher der anderen. Im Gegenteil, sie betrachten sich selbst als Diener. Sie arbeiten nicht weniger hart als die Bewohner von Sumi-An und tragen die ganze Verantwortung für die beiden Planeten."

„Und Ihr Gott heißt Malok?", fragte Ronnie.

Da wurde die Kaiserin ein wenig unsicher.

Plötzlich richtete sie sich auf, schaute Ronnie durchdringend an und tat etwas, das Ronnie von seiner Heimat her kannte, das ihm aber außerhalb von Aja noch nie vorgekommen war: Sie sprach mit ihm auf mentale Weise, das heißt, ohne die Lippen zu bewegen und ohne hörbare Worte:

*„Mein lieber Junge, ich weiß, dass du die Art und Weise kennst, mit der ich dich jetzt anspreche. Ich möchte unbedingt vermeiden, dass bestimmte Dinge, die ich dir sagen werde, bekannt werden. Dass du schweigen kannst, davon gehe ich aus. Deinem Kameraden, dem Erdling, der diese Technik sicher nicht kennt, kannst du, wenn du ihn für vertrauenswürdig hältst, alles erzählen, aber nur wenn ihr im Freien seid."*

Ben war verblüfft. Sein Freund Ronnie sah aus, als ob er zuhörte, aber es war nichts zu hören. Ziemlich schnell gelang es diesem auch, sich gar nichts anmerken zu lassen, zumal in der Folge die Kaiserin nur ab und zu in dieser verborgenen Form redete. Was mochte das sein, was sie nur im Verborgenen mit ihm bereden wollte?

Nun fuhr sie in normaler Sprechweise fort:

„Das Leben auf unseren beiden Planeten ist gut geordnet, die Menschen sind glücklich, nicht trotz, sondern gerade wegen der manchmal strikten Ordnung, die durch weise und gute Gesetze geregelt wird."

Die Kaiserin lehnte sich zurück. Sie schien plötzlich müde zu sein.

Ben sagte: „Ihre beiden Mitarbeiter haben uns etwas von Ihrer Welt erklärt. Das muss ja echt spannend sein, diese beiden Planeten, die auf derselben Bahn hintereinander herlaufen und sich doch nie erreichen."

Die Kaiserin lächelte ein wenig. Plötzlich wurde sie sehr ernst.

„In unserer Welt ist Frieden – abgesehen von einigen kleinen Scharmützeln, die sich immer wieder an den Außenseiten, gegenüber den Sonnensystemen ‚Capella' und ‚Regulus', abspielen. Aber was uns am meisten von den Erdenmenschen unterscheidet: Das Leben geht seit

Jahrhunderten immer in der gleichen Weise weiter. Ich selber herrsche nun schon fast vierhundert Jahre über Aldebaran. In dieser langen Zeit hat sich nichts verändert, was irgendwie wesentlich wäre."

„Majestät", sagte jetzt Ben, der diese Anrede aus seinem Gedächtnis kramte, „Sie haben recht, so etwas wäre auf der Erde nicht möglich. Alle paar Jahre gibt es Wahlen und dann kommt ein Präsident, der alles anders macht als seine Vorgänger."

„Zum Beispiel dein Vater", sagte Ronnie lachend. „Er hat ja nun grundsätzlich alles anders gemacht als Bartak Onada."

Die Kaiserin war ernst geblieben. „Nun, ganz sicher hat das etwas damit zu tun, dass wir keine Demokratie haben wie die meisten Erdenvölker. Aber auch in Zeiten der Monarchie gab es bei euch ständigen Wandel. So etwas wie eine Revolution ist bei uns undenkbar."

Es entstand eine kleine Gesprächspause.

„Erzählt mir etwas von euch. Du, lieber Ronnie, stammst ja, soviel ich weiß, von dem Planeten Aja, der im Sternbild Orion, so wie die Erdenmenschen das nennen, um den Stern Beteigeuze kreist …"

Ronnie ließ sich nicht lange bitten und berichtete von seiner Welt. Mit Wärme erzählte er von seiner Familie, von seinen Geschwistern.

„Die haben wir ja neulich gar nicht gesehen", sagte Ben spontan. „Wir sahen nur deine Mutter."

„Das hat weiter kein Geheimnis, sie waren alle zusammen mit meiner großen Schwester auf einem Ausflug."

Ben meinte ergänzen zu müssen: „Die Menschen auf Aja sind eigentlich genauso wie auf unserer Erde, nur dasss sie niemals böse sind."

# Wie kommt das Böse in die Welt?

Die Kaiserin, die an dem Gespräch und den beiden Jungen offensichtlich Gefallen gefunden hatte, fragte nun Ronnie: „Was hat es damit auf sich? Die Leute auf Aldebaran sind auch gute Menschen, jedenfalls meistens", fügte sie lächelnd hinzu.

„Ja klar", sagte Ben, „so sind sie auf der Erde auch, aber auf Aja sind alle immer gut, sogar die Tiere."

„Das hat nun tatsächlich doch ein Geheimnis", sagte jetzt Ronnie. Er überlegte, von welcher Seite er das Erbsündenthema anfassen sollte. Wahrscheinlich kannte die Kaiserin das „Geheimnis" nicht. Er wollte aber auch vermeiden, sie zu belehren.

Schließlich gelang es ihm, in wenigen Sätzen zu erklären, was es um die Liebe des Schöpfers, um den Gehorsam und um die Sünde des Ungehorsams ist und dass das erste Menschenpaar, von dem alle anderen abstammen, auf dem Planeten Erde seine Chance verpasste, während die Menschen auf Aja aufgrund ihres Gehorsams die Harmonie mit Gott und der Natur nie verloren haben.

„Das ist hochinteressant", sagte die Kaiserin. Wieder hatte Ronnie den Eindruck, dass in ihren Worten Wehmut mitschwang.

„Unser Bild von Malok, dem König der Götter, ist etwas anders."

*„Die Gottesfrage, mein lieber Ronnie, ist genau das, was uns zusammengeführt hat."*

„Malok ist ein mächtiger Gott. Unsere Gottesgelehrten sind sich nicht einig, ob er auch die Welt und die Menschen erschaffen hat."

„Aber eure Menschheit hat doch auch einen Anfang. Da muss es doch auch ein Paar gegeben haben, einen Mann und eine Frau, die sich für oder gegen Gott entschieden haben müssen."

„Das verliert sich in der langen Zeit unserer Existenz. Unsere Anfänge liegen sehr weit zurück."

Ben gab zu bedenken: „Auf der Erde gab es ja auch Götter. Jupiter und Apollo ..."

Die Kaiserin sagte: „Ich habe den Eindruck, dass ihr auf eurem Planeten Aja das große Los gezogen habt. Denn dort ist die Sache eindeutig. Es gibt nach meiner Erfahrung eine Menge Planeten, wo es Böses gibt – bei den einen mehr, bei den anderen weniger –, wo aber das Wissen um seine Herkunft verloren gegangen ist."

Jetzt war es an Ronnie, sich „verschlüsselt" auszudrücken: *„Majestät, habe ich Sie richtig verstanden, dass Sie an der Richtigkeit der Religion Maloks zweifeln?"*

Die Kaiserin richtete sich in ihrem Lehnstuhl auf. Ihr schönes Gesicht war voller Zweifel.

„Es geht, das ist mir deutlich bewusst, um die Wahrheit. Was ist Wahrheit?"

*„Wahrscheinlich gibt es verschiedene Wahrheiten."* fuhr sie fort, *„die Religion des Malok ist für die Menschen auf Sumi-An die Wahrheit, für die Lichtmenschen auf Sumi-Er repräsentiert ein anderer Gott die Wahrheit. Oder vielleicht müsste man sagen, ein anderer Aspekt des Gottes Malok."*

„Gestatten Sie mir die Bemerkung: Diese schwierige Frage, ob es denn eine objektive Wahrheit gibt, kann nur einer beantworten, der Christus. Er sagt von sich selber, dass er die Wahrheit ist, in Person."

„Erzähl mir mehr von diesem Christus!", sagte die Kaiserin und war sehr erstaunt zu hören, dass Gott auf einem so mittelmäßigen Planeten wie der Erde sogar Mensch geworden war.

„Aus einer Jungfrau geboren", sagte Ronnie. „Eigentlich müsste Ben mehr darüber berichten können, denn er stammt ja von der Erde."

Ben sah sich wieder einmal überfordert und sagte schließlich: „Wir sagen meistens Jesus, meine Mama sagt ‚lieber Heiland'. Das ist, weil er die Menschen sehr liebt und daher sein Leben für uns hingegeben hat."

Die Kaiserin war wiederum sehr erstaunt: „Sein Leben hingegeben? Für diese Menschen?"

Ronnie bemühte sich, alles über den Christus zu berichten, was er wusste.

*„Ihm ist im ganzen Universum alle Macht gegeben. Und wenn er auf Aldebaran noch nicht bekannt ist, sollten wir ihn dort bekannt machen."*

*„Aber warum sollten wir die Religion des Christus übernehmen? Welchen Vorteil hat das für die Leute? Sie sind mit Malok ganz zufrieden."*

*„Sind sie das wirklich? Wie wir gehört haben, ist er ein strenger Gott. Majestät, die Menschen brauchen Liebe. Wenn Gott nur ein strenger Aufseher ist, reicht das nicht."*

Die Kaiserin fand, dass das Gespräch lange genug gedauert hatte, und kam nun zu ihrem eigentlichen Anliegen.

„Ich sehe, dass ihr beide ein starkes Gottesbewusstsein habt. Das ist etwas, das in unserer Welt in all den Jahrhunderten sehr schwach geworden ist. Die Menschen haben sich in allem, auch in Sachen Religion, an eine gewisse Routine gewöhnt. Vielleicht könnte es eine Hilfe sein, wenn sie einmal aus berufenem Mund etwas über diesen Christus hören würden. *Mein lieber Ronnie, indem ich diesen Namen, Christus, ausspreche, empfinde ich so etwas wie eine tiefe Freude."*

Ronnie, optimistisch wie immer, sagte: „Majestät, das wäre eine großartige Sache, aber auch ein logistisches Problem. Wie soll man die Millionen Menschen auf Sumi-Er und Sumi-An mit dem Christus bekannt machen? Es geht ja nicht nur darum, den Verstand der Leute anzusprechen, sondern ihr Herz."

Ronnie dachte bei sich: „Ich bin anscheinend dabei, mir wieder ein unendlich großes Problem aufzuhalsen ..."

Die Kaiserin fuhr fort: „Bei diesem Unternehmen, das man wahrhaft ein kosmisches Unternehmen nennen müsste, könnt nur ihr mir helfen. Menschen aus meiner Welt sind dafür nicht geeignet. Ein Mensch von der Erde und einer von Aja, und dann von eurem Kaliber, das wäre die Lösung ..."

Jetzt mussten beide Jungen unwillkürlich nach Luft schnappen. Die Kaiserin lächelte und fügte rasch hinzu: „Nicht jetzt. Ihr seid noch zu jung! In etwa sechs oder acht Jahren würde ich euch um eure Hilfe bitten. *Ihr würdet die Stellung der beiden Reichsführer einnehmen und mit allen Vollmachten ausgestattet werden."*

*„Und die vielen Priester und Priesterinnen ...?"*

*„Das ist kein größeres Problem. Sie befolgen alles, was ich sage. Außerdem, ihr Glaube an Malok ist sehr schwach geworden."*

Ben schaute Ronnie an und tippte sich an seine Stirn.

Jetzt dachte Ronnie aber noch einmal an das Gespräch, das er in der vorigen Nacht mit seinem Vater geführt hatte, und verstand den letzten Satz, den er gesagt hatte: „dass die Kaiserin einen langfristigen Plan haben könnte, uns in ihre Dienste zu nehmen". Er sagte sich: „so wie der Vater das gesagt hat, scheint er auch nichts dagegen zu haben, dass wir – später – in den Dienst der Kaiserin treten. Ich würde aber hinzufügen: für eine begrenzte Zeit. Wie sieht das aber bei Ben aus?"

„Es ist gut, dass wir noch ein paar Jahre Zeit haben. Aber zuallererst sollten wir uns die Sache einmal anschauen!"

Als hätte sie seine Gedanken gelesen, sagte die Kaiserin: „Was haltet ihr davon, wenn ihr für ein paar Tage mit mir nach Sumi-Er reist und euch das alles einmal anschaut?"

Ronnie sagte einfach: „Ja".

Das war zunächst für Ben Grund genug, auch zu sagen: „Ja". Aber Ronnie musste ihm die Worte des Vaters wiederholen, dass sie, egal, wie lange sie sich auf Aldebaran aufhalten würden, nachher wieder fünf Minuten vor der Entführung in der Hotelhalle in Washington stehen würden.

„Und dass der Vater die ganze Zeit seine schützende Hand über uns halten wird."

# Auf dem Weg nach Aldebaran

„Ich möchte euch von beiden Planeten einen kurzen, aber treffenden Eindruck vermitteln, den ihr dann mit nach Hause nehmen und darüber nachdenken könnt."

Die Kaiserin hatte die beiden Jungen eingeladen, sie in ihrer Privat-Flugmaschine „Sumi 1" zu begleiten. Wie sie erfuhren, hatte dieses Raumschiff eine ganz neue Technik, um mit Hilfe eines schon bekannten „Wurmlochs" in noch kürzerer Zeit als bisher gewohnt die Entfernung zum Aldebaran, immerhin 65 Lichtjahre, zu überbrücken.

„Es geht dabei darum", so erklärte es ihnen der Kommandant von Sumi 1, „die Instabilität des Wurmlochs, mit der wir immer wieder zu kämpfen haben, zu überwinden. Dazu braucht es sogenannte exotische Materie, die eure irdischen Wissenschaftler im 20. Jahrhundert als notwendig erkannten, die sie aber nicht herstellen konnten."

Ronnie und Ben hörten aufmerksam zu. Der Kommandant hieß Sumitalek und war, wie er zuvor gesagt hatte, vom Planeten Sumi-An. Seine Sprache war natürlich fremd, aber Ronnie gelang es, sie in wenigen Minuten zu erlernen.

„Diese ,exotische Materie' besteht aus Teilchen", fuhr er fort, „die nicht aus Elektronen, Protonen und Neutronen aufgebaut sind und die außerdem eine negative Energiedichte haben."

„Aha", sagte Ben und machte es sich auf seinem Sitz bequem. Nach den verschiedenen bisher erlebten Beförderungsarten war die Reise durch ein „Wurmloch" für ihn schon fast nichts Besonderes mehr.

Ben hatte in der Highschool im Physikunterricht von dieser Idee Einsteins gehört und es ging ihm wie den meisten seiner Schulkameraden: Er hatte nichts davon verstanden und es anschließend auch vergessen, nur das drollige Wort ,Wurmloch' war ihm im Gedächtnis geblieben.

Warum man für diese Art der Fortbewegung auch noch eine Pyramide brauchte, darüber wollte Sumitalek jetzt keine Auskunft geben.

„Das ist inzwischen nicht mehr aktuell."

Der Kommandant von Sumi 1 war ein einigermaßen sympathischer

Mann, der niemals lachte, aber mit großer Aufmerksamkeit seine offensichtlich nicht leichte Arbeit machte. Die Jungen hatten den Eindruck, dass die gesamte Technik dieses Raumschiffes sehr kompliziert sein musste. Ronnie dachte bei sich: „Wie gut ist doch der Ewige, dass er uns auf Aja eine so viel einfachere Möglichkeit gegeben hat, uns im Raum fortzubewegen."

Die Reise nach Aldebaran, die insgesamt tatsächlich nur vier Stunden dauerte, war, jedenfalls für die Passagiere, äußerst angenehm. Ronnie nutzte die Gelegenheit, um mit seinem Freund Ben ausführlich über dieses neue Projekt zu sprechen, von dem er selbst eine nur ungefähre Vorstellung hatte.

Da sie hier überall damit rechnen mussten, abgehört zu werden, drückte Ronnie sich möglichst vorsichtig aus.

Ben fragte: „Was meinst du, wie werden die Menschen auf diesen beiden Planeten sein? Aussehen tun sie offensichtlich so wie wir. Der Flugkapitän ist ja ganz nett, aber ziemlich ernst. Aber was ich dich schon längst mal fragen wollte: Wie kommt es, dass die Menschen auf Aja, also eure, und auch noch die auf Aldebaran so aussehen wie wir Erdenmenschen? Ist das im ganzen Universum so?"

„Das weiß ich auch nicht. Im Universum gibt es viele Milliarden von Galaxien und viele Milliarden von bewohnten Planeten. Die werden nicht überall gleich sein. Ich könnte mir denken, dass der Grund darin liegt, dass der Schöpfer die Menschen so gemacht hat, wie er seinen Sohn später einmal, bei der Menschwerdung nämlich, haben wollte. Wenn man also davon ausgeht, dass Gott für seinen Sohn die perfekte Form geschaffen hat, kann man sagen, dass der Mensch im Prinzip vollkommen ist, was das äußere Aussehen betrifft.

Wenn viele Menschen äußerlich oder innerlich Unvollkommenheiten haben, liegt das an ihnen, nicht am Schöpfer."

„Was erwartet uns in Aldebaran? Die Kaiserin sagte etwas von mithelfen. Darunter kann ich mir, ehrlich gesagt, nichts vorstellen. Wobei sollen wir ihr helfen?"

Ronnie legte den Zeigefinger auf den Mund und sagte: „Es geht um Gott."

Ben wurde etwas, was er sich neuerdings zugelegt hatte: Er wurde nachdenklich.

Dieser Name, den Ronnie immer mit einem gewissen Ernst aussprach, hatte in der letzten Zeit für Ben eine ganz neue Bedeutung bekommen. War es früher einfach nur ein Wort, das man ab und zu nur so dahersagte, „oh my God!", so war jetzt etwas in seinem Herzen wach geworden, von dem er bisher nichts geahnt hatte. Eine große geheimnisvolle neue Welt, die sich ihm, Vertrauen einflößend, öffnete und die er unbedingt näher kennenlernen wollte.

Er spürte, dass er vieles darüber nicht wusste, aber doch ahnte. Vor allem war es das Beispiel seines Freundes Ronnie, bei dem er intuitiv spürte, dass der in dieser neuen Welt ganz zuhause war.

Aber was hatte Aldebaran mit Gott zu tun? Soweit er verstanden hatte, gab es dort bereits eine Religion, wobei der Gott Malok wohl nicht derselbe war wie der, von dem Ronnie sagte, dass er der Ewige, der Eine, der Vater des Christus usw. war. Malok war wohl nur ein Gott für Aldebaran und dort vielleicht auch nur für den „einfachen" Planeten Sumi-An. Die „lichten Gottmenschen", verehrten die auch Malok oder einen anderen?

Ronnie hatte sicher recht: Gott ist nur einer, und zwar für alle Welten, der Schöpfer und Erhalter des gesamten Universums.

„Der Christus ist auf eurem Planeten Erde vor vielen Jahrhunderten Mensch geworden, ein richtiger Mensch, mit allem, was dazugehört: neun Monate im Mutterschoß, eine Kindheit, ein Erwachsenwerden und schließlich hat er das unendlich schwere Werk der Erlösung vollbracht. Das alles ist einmalig und nirgendwo sonst geschehen. In diesem Sinne ist euer Planet tatsächlich der Mittelpunkt der Welt, wenn er auch sonst nur ein Himmelskörper unter vielen ist.

Ganz anders war das, was der Christus auf vielen anderen Planeten, wie zum Beispiel auf Aja, getan hat. Er ist aufgetaucht, wurde von den Menschen mit Freude und Jubel begrüßt und hat seine Lehren verkündet, die dann in heiligen Büchern festgehalten wurden. Danach hat er sich von den Menschen verabschiedet mit der Gewissheit, dass die Menschen nun das gesamte Rüstzeug hatten, um zur ewigen Seligkeit zu gelangen."

„Und hat das wirklich funktioniert? Die Menschen sind doch schwach und nachlässig und manchmal richtig böse. Hat das dann mit dem ‚Rüstzeug' immer geklappt?", fragte Ben.

„Das klappt, wenn auf dem betreffenden Planeten die Menschen nicht von der Erbsünde angeschlagen sind. Auf der Erde konnte so etwas nicht gehen. Da musste erst Gott selbst, der Christus, die Sünde im Kern überwinden. Dass es dann immer noch sehr schwer ist, weißt du besser als ich."

„Und wie ist es nun auf Aldebaran?"

„Du kannst die Frage selbst beantworten. Nach dem wenigen, was wir bisher wissen, meinst du, dass die Menschen dort einfach nur gut sind und vom Bösen unberührt?"

„Keine Ahnung. Eher nicht."

Kleine Pause.

„Ich verstehe, also deswegen fahren wir dorthin, um uns das anzuschauen. Und was dann?"

# Zuerst Sumi-An und dann Sumi-Er

Als das Raumschiff Sumi 1 sich seinem Ziel näherte und in dem Kontrollfenster der Stern Aldebaran sichtbar wurde, staunten die beiden Jungen nicht schlecht.

„Das ist ja auch ein Roter Riese!", rief Ben.

Der Kapitän Sumitalek gab bereitwillig Auskunft: „Sumi ist ein Doppelsternsystem. Der Hauptstern ist ein Roter Riese. In seiner Helligkeit ist er leicht veränderlich. Er hat ungefähr die 2,5-fache Masse eurer Sonne, Sol. Sein Durchmesser ist jedoch mehr als das 45-fache der Sonne, und er leuchtet 150-mal so hell wie diese."

„Und wie ist es mit der Möglichkeit, dass Sumi kollabiert und zu einer Supernova wird?", fragte Ronnie.

„Unsere Wissenschaftler sagen, dass Sumi noch mindestens anderthalb Millionen Jahre so weiter existieren wird", sagte Sumitalek und fuhr fort: „Der Begleiter ist ein Roter Zwerg von wesentlich geringerer Leuchtkraft."

„Auf jeden Fall", meinte Ronnie, „bietet sich, wenn man auf dem Planeten steht, dem Auge ein ganz besonderer Anblick."

„Bei der Helligkeit dieser Sonne braucht man unbedingt eine gute Sonnenbrille", blödelte Ben, was ihm sofort ein bisschen leid tat, jedenfalls sagte er dann etwas Gescheiteres: „Mich würde mal interessieren, wie der Zwillingsplanet aussieht, wenn man auf einem der beiden steht."

Dem Flugkapitän schien das dilettantische astronomische Reden der beiden auf den Geist zu gehen. „Das werdet ihr noch früh genug sehen. Jetzt schnallt euch an, denn wir landen in fünfzehn Minuten auf Sumi-Er. Dort werden wir ihre Majestät, die Kaiserin, absetzen und zusammen nach Sumi-An fliegen, wo ihr ein paar Stunden meine Gäste sein werdet. So jedenfalls hat es die Kaiserin verfügt."

Und so geschah es. Die Kaiserin verabschiedete die beiden Jungen und bat sie, nach ihren Besuchen auf den beiden Planeten noch einmal kurz zu ihr zu kommen.

„Das hier erinnert mich alles ein bisschen an Trinidad-Tobago, wo wir immer in den Ferien waren", sagte Ben, als sie das Haus des Flugkapitäns betraten. Das Haus lag am Rande einer größeren Stadt, die buchstäblich in Vegetation eingebettet war. Überall üppiges Grün und fantastische Blumenpracht.

An vielen Häusern, besonders den größeren, die vielleicht öffentliche Gebäude oder Tempel waren, war ein geflügelter Stier angebracht, das Symbol des Gottes Malok.

Die Menschen, die sie auf der kurzen Fahrt vom Flughafen, auf dem sie mit ihrem kleinen Shuttle-Flugscheibe gelandet waren, zu sehen bekamen, auch sie ähnelten mit ihrer dunklen Hautfarbe den Leuten auf dem Insel-Doppelstaat.

Aber bald schon sahen sie einen großen Unterschied: Die Menschen hier waren still und in sich gekehrt, ja, manche wirkten geradezu sorgenvoll und bedrückt.

Als sie das Haus betraten, kam ihnen ein etwa zehnjähriges, sehr niedliches Mädchen entgegen. Sie gab den beiden Jungen die Hand und sagte einige Worte, die sehr freundlich klangen. Die Jungen wunderten sich allerdings, dass sie darauf ihren Vater nicht etwa freudig nach einer so weiten Reise begrüßte, sondern eher ziemlich nüchtern. Sumitalek fragte sie etwas. Die Antwort schien ihn betroffen zu machen.

Da sie kein Gepäck hatten, konnten sie sogleich mit ihrem Gastgeber auf Erkundung gehen. Sie lernten seinen Schwager kennen und erfuhren, dass dieser einer der Männer war, die den Super-Computer Malok bewachten, die „Heilige Streitschar". Er war etwas jünger, aber auch er auffallend ernst. Sein Name war Sumito. Der Plan war, dass sie mit den beiden Männern zu dem Berg fahren sollten, wo der Computer sich befand.

Ronnie fasste sich ein Herz und fragte Sumitalek, ob in seiner Familie vielleicht etwas Unangenehmes vorgefallen sei.

„Meine kleine Tochter sagte mir gerade, dass man Apra, meine ältere Tochter, abgeholt hat."

„Abgeholt?"

„Ja, die Priesterschaft unseres Ortes hat entschieden, dass in den nächsten Tagen wieder ein Wettbewerb der Jugend zu Ehren des Gottes Malok stattfinden soll. Das ist eine harte Sache und die Jugendlichen werden bis zum Äußersten gefordert."

Ben wurde aufmerksam: „Dann ist das also ein Sport oder so etwas?"

Sumitalek ging auf den leichten Ton Bens nicht ein. „Diese Wettbewerbe, sie heißen Sumalok, sind kein Sport. Die ausgewählten Jugendlichen müssen ums Überleben kämpfen ..."

„Also richtig tough!", meinte Ben, der noch nicht begriffen hatte.

„Damit das klar ist. Nicht jeder überlebt den Wettbewerb. Aber darüber hinaus wählen die Priester und die Priesterinnen jeweils einen Jungen und ein Mädchen dazu aus, ‚mit dem Gott selbst zu kämpfen'. Das wird von ihnen als große Ehre hingestellt. Tatsache aber ist, dass niemand weiß, was mit diesen Jugendlichen geschieht. Keiner von ihnen kommt zurück. Die Priester sagen dann: Sie sind in die Herrlichkeit des Gottes eingegangen."

Während sie und Sumito in Sumitaleks Fahrzeug, das sehr an Elektroautos erinnerte, aus der Stadt herausfuhren, waren die beiden Jungen sehr nachdenklich.

Plötzlich sagte Ben: „Dieser sogenannte Wettbewerb erinnert mich an einen Film, den ich vor Kurzem gesehen habe, als wir noch in New York wohnten."

„Das kommt aus derselben Quelle", sagte Ronnie, „von ganz unten."

# Die „Heilige Streitschar"

Je mehr sie sich dem „Heiligen Berg" näherten, desto bedenklicher kam ihnen die ganze Sache vor. Die Menschen dieser Welt waren offensichtlich ganz anders als die liebenswerten Leute auf Aja.

Die Fahrt zog sich in die Länge, die Straße stieg ständig an und die Landschaft zeigte jetzt nicht mehr die üppige Vegetation wie anfangs in der Ebene. Das Zentralgestirn, der Sumi, strahlte ein helles rotes Licht aus, aber sobald einige Wolken, die übrigens einen leicht violetten Schimmer hatten, sich vor diese Sonne schoben, ergab sich ein merkwürdiges fahles Licht.

Jetzt war auch der Zwillingsplanet, Sumi-Er, aufgegangen. Er stand am Himmel wie ein sehr großer Mond.

Kurze Zeit darauf wurde der „Heilige Berg" sichtbar. Sie sahen eine gewaltige Steilwand, die sich über dem leicht ansteigenden Weg erhob. Der Felsen war von rötlicher Farbe und offensichtlich von sehr hartem Gestein.

Als sie näher herankamen, erkannten sie ein breites und hohes Tor, das offensichtlich verschlossen war.

Über dem Tor befand sich ein sehr großer Doppeladler.

Ronnie blickte auf Ben und bemerkte, dass er kurz davor war abzudrehen.

„Ben, mach dir keine Sorgen. Der Vater hat gesagt, alles wird gut. Dann wird auch alles gut!"

„O.k."

Sumitalek hielt an und gab ein Signal. Das Tor öffnete sich und heraus traten zwei Männer. Sie trugen eindrucksvolle wallende Gewänder, weiß mit goldenen Borden, darunter ebenfalls weiße Tuniken mit goldenen Gürteln.

„Die sehen ja aus wie Engel!", sagte Ben, aber Ronnie erwiderte, ebenfalls leise: „Sind aber keine."

Das sollte sich sehr bald erweisen. „Was wollt ihr hier?", fragte der eine der beiden ‚Engel' barsch, „ihr kommt hier total ungelegen und was wollen denn die beiden Unfertigen?"

„Warte mal, vielleicht wollen sie am Sumalok teilnehmen!", sagte der andere.

„Ach was, viel zu jung!"

„Befehl ihrer Majestät, der Kaiserin. Diese beiden Jungen dürfen kurz einen Blick auf den Supercomputer werfen und auch einige Fragen stellen." Die weißen Männer schienen damit nicht besonders zufrieden zu sein: „Wir kennen dich und müssen dir vertrauen. Aber wirklich nur kurz!"

Sie wurden durch das große Tor geführt, kamen in einen, wie es schien, unaufgeräumten Hof und von dort in ein ziemlich ansehnliches Gebäude.

„Wartet hier!"

Nach einer kleinen Weile wurden sie gerufen. Sie betraten einen weiten, sehr reich mit kostbaren Materialien ausgestatteten Raum, in dessen Mitte ein merkwürdiges Gebilde stand. Ben dachte zunächst: ein Altar, aber als sie näher hinzutraten, erkannten sie, dass es sich um einen flachgebauten Hochleistungscomputer handelte.

Trotzdem hatte die Atmosphäre in dem Raum etwas Feierliches, ja Sakrales. Das wurde unterstrichen durch die schweigende Anwesenheit einer größeren Zahl von Männern, die ähnlich gekleidet waren wie die beiden ersten, ihre Gewänder waren ganz golden. Es waren, Ben zählte sie schnell, vierundzwanzig teils ältere teils jüngere Männer, die im Halbkreis um den Altar-Computer saßen.

Sie nahmen von den Besuchern keine Notiz, sie schienen zu beten oder zu meditieren.

Die beiden Jungen waren beeindruckt. Jetzt bemerkten sie auch die sieben großen Leuchter, die hinter der Versammlung der vierundzwanzig Männer standen. In der Mitte, über allem, wieder der geflügelte Stier, das Sinnbild des Gottes Malok.

Aus dem Hintergrund kam leise eine feierlich getragene Musik. In der Luft lag ein betörender Weihrauchduft.

Fast hätten sie sich der unwirklichen Stimmung hingegeben, aber schon sagte der eine der beiden Männer, die sie so unwirsch hereingelassen hatten: „Es sollte doch nur ein kurzer Besuch sein!"

Aber er wurde sehr abrupt unterbrochen von einer Stimme, die offensichtlich aus dem Computer kam:

„Wer seid ihr?" Die Stimme hatte einen überirdischen Klang.

Ronnie und Ben nannten ihre Namen und überlegten, ob hinter der Lautsprecherstimme eine lebendige Person stand.

„Ihr kommt also vom Planeten Sumi-Er? Euch hat die Kaiserin, meine geliebte Tochter, geschickt. Sie hat große Pläne mit euch. Das ist mir wohl bewusst."

Fast hatten die Jungen den Eindruck, dass Malok jetzt ins Plaudern kam.

„Wie gut, dass ihr aus dem Geschlecht der Lichten Gottmenschen seid und damit aus unserer Sumi-Welt! Wäret ihr von anderen Planeten, so hätte die Kaiserin euch sicher nicht zu mir geschickt."

Der Gott machte eine kleine Pause. Die Stimme war so programmiert, dass man an ihrem Klang nicht erkennen konnte, was eventuell hinter den Worten verborgen war.

„Ihr wisst ganz sicher, dass das Doppelreich des Geflügelten Stieres seit Jahrmillionen besteht. Und dennoch ist es immer gefährdet. Immer wieder bedarf es neuer Lebenskraft, die uns die Jugend unserer Sumi-Völker schenkt. Der Wettbewerb, der in wenigen Tagen wieder beginnt, hält unsere Nationen jung. Wie heroisch sind doch unsere Jugendlichen in ihrem Eifer für das Wohlergehen von Sumi, dass sie sogar bis zum Einsatz ihres Lebens gehen!"

Ronnie sagte leise zu Ben: „Mir dämmert langsam, was mit Apra passiert."

Malok war aber noch nicht fertig.

Die Priester auf den vierundzwanzig Sitzen machten erstaunte Gesichter, als wollten sie sagen: „Sonst ist der Gott doch gar nicht so redselig!"

Jetzt kam es noch deutlicher: „Meine Priester, erhebt euch von euren Sitzen. Einer der Propheten trete vor und rufe die uralte Weissagung allen in Erinnerung!"

Einer der golden Gekleideten, dessen Gewand eine dunkelblaue Borde hatte, erhob sich umständlich. Er war offensichtlich uralt und hatte Mühe beim Sprechen:

*„Ewig wird stehen das Reich des Geflügelten Stiers,*

*mächtig in seiner zweifachen Welt und hochgeehrt von allen Göttern des Universums.*

*Leben besitzt der Stier und erneuert es in ständiger Jugend, kraftvoll gestützt durch die Hingabe der Jünglinge und der Jungfrauen.*

*Doch wehe, wenn fremde Jugend dort eindringt, die Herzen entfremdet dem uralten Glauben.*

*Und sogar Malok bekämpft, den unbesiegbaren Gott.*

*Ein ungleicher Kampf wird da einst sein, aber siegreich wird sein die Wahrheit des Gottes."*

Der Prophet hatte nicht ohne Mühe diese Worte gesprochen und fügte dann hinzu: „Es lebe Malok, unser Gott, immer und in Ewigkeit!"

Alle wiederholten diese Worte und applaudierten.

„Ihr könnt jetzt gehen", sagte einer der beiden Männer, die sie hereingelassen hatten.

Ronnie entschied, dass es tatsächlich das Beste wäre, keine Fragen zu stellen und jetzt zu gehen, bevor ihre wahre Identität offenbar werden konnte.

# Die „Lichten Gottmenschen"

Der Flug nach Sumi-Er ging problemlos vonstatten. In weniger als zwei Stunden waren sie im Hangar des kaiserlichen Palastes.

Ein eleganter Herr kam auf sie zu und sagte: „Ihre Majestät, die Kaiserin, entbietet euch einen Gruß. Sie ist im Moment verhindert, wird euch aber sehen, wenn ihr euren Besuch auf Sumi-Er beendet habt."

Der Herr lächelte ein wenig und fuhr dann fort: „Mein Name ist übrigens Bartaksumi. Ich habe das Vergnügen, euch die wichtigsten Sehenswürdigkeiten unserer Hauptstadt Sumera zu zeigen."

„Aber auch die Menschen! Uns interessieren vor allem die Menschen von Sumi-Er", sagte Ronnie.

Bartaksumi hatte einen ähnlichen Wagen wie Sumitalek. Ronnie überlegte einen Augenblick, ob es sich bei diesen Wagen um Elektroautos handelte oder ob diese fortgeschrittene Zivilisation eine perfektere Form des Landfahrzeuges hervorgebracht haben mochte. Er ließ die Frage stehen und sagte sich, dass es jetzt wichtigere Dinge zu klären galt.

„Herr Bartaksumi, gestatten Sie mir eine Frage? Wie erklärt sich der Unterschied zwischen den Kulturen auf den beiden Sumi-Planeten?"

„Die Menschen sehen sogar verschieden aus", fügte Ben hinzu, „hier sind die Leute – na ja, so viele haben wir ja noch nicht gesehen – hellhäutiger und blond, ähnlich wie in Amerika."

„Das geht zurück auf den großen König Derger, der vor etwa fünf Jahrtausenden verfügt hat, dass die Urbevölkerung immer auf Sumi-Er bleiben sollte und dass die einfachen Völker auf Sumi-An siedeln sollten. Das System hat sich ganz gut bewährt."

Die Stadt Sumera war beeindruckend. Große Gebäude in der Innenstadt, großzügige Parkanlagen, die sich durch die Stadt zogen. Dann außerhalb des Zentrums kleinere Häuser, ebenfalls in Grün eingebettet.

„Hier wohnen die meisten Menschen."

„Das alles ist offenbar gut überlegt und gut ausgeführt. Aber wovon leben die Leute?"

„Hier wird verwaltet, auf Sumi-An wird die konkrete Arbeit geleistet."

„Und gibt es Schulen und Universitäten?"

„Alle Ausbildungsstätten befinden sich hier. Natürlich können auch begabte Kinder von Sumi-An sich hier ausbilden lassen. Wie wäre es, wenn wir eine solche Schule besuchten?"

Wieder ging es durch gepflegte Straßen und Gartenanlagen.

Die „Schule" war ein großes weißes Gebäude aus einem undefinierbaren Stein. Vor dem Gebäude saßen einige Schüler. Sie waren älter als die beiden Besucher, sicher schon achtzehn Jahre alt, obwohl die Sache mit dem Alter auch hier wieder schwer zu definieren war. Ben kalkulierte: „So ungefähr achtzehn oder neunzehn nach irdischen Begriffen."

Ronnie sagte: „Es geht uns hier so, wie es mir am Anfang auf der Erde ging. Alles ist ganz ähnlich wie zuhause. Aber dennoch, innerlich ist hier sicher wieder alles ganz anders. Dass es hier die Erbsünde gibt wie auf der Erde – das scheint klar zu sein. Auf dem anderen Sumi-Planeten herrscht viel Böses. Die armen Jugendlichen! Ob es hier anders ist?"

Bartaksumi musste einiges an Überredungskunst aufbieten, um zu erreichen, dass die Jugendlichen die beiden Besucher zur Kenntnis nahmen.

„Diese beiden jungen Leute sind Gäste der Kaiserin. Majestät möchte, dass sie sich von beiden Planeten kurzfristig ein Bild machen können."

Ronnie fragte: „Wird hier auch der Gott Malok verehrt?"

Die Jugendlichen lächelten mokant. Einer fragte: „Woher kommt ihr denn? Ihr seid nicht aus Sumera."

Ronnie hielt es für notwendig, mit diesen blasierten Jugendlichen – nun ja, sie waren ja auch ein paar Jahre älter als sie – ins Gespräch zu kommen. Also sagte er ohne Umschweife: „Wir sind beide nicht von diesem Planeten."

„Also von Sumi-An?"

„Ich heiße Ronnie und bin vom Planeten Aja vom Stern Beteigeuze, mein Freund Ben stammt von Terra, die um den Stern Sol kreist."

„Terra ist das nicht die Erde, der Planet, auf dem sie andauernd Kriege führen?"

Ben konnte es nicht verbergen, dass er etwas gekränkt war. „Gibt es bei euch denn keine Kriege?"

„Nein, nur geringe Geplänkel an den Außenseiten mit den Idioten von Capella und Regulus, um die Namen zu gebrauchen, die ihr kennt. Auf Sumi sind die Kriege seit Jahrhunderten abgeschafft. Daher geht es uns, wie ihr seht, ganz gut."

Ronnie dachte bei sich: „Die Kriege abschaffen – das ist ja eine beachtliche Leistung, wo doch die Nachwirkungen der Erbsünde, die es hier offensichtlich auch gegeben hat, quasi zu Kriegen führen müssen." Er sagte: „Wenn es auf der Erde keine Kriege gäbe, dann würden dort auch alle im Wohlstand leben können, denn der Planet bietet mindestens so viel an Ressourcen wie eurer."

Sein Gesprächspartner, ein etwas weicher Typ, wurde aufmerksam, wahrscheinlich dachte er: „Mit diesem Knirps kann man ja ganz vernünftig reden."

Er sagte: „Ich heiße Oksumi, ich studiere hier an diesem Institut ein Fach, das heißt Wohlbefinden."

Ronnie und Ben dachten: „Das passt!"

„Und was lernt man da?", fragte Ben.

„Das ist ein sogenanntes fächerübergreifendes Studium. Man studiert Medizin, Rechtswissenschaft, Ernährungswissenschaft, Architektur bis hin zu Kosmetik und Psychotherapie."

„Donnerwetter! Wer kann das alles schaffen?"

Oksumi überhörte geflissentlich den ironischen Ton und fuhr fort in seiner Schilderung:

„Nachdem das Religiöse in unserer Kultur ein bisschen in den Hintergrund getreten ist, würde ich hinter diesem Bemühen wirkliche Nächstenliebe sehen, ganz im Sinne des neuen Humanismus, der bei vielen an die Stelle des alten Gottesglaubens, man könnte vielleicht sogar sagen, der alten Gottesfurcht, getreten ist. Denn Regeln und Vorschriften sollen nicht mehr den Menschen einengen, vielmehr soll er frei sein und sich seines Lebens freuen."

Oksumi war in seinem Element: „Fangen wir an mit der Medizin. Unseren Ärzten ist es schon vor Jahrhunderten gelungen, Krankheiten immer mehr zurückzudrängen. Es gibt sie zwar noch, aber fast alles kann man im sogenannten Erneuerungsbett beheben. Schon im Mutterschoß – wir sind bei der konventionellen Methode, Kinder im Mutterleib zu generieren, geblieben – kann man den Menschen so gestalten, wie man ihn haben will. Ihr werdet auf Sumi-Er daher nur schöne und gesunde Menschen sehen. Nicht nur Missbildungen werden eliminiert. Die Eltern können sich ihr Kind so gestalten, wie sie es haben wollen."

Während Oksumi die anderen Aspekte des Faches Wohlbefinden sehr ausführlich erläuterte, sagte Ben leise zu Ronnie:

„Weißt du, wenn man das so hört, könnte man meinen, hier ist auch das Paradies. Alle sind glücklich, keine Kriege, keine Krankheiten, immer Spaß haben, wenn man will …"

„Warte mal ab, wenn er zum letzten Punkt kommt!"

Oksumi hatte einen großen Rundumschlag gemacht und tatsächlich alle am Fach Wohlbefinden beteiligten Disziplinen vorgestellt.

„Zum Schluss Psychotherapie. Nun ja, das perfekte Wohlbefinden hat seinen Preis. Die meisten Menschen nehmen es nicht so schwer, wenn im Zuge der Lust – das gilt vor allem für die Liebesfreuden – etwas geschieht, das einem Kopfschmerzen bereitet. Jeder kann Fehler machen, aber nichts muss den Menschen auf Dauer belasten. Die psychotherapeutische Behandlung lässt den Menschen, in Verbindung mit den entsprechenden Psycho-Medikamenten, vergessen, dass er etwas falsch gemacht hat."

Ronnie brachte einen Einwand: „Die Menschen auf diesem Planeten haben doch sicher auch ein Gewissen, das hat der Schöpfer ja jedem Menschen mitgegeben, damit er erkennen kann, ob und wann er eine Sünde begangen hat."

Oksumi schien verunsichert zu sein. „Gewissen und Sünde, das sind Begriffe, die mir völlig ungeläufig sind. Da du die Rede auf Gott bringst, würde ich empfehlen, dass wir ein Gespräch mit unseren Gottesgelehrten führen."

„Gerne", sagte Ronnie, „wo finden wir sie?"

Oksumi, der offensichtlich im Moment abkömmlich war, wie er sagte, nahm die beiden mit. „Das ist nur zwei Straßen weiter, der Tempel des Malok. Es ist sogar der Haupttempel und von den Priestern ist immer wenigstens einer zu sprechen."

# Im Tempel

Der Tempel des Malok war ein sehr schönes Gebäude, das auch wieder in dem seltsamen weißen Stein errichtet war, das sie schon an anderen Häusern bemerkt hatten. Ben fühlte sich an einige der Freimaurertempel in Washington erinnert, nur dass diese Architektur es nicht nötig hatte, frühere Stilepochen nachzuahmen.

Ganz frei und von anderen Welten unbeeinflusst, hatten hier die Architekten ein uraltes Bauprinzip gefunden und verwirklicht, ähnlich dem, wie es die Baumeister auf der Erde praktizierten, nämlich das spannungsvolle Verhältnis von tragenden und getragenen Elementen. Was sie dazu geführt hatte, solche Bauteile wie Säulen, Basen und Kapitelle sowie Architrave und sogar Bögen und Gewölbe selbstständig zu entwickeln.

Natürlich war die Architektur damit nicht mit der irdischen klassischen Baukunst identisch, aber man hatte eine ähnlich ausgewogene und harmonische Art des Bauens gefunden, die sie dann – wie es in der Sumi-Welt üblich war – unverändert durch die Jahrhunderte weitergaben.

Oksumi, Ronnie und Ben betraten einen großen, sehr feierlich wirkenden Raum, es war eigentlich nur ein rechteckiger Saal, aber auch dieser gestaltet mit den Mitteln der Säulenarchitektur.

An den Wänden standen bequeme Steinbänke, auf denen verschiedene Männer, auch einige Frauen, ins Gespräch vertieft, saßen.

Die meisten trugen die hier übliche Kleidung, bestehend aus einer weiten Hose und darüber eine mantelartige Jacke. Die älteren Männer trugen eine sehr klassisch wirkende Kleidung: eine lange weiße Tunika und darüber eine meist farbiges togaartiges Kleidungsstück.

Die beiden Jungen hatten allerdings kaum Zeit, sich über Einzelheiten zu orientieren, dazu war der Raum selbst viel zu lebendig in seiner Wandgestaltung. Und vor allem, die Personen, die dort in kleinen Gruppen zusammenstanden oder auf den Steinbänken saßen, fesselten von Anfang an ihre Aufmerksamkeit in höchstem Maße.

Oksumi, der so tat, als wenn er hier aus und ein ginge, stellte die beiden einem älteren, sehr weise aussehenden Mann vor.

„So, ihr seid nicht von dieser Welt?“, sagte der Weise und schmunzelte ein wenig. „So jung und dann auf so großer Fahrt!“

„Dank der Großzügigkeit der Kaiserin haben wir die Gelegenheit bekommen, die faszinierende Welt des Sumi, die wir Aldebaran nennen, aus der Nähe kennenzulernen.“

„Aldebaran ist die Ausdrucksweise der Erdlinge. Wenn ich recht verstanden habe, ist nur dieser – er zeigte auf Ben – von der Erde. Ihr vom sogenannten Orion nennt unseren Stern anders.“

„Jawohl, wir sagen Antarius für Sumi. Aber, wenn Sie gestatten, die Fragen, die wir stellen wollten, sind anderer Art.“

„Nur zu!“, sagte der alte Herr und schmunzelte diesmal über die forsche Art, wie Ronnie das Tempo des Gesprächs bestimmte.

„Wir sind hier in einem Tempel des Gottes Malok. Wie kommt es, dass sich in diesem schönen Raum kein einziges Bild des Gottes befindet? Wir erinnern uns vom Nachbarplaneten Sumi-An, dass Malok als geflügelter Stier oder als Stier mit Menschenantlitz dargestellt wird.“

„Mein lieber Junge, das hat damit zu tun, dass wir hier auf Sumi-Er eine andere Entwicklung in der Theologie durchgemacht haben. Wir haben festgestellt, dass eine nüchterne Betrachtung des Göttlichen ohne Bilder besser gelingt, da Bilder meist nur eine Ablenkung darstellen. Vielleicht ist es auch nur eine Frage der verschiedenen Mentalität.“

Inzwischen stellte sein Freund Ben fest, dass er von einer längeren Diskussion nicht viel profitieren würde, da er im Gegensatz zu Ronnie mit der Landessprache gar nicht zurechtkam. Bisher hatte Ronnie ihm das Wichtigste übersetzt, aber jetzt schien das nicht mehr möglich zu sein, da auch noch andere Personen sich für den gescheiten exotischen Jungen zu interessieren begannen.

Oksumi durchschaute die Situation und schlug vor, dass er – ohne viele Worte – dem Jungen von der Erde das außerordentlich gepflegte parkartige Gelände um den Tempel und die verschiedenen Nebengebäude zeigen könnte.

Inzwischen hatte sich um Ronnie eine Gruppe von sieben oder acht

Personen, meist älteren Herren, gebildet, die offensichtlich von den klugen Äußerungen des Jungen beeindruckt waren.

„Wie kann der solche Fragen stellen?", sagte einer von ihnen, als Ronnie den weisen älteren Mann fragte: „Wäre es denkbar, dass die theologischen Denker auf Sumi-Er sich von dem konkreten Gott Malok abgewandt haben und einer eher abstrakten Form der Gottesverehrung den Vorzug geben?"

Der „Weise" war irritiert und behauptete: „Hier sind alle davon überzeugt, dass Malok seit Ewigkeiten unsere beiden Planeten beschützt …"

„Mein lieber Matosumi", fiel ihm ein jüngerer Mann ins Wort, „seien wir ehrlich, an den Gott Malok mit seinem Supercomputer glaubt hier doch wirklich keiner mehr …"

„Was nicht bedeutet, dass wir nicht an Gott glauben", sagte ein anderer weißhaariger Mann. „Es ist, wie du sagst, mein lieber Junge – wie ist doch gleich dein Name? Aha, Ronnie – die meisten von uns sehen den Gott mehr geistig. Er ist unabhängig von Bildern oder Apparaturen. Daher betrachten wir uns auch, wenigstens die meisten, weniger als Priester denn als Philosophen."

„Aber dann stellt sich die Frage: Wie ist dieser Gott? Ist er allmächtig? Hat er nur Sumi oder das ganze Universum geschaffen oder ist das Weltall ewig und hat gar keinen Schöpfer?"

Darauf gab ein anderer die Antwort: „Dass die Zeit der lokalen oder Planetengötter vorbei ist, darüber sind wir uns wohl alle einig. Die Vorstellung von einem Gott, der alles geschaffen hat, sich selbst aber außerhalb und unabhängig von dieser Welt befindet, hat vieles für sich. Ich denke, dass mehrere Kollegen hier diese meine Ansicht teilen."

„Mag sein", sagte ein anderer, der noch sehr jung zu sein schien, „ich für meinen Teil bin froh, dass wir uns von der folkloristischen Welt des Götterglaubens verabschiedet haben und dass ich daher, ohne belangt zu werden, sagen kann: Es gibt überhaupt keinen Gott. Gott ist nur ein Gedanke der Menschen. Er ist nur in den Hirnen einiger meist sentimentaler Zeitgenossen vorhanden."

Ronnie hatte zuletzt geschwiegen, aber nun gab er zu bedenken:

„Das gesamte Weltall hat, soweit ich das gelernt habe, immer wieder damit zu tun, dass das Chaos versucht, sich breitzumachen und alles zu verschlingen.

Am Beispiel der Schwarzen Löcher und der Dunklen Materie kann man das beobachten. Aber gerade die Tatsache, dass das Universum im Allgemeinen auf eine geradezu geniale Art und Weise geordnet und sinnvoll ist, beweist meines Erachtens, dass ein denkender und planender Geist das Ganze erdacht und gemacht hat."

Eine sehr alte Frau, die über ihrem schlohweißen Haar einen durchsichtigen, blauen Schleier trug, sagte: „Ich stimme Ronnie zu. Man muss blind sein, um nicht zu erkennen, dass allein schon der Körper des Menschen ein wahres Wunderwerk ist. Ja, mehr noch, dass man an den lebendigen Wesen sogar ablesen kann, dass der schaffende Geist ein positiver Geist sein muss, der es mit seinen Geschöpfen gut meint."

In der Mitte des Raumes stand eine besonders breite Steinbank, die wohl früher einmal das Postament eines Altars oder einer Galerie gewesen sein mochte. Auf dieser äußerst bequemen Bank begannen sich nun mehrere Gesprächsteilnehmer zu lagern. In ihrer Mitte stand Ronnie.

Die Männer und Frauen waren voller Verwunderung über all das, was der Junge sagte.

„Nun will ich euch etwas sagen, dass für euch auf diesem Planeten wahrscheinlich neu ist: Dieser allmächtige und allwissende Gott war sich wohl dessen bewusst, dass die Menschen zwar, wenn sie ein offenes Herz haben, erkennen können, *dass* Gott existiert, dass sie aber von sich aus nicht würden erkennen können, *wie* er ist. Aus diesem Grunde hat er sich geoffenbart. Er hat bestimmte Menschen mit seinem Geist erleuchtet, sodass sie über ihn Wahres aussagen konnten. Und zu einem bestimmten Zeitpunkt ist er sogar selbst Mensch geworden und hat unter den Menschen gelebt."

„Was du nicht sagst! Wo war das denn? Auf unseren Planeten sicher nicht."

„Das war vor etwa zweitausend Jahren auf dem Planeten Erde im Sonnensystem Sol."

„Und warum haben wir das nicht eher erfahren?", sagte Matosumi.

204

Es entstand nun eine größere Diskussion.

Immer wieder schauten die Diskutierenden auf den Jungen. Einige zweifelten. Woher sollte ein Zwölfjähriger über solche Erkenntnisse verfügen?

Schließlich fragte einer: „Was du da sagst vom menschgewordenen Gott, kannst du das irgendwie belegen? Ich meine, der Planet Erde steht ja nicht in dem Ruf, ein Ort besonderer Heiligkeit zu sein."

„Der Sohn Gottes, der übrigens mit dem Ewigen Vater wesensgleich ist, hat sich, würde ich annehmen, deshalb in die Erden-Menschheit hineinbegeben, weil die es besonders nötig hatte."

Der junge Philosoph, der nicht an Gott glaubte, grinste.

„An dieser Stelle", sagte Ronnie mit einem Ton der Verlegenheit – nichts hasste er mehr als das Pharisäertum oder gar für einen Pharisäer gehalten zu werden – „muss man ein hässliches Wort gebrauchen, nämlich das Wort Sünde."

„Was ist denn das?", fragte der junge Atheist. Matosumi erklärte es: „Sünde ist ein Fehlverhalten …"

„Na ja, kann passieren, aber dann entschuldigt man sich."

„Ganz so einfach ist es leider nicht", sagte Ronnie. „Die Sünde beleidigt nicht nur den Menschen, sondern in erster Linie Gott. Und außerdem schadet sie dem Menschen selbst."

„Wer will das entscheiden, ob man Gott beleidigt hat? Unser Gott Malok hat sich da nie beklagt."

„Eben, er könnte sich auch nur beklagen, wenn er, wie der Gott der Erde, Gesetze und Gebote gegeben hätte, die man einhalten soll. Dort nennt man das die Zehn Gebote."

Man bat ihn, die Zehn Gebote zu nennen, was Ronnie bereitwillig tat.

„Und wo findet man diese Gebote, die offensichtlich sehr sinnvoll sind? Vieles davon ist auch bei uns im Sittenkodex."

„Die Zehn Gebote hat Gott selbst dem Propheten Mose übergeben. Sie stehen in einem Buch, das das heiligste Buch des ganzen Universums ist, in der Bibel."

Ronnie stellte fest, dass dieses Gespräch, das ihm gut gefiel, sich in die Länge zog und dadurch vielleicht an Wirksamkeit verlor.

# Der zwölfjährige Knabe

„Liebe Aldebaraner, wenn ich euch so ansprechen darf, ich möchte nicht erreichen, dass ihr in dem wahren Gott einen strengen Gesetzgeber seht, dem man gehorchen muss, weil er sonst straft. Das ist sozusagen nur die Grundlage. Gott ist vielmehr in erster Linie Vater aller Menschen, der seine Geschöpfe auf allen Himmelskörpern unendlich liebt und ihr Bestes will, ja, der sogar seinen Sohn für ihre Erlösung, wo sie der Erlösung bedurften, hingegeben hat. Und der dann am Ende für jeden Menschen ein ewiges Leben bereithält."

Einer der jüngeren Philosophen meinte: „Ewiges Leben? Ich weiß nicht so recht. Wir leben hier auf Sumi sowieso schon dreihundert bis vierhundert Jahre. Das ist ja dann auch genug. Zumal in unserer Welt die Dinge immer beim Alten bleiben. Aber vielleicht sollten wir dich hierüber ein andermal hören."

Ronnie musste lächeln.

„Arakosumi, du bist ein unverbesserlicher Skeptiker", sagte Matosumi, der Weise, „außerdem meinst du im Ernst, vierhundert Jahre leben wäre viel? Ich garantiere dir, wenn du eimal dieses Alter erreicht hast – es wird noch eine ganze Zeit lang dauern –, dann wirst du trotzdem nicht aus dem Leben scheiden wollen. Nein, ich denke, das, was Ronnie uns hier präsentiert, macht Hoffnung. Dieser Christus ist anscheinend wirklich eine Schlüsselfigur. Erzähl uns, lieber Junge, wie er das gemacht hat, die Sache mit der Erlösung!"

Eben wollte Ronnie bereitwillig dieses Thema, weit ausholend, erläutern, da erscholl vom Eingang her ein lauter Ruf:

„Ihre Majestät, die Kaiserin!"

Alle erhoben sich. Fast wie von selbst nahmen sie Ronnie in ihre Mitte.

Diesmal war es eine größere Schar von Gardisten, die die Kaiserin begleiteten. Während sie sich am Eingang aufstellten und mit ihren prächtigen Galauniformen einen schönen Kontrast zu den feierlichen Gewändern der Philosophen und Priester darstellten, ging Matosumi auf die

Kaiserin zu, begrüßte sie mit Kniebeuge und Ringkuss und sagte: „Es ist mir eine große Ehre und Freude, Majestät, Sie als Hausherrin in Ihrem Tempel zu begrüßen. Es ist ein schönes Zusammentreffen, dass heute alle Priester und Priesterinnen hier versammelt sind, als hätten wir es geahnt, dass Sie uns mit Ihrem Besuch beehren wollten."

Die Kaiserin, die im Ornat der Hohenpriesterin erschienen war, grüßte die Anwesenden mit einem Lächeln, wie es nur Führungspersonen gelingt, die sich nicht nur des Respekts, sondern auch der Zuneigung ihrer Untergebenen sicher sind.

„Meine lieben Freunde, bevor wir uns zu unserem Kolloquium niedersetzen, möchte ich alle einladen, den Gott mit einem Gebet zu ehren:

*O Gott, wir bitten dich:*
*Lehre uns, von dir das Rechte zu erflehen.*
*Steuere du das Schiff unseres Lebens hin zu dir, du ruhiger Hafen*
*aller sturmgepeitschten Seelen.*
*Zeige uns den Kurs, den wir zu nehmen haben.*
*Erneuere in uns den Geist der Willigkeit.*
*Lass deinen Geist unsere launischen Sinne zügeln und*
*führe und kräftige uns zu dem, was unser wahres Gut ist:*
*deine Gesetze zu halten und in all unsern Werken stets froh zu*
*werden deiner herrlichen und erquickenden Gegenwart.*
*Dein ist der Ruhm und Preis von allen immer und ewig.*

Nach dem Gebet ging die Kaiserin von einem zum anderen, um jeden zu begrüßen. Als sie bei Ronnie ankam, sagte sie: „Was für ein beeindruckender Anblick, der zwölfjährige Knabe mitten unter den Gelehrten! Worüber habt ihr gesprochen? Mir schien, dass es um ernste Angelegenheiten ging."

„Ja, Majestät", sagte Matosumi, „es ging um das Wichtigste überhaupt, um Gott. Ronnie hat uns gesagt, dass Gott einst auf dem Planeten Erde gelebt hat. Sein Name Christus ist angeblich in vielen Welten des Universums bekannt. Und dann sprach er von Erlösung. Was er damit meint, haben wir nicht ganz verstanden. Allerdings muss ich persönlich sagen, dass ich ahne, was das ist, und dass es etwas sehr Gutes sein muss."

Die Kaiserin blickte Ronnie an und lächelte ihm zu. Dann sagte sie, zuerst in normaler Sprache und danach telepathisch:

„Mein lieber Junge, ich danke dir und deinem Freund – wo ist er übrigens? –, dass ihr uns auf unseren beiden Planeten besucht habt. *Du hast gesehen, dass die Menschen hier nach dem Christus rufen.* Ich hoffe, dass es nicht das letzte Mal war!"

Inzwischen war Ben wieder da und stellte sich neben Ronnie.

Ronnie empfand die mütterliche Art der Kaiserin als wohltuend. Die Gespräche mit den klugen Männern und Frauen hatten an seinen seelischen Kräften gezehrt.

Beide Jungen wussten, dass die Stunde des Abschieds geschlagen hatte. Nach den vielen, teils turbulenten Erlebnissen im Sumi-Reich empfanden sie jetzt auch echtes Heimweh.

Ronnie gab der Kaiserin zu verstehen: „Die Menschen in dieser Ihrer Welt sind uns sehr lieb geworden. *Ich glaube, dass es tatsächlich der Wunsch des Allerhöchsten ist, dass jetzt die Wahrheit des Christus und sein Erlösungswerk hierhergebracht werden. Es ist sicher kein Zufall, dass die Erdenmenschheit gerade jetzt erstmalig ein kosmisches Bewusstsein entwickelt hat, das es ermöglicht, auf anderen Himmelkörpern missionarisch tätig zu werden.*"

„Wirst du nach eurem Rückflug zur Erde dort bleiben oder auf deinen Heimatplaneten zurückkehren?"

„Ich werde eine Zeit lang bei meinem Vater auf der Raumstation bleiben und dann wohl nach Aja zurückkehren. Auf das Wiedersehen mit meinem Vater freue ich mich riesig. Ich wollte, ich könnte allen Menschen begreiflich machen, wie schön es beim Vater ist. Er ist so gut, so weise, so stark, so liebevoll. *Es war ja sein Wunsch, dass wir nach Aldebaran fliegen sollten, um zu erkunden, ob dort die Menschen für den Christus reif sind.*

Gestatten Sie, Majestät, dass ich Ihnen ein kleines Andenken schenke." Ronnie löste das Christus-Medaillon, das er um die Hals trug, und gab es der Kaiserin. Sie schaute gerührt auf das Bild des Erlösers und küsste das Medaillon.

Auch die Umstehenden waren beeindruckt. So hatten sie die Kaiserin noch nie gesehen.

Zu Ben gewandt, sagte sie: „Du wirst dich auch freuen, zu deinem Vater zurückzukehren. Ich muss mich noch für die Entführungskomödie meiner beiden Mitarbeiter entschuldigen. Aber mit Hilfe der kleinen Zeitreise, die euch durch das sogenannte Wurmloch ermöglicht werden wird, wird es dein Vater gar nicht mitbekommen haben, dass du so weit weg vom Oval Office gewesen bist." Sie lachte ein leises, liebenswürdiges Lachen.

Ben erlebte in diesem Moment einen weiteren Reifeschub, wie er ihn in diesen Tagen mehrfach gehabt hatte. Er war gar nicht mehr der verwöhnte kleine Junge.

Er legte den Arm um Ronnies Schulter und sagte: „Majestät, ich möchte hiermit meine Bereitschaft ankündigen, zusammen mit Ronnie in Ihre Dienste zu treten, sobald wir das erforderliche Alter erreicht haben."

Die Kaiserin lachte herzlich und die beiden stimmten in das Lachen mit ein.

„Aber immer vorausgesetzt, dass Eure Eltern damit einverstanden sind."

„Nicht nötig", sagte Ben großzügig, „dann sind wir ja volljährig."

„Bleiben wir in Verbindung?", fragte die Kaiserin zu Ronnie gewandt. „Bei der gewaltigen Entfernung ist das wohl nicht möglich."

„Eigentlich nicht. Aber die Verabredung gilt. Im Übrigen wird mein Vater sicher einen Weg finden. *In sechs Jahren – Erdenjahren – sind wir achtzehn, dann kommen wir.*"

Jetzt erst erblickten sie Sumitalek, den Flugkapitän. Er trat auf sie zu und sagte: „Majestät, es tut mir leid, aber ich muss nun drängen. Der Flugkorridor, den die Erdlinge ‚Wurmloch' nennen, bleibt nur noch kurze Zeit in seiner Position. Wenn wir sie nicht nutzen, können wir diesen Weg erst wieder in zehn Tagen benutzen."

Die beiden Jungen sagten allen Lebewohl. Einige von ihnen hatten Tränen in den Augen und auch die Kaiserin musste kämpfen.

Sie beugte sich zu den beiden Jungen herunter und küsste sie auf beide Wangen.

# Auf dem Heimweg

Der Rückflug zur Erde verlief ohne Zwischenfälle und dauerte wie der Hinflug nur vier Stunden. Sumitalek erklärte ihnen, wie er versuchen würde, das „Wurmloch" auch zum Zurückschrauben der Zeit zu nutzen.

„Wir werden, wenn alles gut geht, eine Viertelstunde vor eurer Entführung in der Hotelhalle ankommen, einschließlich Landung in der Antarktis, Flug mit der Flugscheibe nach Washington und Taxi dort."

Plötzlich sahen sie, dass alte Bekannte mit ihnen reisten: Teosebia und Zosimus.

„Die Kaiserin hat gewünscht, dass wir euch in Washington heil und gesund abliefern. Sie macht uns persönlich dafür verantwortlich."

Die Begeisterung der beiden Jungen hielt sich in Grenzen. Ronnie sagte, als sie alleine waren: „Nach all diesen Abenteuern werden wir auch noch mit diesen beiden Figuren fertig. Es sind ja nur noch ein paar Stunden." Ben fühlte sich sehr entspannt, die Aussicht darauf, dass er bald wieder zuhause sein würde, machte ihn heiter.

„Weißt du, Ronnie, ich frage mich aber doch, ob auf Aldebaran wirklich das Böse so stark ist. Die Leute waren auf beiden Planeten eigentlich ganz nett."

„Ich glaube, du siehst das zu rosig. Die Menschen auf den beiden Planeten leben nicht in einer heilen Welt, sie sind genauso erlösungsbedürftig wie ihr.

Tatsächlich ist es genau wie bei den Menschen auf der Erde. Meistens stimmt die Fassade, aber dahinter verbirgt sich manchmal Schlimmes.

Ich will dir sagen, dass ich in diesen Stunden, durch eine besondere Aktion meines Vaters, bei diesen Menschen hinter die Kulissen gucken konnte. Das ist sehr unangenehm und man kann froh sein, dass man das normalerweise alles nicht sieht.

Also der einzige wirklich integre Mensch im Tempel war, außer der Kaiserin natürlich, Matosumi, der Weise, er ist einfach gut.

Arakosumi, der Philosoph, nimmt Rauschgift und verführt andere dazu, es auch zu tun, das heißt, er handelt damit und macht auch sonst zweifelhafte Geschäfte.

Der junge Philosoph, der sich als Atheist bezeichnet, hat ein Verhältnis mit seiner Nachbarin und überlegt, wie er deren Mann beseitigen kann.

Eine der jüngeren Priesterinnen geht insgeheim auf dem Strich, weil sie meint, das zu brauchen.

Aber auch auf Sumi-An sind die Leute nicht sündenfrei. Unser Kapitän hat zuhause einen behinderten Neffen – das ist zunächst gut, aber er behandelt ihn mit Verachtung und enthält ihm viele Dinge vor, für die er eigentlich eine Bezahlung von seinem Schwager bekommt."

„Uff", machte Ben, „du meinst, auf der Erde ist das auch so?"

„Ja, natürlich nicht bei allen."

„Auf dem Strich gehen, habe ich nicht verstanden, aber ich kann mir ungefähr vorstellen, was das ist. Aber wie ist es möglich, dass man solche Dinge vor den anderen verbergen kann?"

„Du wirst lachen, Verstellung und Heuchelei stehen auf dem Katalog der Sünden ganz oben. Wir haben übrigens noch gar nicht gesprochen von dem Schicksal der Jugendlichen auf Sumi-An. Was mit ihnen geschieht, ist furchtbar. Dieser Brauch gehört als Erstes abgeschafft."

Ben war sichtlich erschüttert. Nach einer kleinen Weile sagte er: „Du Ronnie, bist du denn immer noch sicher, dass dein Vater das gutheißt, wenn wir später zu diesen Leuten gehen, um ihnen den Christus zu bringen?"

Ronnie seufzte, dann sagte er mit einem Lächeln: „Ja, ich bin sicher, das ist ganz die Denkweise des Christus."

Einer der Bioroboter betrat den Raum und sagte: „Darf ich die jungen Herren zum Mittagessen in die Offiziersmesse einladen? Die Mitreisenden, die Dame und der Herr, sind schon dort."

Obwohl die Bioroboter alle fast gleich aussahen, erkannte Ben Mog 3, mit dem sie auf dem Hinflug ziemlich lange gesprochen hatten. Er sagte zu ihm: „Ich möchte mich auch noch bei dir dafür bedanken, dass du uns neulich die Religion des Malok so schön erklärt hast. Das hat uns sehr geholfen."

Aber Mog 3 war nicht disponiert. Er brummelte: „Ich kann mich nicht erinnern."

Während sie zusammen beim Essen saßen, sagte Teosebia: „Ihr habt sicher bemerkt, wie sehr sich die Religiosität der Menschen auf den beiden Planeten unterscheidet, obwohl sie doch beide an den gleichen Gott Malok glauben."

„Liebe Frau Teosebia", sagte Ronnie, „in Washington hatten Sie gesagt, auf Aldebaran gebe es seit Jahrtausenden eine Religion des Lichtes und für die Erde wäre es das Beste, diese zu übernehmen und darin alle bestehenden Religionen aufgehen zu lassen. Hier muss es sich um eine Verwechslung handeln, denn seit zweitausend Jahren sind alle Voraussetzungen gegeben, um die Menschen zu einer Religion des Lichtes hinzuführen.

Sie nannten einen biblischen Namen, der auf den ersten Blick auf ein Reich des Lichtes hinzuführen scheint. Aber ich glaube, der Name trügt. Luzifer kann den Menschen nicht das Licht bringen, da er es vor langer Zeit selbst verloren hat.

Der wahre Lichtbringer ist der Christus, der Sohn des lebendigen Gottes. Durch den das gesamte Universum erschaffen worden ist und der alle Menschen, die es wünschen, ins wahre Licht, nämlich in die ewige Seligkeit beim Vater, führen will."

Teosebia war plötzlich unruhig geworden. Die Gabel fiel ihr aus der Hand, einiges von der Beilage fiel auf den Boden und so ging es zunächst darum, den kleinen Schaden zu beheben.

Zosimus ergriff das Wort und sagte, betont ruhig: „Das wird ein Missverständnis sein. Luzifer heißt einfach nur der Lichtträger und dieses Wort kann auf viele heilige Personen angewandt werden.

Was meine Schwester und mich als theologische Berater der Kaiserin und der Priesterschaft bewegt, ist: Wie können wir das unendlich tiefsinnige Werk der im ganzen Universum gültigen Erkenntnislehre, wir nennen das auch Gnosis, den Menschen der verschiedenen Planeten verständlich machen? Jesus Christus ist hierbei natürlich ein Teil des großen Mysteriums, einer der zahlreichen Äonen, die die Himmelswelt darstellen."

Ronnie lief jetzt zur Höchstform auf.

„Das ist immer noch falsch. Christus ist nicht einer von vielen, wie Sie es nennen, Äonen. Er ist der Einzige, der Mittelpunkt, das Herz des Weltalls."

„Ich glaube, es ist sinnlos, mit einem zwölfjährigen Burschen über diese erhabenen Dinge zu diskutieren", sagte Teosebia, aber ihre stolzen Worte wurden durch die Unsicherheit, die sich ihrer bemächtigt hatte, Lügen gestraft.

Ben sagte: „Wir sind ja alle, besonders in Amerika, für freie Meinungsäußerung. Natürlich können Sie über Gott denken, was Sie wollen. Aber lassen Sie in Zukunft meinen Vater damit in Ruhe!"

Man sprach dann noch über andere Dinge. Zosimus sagte, dass sie eine Weile in Washington bleiben wollten, worauf Ben mit Ronnie einen Blick tauschte.

Noch bevor sie den Nachtisch beendet hatten, ließ der Flugkapitän durch den Lautsprecher mitteilen, dass man sich zur Landung anschnallen solle.

Landung und Umsteigen in die Flugscheibe gingen glatt vonstatten. Dass sie nun in ihrem Zeitbegriff um ein paar Stunden zurückgesetzt worden waren, machte sich in Form einer seltsamen Kurzatmigkeit bemerkbar.

Die Flugscheibe landete im Walker Mill Regional Park, gar nicht sehr weit vom Kapitol entfernt. Der Kapitän – es war wieder Sumitalek – drängte die beiden beim Aussteigen zur Eile, obwohl weit und breit niemand zu sehen war. Am nächsten Tag würde in den Zeitungen wieder von Sichtungen von Ufos berichtet werden.

Und da standen sie nun in einem Park irgendwo in Washington.

Sie suchten die nächste Straße auf und hielten ein Taxi an, das sie zum Hotel brachte.

Während der etwa halbstündigen Taxifahrt sagte Ronnie: „Mit diesen beiden, Teosebia und Zosimus, werden wir in Zukunft sicher noch des Öfteren zu tun kriegen. Du musst jetzt nur darauf hinarbeiten, dass dein Vater und seine Berater sich nicht von diesen falschen Lehren beeinflussen lassen. Von all den Übeln in Aldebaran ist die Gnosis wahrscheinlich noch das schlimmste. Aber keine Sorge, der Christus ist sehr viel stärker."

Als das Taxi am Hotel angekommen war, stellten sie fest, dass beide kein Geld in der Tasche hatten. Sie sahen den Chauffeur von „The Beast", wie er etwas vom Hoteleingang entfernt nach einem Parkplatz suchte.

Ronnie sagte Ben, er solle am Taxi warten, und ging ins Hotel, wo er nach Herrn Mühlhausen fragte, den er auch fand. Inzwischen machte sich bei ihm die Zeitzurücksetzung immer deutlicher bemerkbar. Er hatte ein enormes Benommenheitsgefühl. Als er Herrn Mühlhausen gebeten hatte, das Taxi zu bezahlen, fiel er in Ohnmacht.

Ebenso erging es Ben.

Die beiden wurden in der Hotelhalle auf Sofas gelegt. Herr Mühlhausen, Claudia und ihr Mann standen vor den beiden, die zu schlafen schienen.

„Irgendetwas muss passiert sein", sagte Herr Mühlhausen, „schaut euch nur mal an, wie elend und angestrengt sie aussehen!"

Plötzlich erwachte Ronnie und war, zur Überraschung aller, ganz der Alte.

„Das kenne ich schon von Ronnie", sagte Herr Mühlhausen, „er kann ja nicht krank werden."

Aber glücklicherweise erwachte auch Ben und auch er schien ganz wiederhergestellt zu sein.

Beide Jungen erhoben sich lachend und sagten mit geheimnisvoller Miene: „Wenn ihr wüsstet, was wir in der Zwischenzeit erlebt haben!"

„In welcher Zwischenzeit? Ihr werdet vom Weißen Haus abgeholt und seit dem Frühstück ist keine halbe Stunde vergangen."

„Wir erklären euch das später", rief Ronnie übermütig, „der Chauffeur wartet."

Und schon waren sie fort.

„Weißt du was, Ben, wir bitten den Fahrer, dass er uns zuerst zum Immaculate Shrine fährt, damit wir uns dafür bedanken können, dass alles so gut verlaufen ist."

„Und gleichzeitig um Hilfe bitten für das, was noch auf uns zu-kommt."

„Aber das hat ja noch sechs Jahre Zeit."

Und lachend machten sie es sich in der Staatskarosse „The Beast" be-quem.

# Epilog

Beim gemeinsamen Mittagessen im Weißen Haus gelang es Ronnie, ihre Erlebnisse in ruhiger und klarer Sprache zu berichten. Ben war viel zu aufgeregt, seinem Vater solche ungeheuerlichen Dinge zu erzählen. Ronnie dagegen, dem man inzwischen ein wenig ansah, dass er dabei war, vom Knabenalter in das des Jünglings überzugehen, sprach mit solcher Anschaulichkeit, dass Präsident Trenton ein ums andere Mal sagte: „Unfassbar! Aber wie du das erzählst, kann ich das glauben. Was für fantastische Perspektiven eröffnen sich da!"

Als Ben dann von Teosebia und Zosimus berichtete, sagte der Präsident, der für klare Worte bekannt war: „Ich werde dem Grand Commander Lattly sagen, dass er uns in Zukunft mit diesen Leuten verschont."

Beim Abschied sagte Ben zu Ronnie: „Die Abmachung steht. In sechs Jahren treffen wir uns wieder hier."

Präsident Trenton, der von der „Abmachung" noch nichts wusste, sagte: „Ich denke, wir werden uns schon in drei Monaten sehen, da habe ich in Europa eine Rundreise vor und Ben und Jovanka kommen mit."

In der Art und Weise, wie Ben seine Freude darüber zeigte, war auch bereits der künftige Erwachsene zu erkennen. Er legte seinem Vater die rechte Hand auf die Schulter, drückte ihn. Aber den Kuss, den er als kleiner Junge ihm sonst immer gab, ließ er weg.

Während des Rückflugs nach Deutschland war Ronnie sehr gesprächig und sagte mehrmals: „Ich freue mich, die Familie, vor allem Lisa, wiederzusehen. Aber am meisten freue ich mich, meinem Vater zu begegnen."

„Aber bedeutet das, dass wir dich dann nie mehr zu Gesicht bekommen?", sagte Herr Mühlhausen.

Zuhause angekommen, nach all der Wiedersehensfreude und den spannenden Berichten aus drei verschiedenen Welten, ergab es sich, dass Lisa bei einem abendlichen Zusammensein mit den Freunden und allen Kindern das Wort ergriff und – sehr erwachsen – sagte: „Ronnie, wenn du uns jetzt verlässt, wirst nicht nur du uns fehlen, sondern – ich sage das mal auch für euch alle –, es wird uns ein Licht fehlen, das wir brauchen. Der Atomkrieg des kleinen Diktators ist zwar abgewendet, aber was wird noch alles auf uns zukommen?"

„Ja", sagten die Zwillinge Eva und Maria, „und wer wird uns die schönen Tiergeschichten erzählen?"

Ronnie musste lachen. Hatten die Kleinen sein Geheimnis erkannt?

„Du hast recht. Wenn es nur nach den Menschen geht, könnte diese Erde in Krieg und Terror untergehen. Aber der Christus ist ja auch noch da. Ich würde gerne noch oft von diesem Schatz, der Christus ist, berichten. Besonders den Mitschülern immer wieder sagen, dass sie Frieden halten müssen. Aber das hängt davon ab, ob mein Vater mir die Erlaubnis gibt, euch zu besuchen …"

„… und dann mit mir in die Schule zu gehen", sagte Lisa.

„Ich werde ihn bitten, dass ich wenigstens einmal im Jahr zu euch kommen darf."

„Ja, am besten zu Weihnachten!", riefen die Zwillinge.

Als Ronnie sein Raumschiff Argo bestieg, flossen viele Tränen.

Er aber lächelte und winkte und erhob sich in die Lüfte.

# Romane vom gleichen Autor

## LEO-Allah mahabba

Dieser Roman des Priesters Peter von Steinitz ist eine moderne Neuauflage des Heiligenlebens. Der Held ist Leo, ein junger Slowake, der zum Studium nach Köln zieht, wo sogleich ein Kampf um seine Seele beginnt. Einerseits fühlt er sich immer stärker von Christus angesprochen, andererseits bedrängen ihn die Versuchungen der spätliberalen Gesellschaft.

432 Seiten, Pb., 12,80 € Best.-Nr. 00372

## Katharina von Ägypten

Dieser historische Roman schildert das Leben der hl. Katharina von Ägypten. Als die Christenverfolgung einsetzt, kommt sie in den Kerker. Der Kaiser lässt sie enthaupten. Doch bevor sich die brutalen Schergen über sie hermachen können, wird ihr Leib von Engeln entführt und auf dem Sinai bestattet …

496 Seiten, 12 Farbb., 14,90 € Best.-Nr. 00228

## Pantaleon der Arzt

Wer war Pantaleon? – Die Überlieferung schildert ihn als Leibarzt des Kaisers Maximian. Ein Erlebnis führt Pantaleon zum Glauben an Christus. 305 stirbt er noch jung als Märtyrer. Eine spannende Biografie des Heiligen und zugleich ein packender Geschichtsroman!

**264 Seiten, Pb., 7,80 € Best.Nr. 00646**